HANNA C. BERGMANN

Potsdamer Ganoven

POTSDAM, JANUAR 1924 Postbote Theodor Berwalt trotzt der Kälte. Den Feierabend vor Augen eilt er mit dem letzten Päckchen in der Hand auf das Haus von Alfred Pagel zu. Die Tür ist offen und so tritt er ein. Im Hausflur entdeckt Theodor die auf dem Boden liegende Leiche des Kaufmanns und verständigt die Polizei. Kaum haben die Beamten ihre Ermittlungen aufgenommen, gerät Theodor unter Verdacht, in kriminelle Machenschaften verstrickt zu sein. Sein verhasster Bruder, ein hoher Beamter bei der Potsdamer Polizei, ist ihm keine Hilfe, im Gegenteil. Dafür setzt sich Theodors Freundin Gisela, Stenotypistin im Potsdamer Polizeipräsidium, derart engagiert für ihn ein, dass sie Gefahr läuft, in den Fokus der Ermittlungen zu geraten. Nach einem Gespräch mit seiner Mutter, die ihm ein Familiengeheimnis enthüllt, ist Theodor kaum in der Lage, einen klaren Gedanken zu fassen. Doch zum Glück hat er Gisela. Sie ist gewitzt und setzt alles daran, die Unschuld ihres Freundes zu beweisen.

© Valentina Kurscheid

Hanna C. Bergmann heißt eigentlich Karin Joachim. Sie wurde in Bonn-Bad Godesberg geboren und lebt seit über 20 Jahren im Ahrtal. Die studierte Germanistin und Anglistin sowie ehemalige Leiterin eines archäologischen Museums ist heute als freiberufliche Autorin tätig. In ihrer Freizeit ist Karin Joachim mit ihrem Border Terrier unterwegs, mit dem sie die Natur erkundet. Besonders gerne besichtigt sie historische Orte sowie Parks und Gärten im In- und Ausland.

www.karinjoachim.de

www.lovelybooks.de/autor/Karin-Joachim/

Bisherige Veröffentlichungen im Gmeiner-Verlag:
Johannisglut (2019)
Domschattenträume (2018)
Bittertrauben (2018)
Krähenzeit (2016)

HANNA C. BERGMANN

Potsdamer Ganoven

Kriminalroman

GMEINER SPANNUNG

Immer informiert

Spannung pur – mit unserem Newsletter informieren wir Sie
regelmäßig über Wissenswertes aus unserer Bücherwelt.

Gefällt mir!

Facebook: @Gmeiner.Verlag
Instagram: @gmeinerverlag
Twitter: @GmeinerVerlag

Besuchen Sie uns im Internet:
www.gmeiner-verlag.de

Im Ehnried 5, 88605 Meßkirch
Telefon 07575/2095-0
info@gmeiner-verlag.de

1. Auflage 2019

Lektorat: Sven Lang
Herstellung: Julia Franze
Umschlaggestaltung: U.O.R.G. Lutz Eberle, Stuttgart
unter Verwendung eines Fotos von: © ullstein bild
Druck: CPI books GmbH, Leck
Printed in Germany
ISBN 978-3-8392-2461-8

Personen und Handlung sind frei erfunden.
Ähnlichkeiten mit lebenden oder toten Personen
sind rein zufällig und nicht beabsichtigt.

PERSONEN

Theodor Berwalt	Postbote
Walter Berwalt	Theodors älterer Bruder, Polizeiinspektor
Hermine Berwalt	Theodors Mutter, verwitwet
Gisela Fink	Schreibkraft im Polizeipräsidium
Otto Fink	Giselas Vater, Garteninspektor
Alice Fink, *geb. von Sommerburg*	Giselas Mutter
Alfred Pagel	Kaufmann
Dora Pagel	Seine Frau, Näherin
Maria Rogge	Theodors Vermieterin
Kurt Steinke	Wachtmeister, Theodors Freund
Martin Stoewer	Kriminalkommissar
Wilhelm von Ratzkow	Kriminaloberkommissar
Ernst von Litz	Polizeirat
Dr. August Schnellwind	Kreisarzt
Bruno Wuttke	Kriminalkommissar
Julius Gebhard	Berliner Kommissar
Oswald Neuber	Oberbriefträger
Werner Wusel	Reporter
Artur Tiede	Ehemaliger Luftschiffkapitän
Ulrich Meller	Buchhändler
Pauline Jagusch	Plätterin
Ilse Deuser	Hutmacherin

Historische Personen

Otto Heinrich	Maler
Ernst Gennat	Berliner Kriminalkommissar
Trude Schneider	Gennats Sekretärin

Historische Personen, die Erwähnung finden

Henry von Zitzewitz	Polizeipräsident
Friederike Wieking	Leiterin Frauenhilfsstelle im Berliner Polizeipräsidium
Willi Hartung	Oberpostdirektor
Kurt Vossberg	ehemaliger Oberbürgermeister
Karl Richard Bissing	Geheimer Oberpostrat
Georg Potente	Gartendirektor

JANUAR 1924

DIENSTAG – ERSTER TAG

Es ist alles nur in meinem Kopf, sagte Theodor sich, als er wie an jedem Tag die Waisenbrücke überquerte, um auf die andere Seite des Stadtkanals zu gelangen. Heute zitterten weder seine Knie noch verspürte er den Drang, hilflos nach Luft zu schnappen. Es kam nun zwar vor, dass ihn beim Überqueren einer der Brücken keinerlei Beschwerden übermannten, doch dies blieb die Ausnahme. Denn Brücken gab es in Potsdams Straßennetz reichlich, überall in der Stadt überspannten sie die Havel und den Stadtkanal. Er glaubte zu wissen, dass diese panische Angst mit den Erlebnissen im Großen Krieg zusammenhing. Er hatte viel erlebt, damals an der Westfront. Der Kanal, über den die Waisenbrücke führte, machte genau an dieser Stelle eine Neunzig-Grad-Biegung. Von dort ging es in südlicher Richtung der Mündung in die Neustädter Havelbucht entgegen. Zurzeit war der Kanal zugefroren. Kein Kahn und kein Boot schipperten darauf durch die Stadt. Otto Heinrich hatte ihm erzählt, dass man die Kanäle früher Grachten genannt hatte, wie ihre holländischen Verwandten. Das war im vergangenen Herbst, während Theodor ehrfürchtig vor dessen Staffelei innegehalten und den farbenfrohen Pinselstrich auf der Leinwand bewundert hatte. »Kanal-Otto« – so sprachen die Potsdamer von ihm. Liebevoll meinten sie es. Denn sie stellten ihn damit auf eine Stufe mit dem italienischen Maler Canaletto, der im 18. Jahrhundert nicht nur Venedig, sondern auch das

Dresdener Stadtpanorama vom Elbufer aus gemalt hatte. »Ich male am liebsten den Kanal, wenn es Winter ist«, hatte Otto Heinrich ihm einmal verraten, was Theodor gar nicht recht hatte glauben wollen. Die winterliche Trostlosigkeit sollte der Maler der bunten Herbstfarbigkeit oder der sonnigen Sommerfülle vorziehen? Vor Weihnachten hatte Theodor ihn dann tatsächlich mit seinem Skizzenblock am Kanal beobachtet. Manches Mal hatte er sogar seine Staffelei aufgestellt und mit seiner linken Hand außerordentlich schwungvoll den Pinsel über das Papier gleiten lassen. Theodor war froh, dass er im Krieg körperlich unversehrt geblieben war. Nicht auszudenken, wenn er verwundet worden wäre, ihm vielleicht sogar eine Hand oder gar ein Arm oder ein Bein fehlen würde. Vermutlich hatte er diesen glücklichen Umstand seiner Atemwegserkrankung zu verdanken, aufgrund derer er zunächst ausgemustert worden war. Erst in den letzten Kriegsmonaten hatten sie ihn als beschränkt kriegsverwendungstauglich eingezogen. Mit seiner Verpflegungskolonne war er nicht unmittelbar bis an die Westfront vorgedrungen. Gesehen hatte er allerdings genug, viel zu viel. Gehört und gesehen, gerochen und gesehen.

Gedankenverloren blickte er auf seine Hände, die das Brückengeländer fest umklammerten. Die eisige Kälte kroch in seine Handschuhe. Erst allmählich wurde er gewahr, dass er eine ganze Weile regungslos auf der Brücke gestanden hatte. Was mochten die Leute denken, wenn ihr Postbote nichts Besseres zu tun hatte, als Löcher in die Luft zu starren? Doch niemand war in der Nähe unterwegs. Wer draußen nichts zu suchen hatte, blieb im Haus oder in seiner kleinen Wohnung, hoffend, dass wenigstens eine Feuerstelle genügend Wärme spendete. Am Himmel kündigte sich bereits das Ende des Tages an. Die Umgebung wirkte in diesem fahlen Licht noch unwirtlicher, die kahlen Äste der Kastanienbäume schienen nach dem letzten Tageslicht zu greifen. Theodor ließ das Brückengeländer los und rückte den Riemen seiner Posttasche zurecht. Bis auf wenige Briefe enthielt diese heute lediglich ein Päckchen, das er nur wenige Häuser weiter zustellen musste. Das Haus konnte er von hier aus bereits sehen.

*

Noch im Hellen verließ Gisela das mehrstöckige Gebäude in der Priesterstraße, in dem es nach Aktenstaub und Linoleum roch. »Fräulein Gisela«, hatte Kriminalkommissar Martin Stoewer, die rechte Hand von Kriminaloberkommissar von Ratzkow, ihr zugeflüstert. »Sie können ruhig früher nach Hause gehen. Bei dieser Kälte werden unsere Ganoven ihre lasterhaften Triebe hoffentlich zurückhalten.« Er hatte dabei Gisela verschmitzt zugelächelt. Er wirkte so gelöst, jetzt da sein Vorgesetzter für einige Tage im Winterurlaub weilte. Gisela arbeitete noch nicht lange als Stenotypistin im Potsdamer Polizeipräsidium. Aber so viel wusste sie bereits: Wenn die Herren an der Spitze der Abteilung nicht im Hause waren, ging es um einiges entspannter zu. Überstunden hatte sie reichlich, niemand würde ihr Vorwürfe machen können, wenn sie sich an Martin Stoewers Anweisung hielt. Jetzt zählte sein Wort. Zu ihm hatte sie von Anfang an Vertrauen gefasst, vermutlich, weil er weniger militärisch auftrat als der überwiegende Teil der dort tätigen

Beamten. Am meisten beeindruckte sie sein Tonfall, der sich wohltuend von der donnergrollenden Stimmgewalt derjenigen abhob, die etwas zu sagen hatten. Dabei war Martin Stoewers Stimmlage weder fistelhaft noch schrill, sondern zart und in einer gewissen Weise väterlich. Als Gisela auf die Straße trat, atmete sie genüsslich die kalte Winterluft ein, nachdem sie so lange der stickigen Luft der Amtsstube ausgesetzt war. Statt sich auf den Heimweg in die elterliche Wohnung in der Lennéstraße zu begeben, die geradewegs zum Park Charlottenhof führte, schlug sie den Weg Richtung Garnisonkirche ein, überquerte die Breite Straße, um in die Waisenstraße einzubiegen. Das Große Militärwaisenhaus sowie das Lyzeum, ihre alte Schule, in deren Räumlichkeiten sie als Mitglied des Stenografievereins Hevella regelmäßig Schreibübungen absolvierte, ließ sie links liegen und lief weiter Richtung Innenstadt, immer am zugefrorenen Kanal entlang. Plötzlich kam ihr der Gedanke an Theodor. Sie fand es recht wahrscheinlich, dass er vor nicht allzu langer Zeit hier vorbeigekommen sein musste. Sie rief sich seine tägliche Zustellrunde ins Gedächtnis, von der er ihr erzählt hatte, während sie am Ufer der Havel gesessen und die Sonne genossen hatten. Es erschien ihr gut möglich, dass er eben erst hier vorbeigelaufen war. Doch sosehr sie sich auch anstrengte, sie konnte ihn nirgendwo entdecken. Vielleicht hatte ihn gerade ein Anwohner ins Haus gebeten. Die in der Winterkälte erstarrte Plantage, der ehemalige Exerzierplatz, machte einen traurigen Eindruck, dennoch erwärmte ihre Seele die Erinnerung an ihr Gespräch, das Gisela und Theodor im vergangenen Jahr dort bei einem ihrer seltenen Spaziergänge geführt hatten. Damals waren sie sich ein wenig nähergekommen, nachdem sie sich im

Frühsommer des vergangenen Jahres in der Buchhandlung in der Junkerstraße kennengelernt hatten. Damals hatte Gisela dort ein Gartenbuch für ihren Vater abgeholt. Nachdem sie bezahlt hatte, wäre sie beim Hinausgehen beinahe mit Theodor zusammengestoßen. Nur mit Mühe hatte sie das soeben erworbene Buch festhalten können, sonst wär es zu Boden gefallen. Eigentlich war es Theodor gewesen, der es noch in letzter Sekunde aufgefangen hatte. Sie hatte diesen jungen Mann gleich gemocht. Zur Entschuldigung für den Schrecken, den er Gisela eingejagt hatte, wollte Theodor sie auf einen Tee einladen, doch sie konnte diese Einladung nicht annehmen, denn ihre Eltern erwarteten sie bereits zu Hause. Damals war ihr der junge Mann nicht mehr aus dem Kopf gegangen. Doch lange musste sie nicht auf die nächste Begegnung warten, denn nur wenige Tage später führte die beiden eine glückliche Fügung des Schicksals in der Brandenburger Straße wieder zueinander.

Nun war es Winter und es gab wenig Gelegenheit, sich ganz unverfänglich zu treffen, jedenfalls ohne ihre Verabredung gleich offiziell wirken zu lassen. Denn Gisela scheute sich noch davor, ihren Eltern, vor allem ihrer Mutter, zu gestehen, dass sie mit einem Postboten ausging. Bislang hatten Gisela und Theodor noch nicht über die Art der Beziehung gesprochen, die sie pflegten, aber das schickte sich auch nicht. Die heutige Kälte ließ sie trotz ihres wärmenden Mantels und ihrer Lederstiefel frösteln, und da von Theodor weit und breit nichts zu sehen war, beeilte sie sich, in die Brandenburger Straße zu gelangen, um in einem der Warenhäuser nach einer neuen Bluse Ausschau zu halten. Das Einkaufen gestaltete sich nun wieder um einiges leichter, seitdem die

Preise nicht mehrmals täglich in die Höhe schnellten und man keine Milliardenmarknoten mehr mit sich herumtragen musste.

*

Während Theodor aus dem Eingang des Eckhauses trat, ließ er seinen Blick zurück zur Waisenstraße wandern, als habe ihn eine Eingebung dazu veranlasst. Tatsächlich entdeckte er dort seine Freundin Gisela, die offensichtlich ihre Arbeit im Polizeipräsidium beendet hatte. Ob sie wohl auf dem Weg in die Buchhandlung in der Junkerstraße war, um sich mit Leseproviant für die langen Winterabende einzudecken? Zu gern hätte er seine Posttasche irgendwo abgestellt, um ihr hinterherzulaufen und den Rest des Tages mit ihr zu verbringen. Er liebte ihr warmherziges Wesen, erinnerte sich an ihre klugen Worte und an ihre zarte Gestalt, die sich unter dem dicken Wintermantel verbarg und auf die er während des Sommers das eine oder andere Mal verschämt geschaut hatte. Er dachte schon mit Grauen an seine einsame, kalte Wohnung in der Mittelstraße im Holländischen Viertel. Obwohl Wohnung zu viel gesagt war, schließlich bestand sein Reich aus gerade einmal einem Zimmer. Aber er durfte nicht klagen. Er blickte Gisela noch eine Weile nach, bis seine Posttasche ihn abermals an seine eigentliche Aufgabe erinnerte. Darin lagen nicht nur weitere Briefe, sondern auch noch das eine Päckchen. Nachdem er im nächsten Haus die Briefe in der Praxis des Hals-, Nasen-, Ohren-Arztes abgegeben hatte, eilte er zum Nachbarhaus, in dem der Kaufmann Alfred Pagel wohnte. Seit letztem Herbst häuften sich die Zustellungen. Hatte Alfred Pagel früher meist nur Briefe erhalten, so trug Theodor nun regelmäßig diese Päckchen zu ihm. Montags und dienstags füllten allein die an Alfred Pagel adressierten Sendungen seine Posttasche beinahe vollständig aus. Nachdem er die wenigen Stufen erklommen hatte, schob er die schwere Eingangstür auf. Im holzvertäfelten Hausflur mit dem gepflegten Kachelboden roch es nach Bohnerwachs und Suppe. Im Treppenhaus erklang das leise Singen einer Bewohnerin aus einem der oberen Stockwerke. Theodor hatte Fräulein Jagusch geraten, ihre Wohnungstür während des Plättens nicht offen stehen zu lassen. Aber sie hatte nur gelacht und gemeint, dass ihre Kunden nicht jedes Mal klopfen müssten und sie das Bügeleisen keinen Moment unbeaufsichtigt lassen wolle, um zur Tür zu laufen. Aus Berlin hörte man ja dies und das, von Überfällen am helllichten Tag war immer wieder in der Zeitung zu lesen, gab Theodor zu bedenken. Doch auch diese Warnung hatte Fräulein Jagusch ungehört verhallen lassen. Theodor schüttelte besorgt den Kopf, konnte jedoch nicht umhin, einer Weile der klaren Singstimme zu lauschen. Er war viel zu viel allein, dachte er bei sich.

Die Tür zur pagelschen Wohnung war nur angelehnt. Etwas lag zwischen dem Türblatt und dem Holzrahmen. Theodor betätigte den Lichtschalter im Flur und erschrak. Denn das Etwas entpuppte sich als Alfred Pagels Fuß, der verhinderte, dass sich die Tür vollständig schließen ließ. Theodor hielt kurz inne, lauschte. Der Gesang war verstummt. Beherzt öffnete er die Tür vollständig, ahnend, dass ihn nichts Gutes erwarten würde.

Vor ihm lag Alfred Pagel auf den Dielen, bewegungslos, mit dem Gesicht nach unten.

»Herr Pagel, kann ich Ihnen helfen?«, fragte Theodor. Seine Posttasche glitt von seiner Schulter und landete auf dem Boden, während er sich über den regungslosen Körper beugte. Theodor erkannte eine nicht allzu große Blutlache. Sie stammte aus einer Wunde an Pagels Kopf. Blut. Immer wieder Blut! In seinem Leben hatte er schon so viel Blut gesehen. Hatte er denn niemals wieder davor Ruhe? Reichte es nicht, dass er ständig davon träumte? Theodor bekam kaum Luft und musste sich am Türrahmen festhalten. Aus der Wohnung der bügelnden Mieterin drang ein neues Liedchen zu ihm. Vielleicht lebte der Kaufmann ja noch. Theodor nahm all seine Kraft zusammen und hockte sich neben ihn. Mit einem Finger schob er vorsichtig den Kragen des Gehrocks zur Seite. Mit der anderen Hand versuchte er, den Kopf zu sich zu drehen, um einen Blick in sein Gesicht zu erhaschen und zu überprüfen, ob er noch atmete. Doch er ließ sich nicht bewegen. Totenstarre nannte man das. Plötzlich war Theodor ganz ruhig. Neugier und Wissensdurst überkamen ihn. Er fuhr mit seinen behandschuhten Händen an den Armen des Toten herab und bemerkte, dass sich die Handgelenke noch bewegen ließen. Er zog seinen rechten Handschuh aus und berührte die Haut. Sie fühlte sich kühl, jedoch nicht kalt an. Die Blutlache irritierte Theodor. Was war geschehen? Ein Unfall, oder hatte Herr Pagel Blut gespuckt? Sollte er einen Arzt rufen oder doch gleich die Polizei informieren? Allmählich wurde Theodor mulmig zumute. Denn es gab ja noch eine andere Möglichkeit. Man las und hörte so viel … Aber solche Sachen passierten nicht hier in Potsdam, sondern in Berlin. Aber was, wenn doch? Was, wenn der Kaufmann ermordet worden war? Hielt sich der Mörder vielleicht noch in der Wohnung auf? Theodor verspürte ein leises Frösteln. Ein kalter Hauch zog an ihm vorbei. Erst jetzt bemerkte er, dass kalte Luft aus dem Korridor in die Wohnung strömte.

Theodor richtete sich auf und streifte seinen Handschuh wieder über. Dabei versuchte er, sich so viele Details wie möglich einzuprägen. Er haderte mit sich, ob er sich in der Wohnung umsehen sollte, aber das schien ihm zu riskant. Wie sollte er ein solches Handeln erklären? Schlimmstenfalls verdächtigte man ihn des Mordes, bestenfalls würde man ihm unterstellen, den armen Mann nach seinem Tod ausrauben zu wollen. Auf dem Schreibtisch im Nebenzimmer entdeckte Theodor einen Telefonapparat. Er entschied sich jedoch dazu, persönlich zum Polizeirevier in der Charlottenstraße zu laufen. Sollte er vorher noch jemandem aus dem Haus Bescheid geben? Bis auf die bügelnde und singende Witwe kannte er jedoch keinen der anderen Mieter gut genug, um ihn ins Vertrauen zu ziehen. Und Fräulein Jagusch konnte und wollte er mit dem Anblick des toten Alfred Pagel nicht konfrontieren. Sie tat sorgloser, als sie es vermutlich war. Er zog die Wohnungstür so weit zu, wie es möglich war, und verließ das Haus. Erst als Theodor auf die Straße trat, bemerkte er, dass er seine Posttasche vergessen hatte, die noch neben dem Toten auf dem Boden stand.

*

In der Brandenburger Straße war kaum ein Mensch unterwegs. Der Wind wehte Gisela weniger scharf ins Gesicht als noch eben. Dafür lag nun Schneeduft in der Luft. Diese ganz spezielle Schneefeuchtigkeit legte sich auf ihre Haut und die Luft hinterließ beim Einatmen nicht mehr dieses Kältegefühl, das in den Bronchien schmerzte. Gisela hatte zunächst im Warenhaus Hirsch nach einer Bluse gesucht, war jedoch nicht fündig geworden. Keineswegs entmutigt setzte sie ihren Einkaufsbummel fort, zu verlockend empfand sie die Preise des Inventurverkaufs. Weiter zum Warenhaus Lindemann. Wie eben im Kaufhaus Hirsch war sie auch hier fast die einzige Kundin. Lediglich eine weitere Frau, die Gisela auf Mitte dreißig schätzte, beschäftigte sich eingehend mit den dargebotenen Kleidungsstücken. Obwohl es in den Räumlichkeiten wohltemperiert war, zog die Frau ihren Mantelkragen immer wieder bis zu den Ohrläppchen hoch. Die Frau, die zudem eine Wollkappe auf dem Kopf trug, musste frieren. Nach längerem Suchen fand Gisela eine Baumwollbluse für knapp drei Rentenmark sowie abgefütterte beige Stoffhandschuhe in der Farbe ihres Mantels für neunzig Pfennig. In der Haushaltswarenabteilung erstand sie außerdem eine Isolierflasche für eine Rentenmark und zehn Pfennig. Darin würde sich der Tee, den sie mit ins Polizeipräsidium nahm, länger warm halten als in der alten Kanne ihrer Mutter. Als Gisela ihre Einkäufe bezahlt hatte, verschwand die Frau mit der Wollkappe gerade in einer der Umkleiden.

Draußen war es dunkel geworden. Dem Licht der Laternen in der Brandenburger Straße gelang es kaum, sich gegen die allabendliche Finsternis durchzusetzen. Zu allem Überfluss hatte es jetzt zu schneien begonnen. Nicht stark, aber doch ausreichend, um der Haut feuchtkalte Nadelstiche zu versetzen. Gisela drückte die Papiertasche mit den Einkäufen und ihre Stofftasche an sich. Der Fußweg nach Hause in die Lennéstraße kam ihr plötzlich unendlich lang vor. Sie hatte gerade das Brandenburger Tor erreicht und wollte hinüber zum Luisenplatz laufen, als neben ihr ein Automobil anhielt. Sie erkannte den Fahrer im Dunkeln nicht, sehr wohl aber dessen Gefährt.

*

Theodor musste nur einmal um den Häuserblock herumgehen, um zum Polizeirevier in der Charlottenstraße zu gelangen. Doch schon in der Waisenstraße kam ihm der Polizeiwachtmeister im Straßendienst entgegen. Missmutig drehte er seine Runde durch die kalte Winterluft. Als er Theodor bemerkte, grüßte er freundlich. Er war nur wenige Jahre älter als der Postbote. Die beiden Männer kannten sich recht gut. Kurt hatte einige Jahre vor Theodor das Abitur im Viktoriagymnasium abgelegt, kein Notabitur so wie er.

»Das ist aber nicht deine normale Runde«, bemerkte Kurt Steinke und klopfte Theodor auf die Schulter. »Wohin des Weges?«

»Zu euch«, antwortete Theodor.

»Du meinst, zum Polizeirevier? Ist etwas passiert, das du melden möchtest?«

»Das kann man wohl sagen«, entgegnete Theodor und kehrte um. »Komm mit …« Er war erstaunlich ruhig. »Alfred Pagel ist tot.«

»Der Kaufmann aus der Straße Am Kanal?«

»Ja, so ist es.« Sie hatten das Eckhaus an der Waisenstraße erreicht.

»Du hast ihn gefunden, als du ihm die Post zustellen wolltest«, kombinierte Kurt Steinke.

Theodor nickte. Das Päckchen, es befand sich immer

noch in seiner Posttasche, die er wieder mit sich trug. Er hatte sie unmöglich neben dem Toten stehen lassen können.

»Ist er … Gibt es Hinweise darauf, dass er Opfer eines Verbrechens geworden ist?«, fragte der Wachtmeister, während sie die Stufen zum Eingang emporstiegen.

»Hm«, murmelte Theodor leise und ließ Kurt Steinke beim Hineingehen ins Haus den Vortritt. Das Korridorlicht brannte noch. Der Wachtmeister schob die Tür zur Wohnung der Pagels auf. Theodor Pagels Körper lag immer noch genauso da, wie Theodor ihn eben verlassen hatte. Offensichtlich hatte keiner der anderen Mieter etwas von den Geschehnissen im Erdgeschoss mitbekommen. Theodor konnte noch nicht einmal sagen, wer sich gerade überhaupt außer der Plätterin im Haus aufhielt.

»Ah, das ist wohl eindeutig«, stellte Kurt Steinke fest, nachdem er um den Toten herumgegangen war und ihn hier und dort berührt hatte. »Das ist doch würdelos, wie er da liegt. Ich würde ihn ja gerne vom Boden heben, aber das dürfen wir nicht mehr«, sagte er, während er seine Mütze abnahm und sich am Kopf kratzte. »Das ist nun eine Angelegenheit für die Kriminalpolizei.«

Theodor war in der Tür stehen geblieben. Mit einem Auge schaute er zum Treppenaufgang, hoffend, dass Fräulein Jagusch nicht gerade jetzt das Haus verlassen wollte.

»Telefon?«, fragte Kurt.

»Ich meine, da hinten im Arbeitszimmer bei einem meiner früheren Zustellungen ein Telefon gesehen zu haben.«

Der Moment schien Theodor günstig zu sein. »Brauchst du mich noch?«, fragte er. Er wollte einerseits nicht zu spät zum Postgebäude zurückkehren, wo sicherlich schon Oberbriefträger Neuber mit griesgrämigem Gesicht auf ihn wartete. Andererseits wollte er mit der Kriminalpolizei möglichst nicht in Berührung kommen. Nicht, dass er etwas zu verheimlichen hätte. Natürlich würde sein Name in Kurt Steinkes Bericht vorkommen, aber er wollte um alles in der Welt vermeiden, mit seinem Bruder zusammenzutreffen. Sein Bruder, Walter Berwalt, war neuerdings die rechte Hand von Polizeipräsident von Zitzewitz.

»Mir wäre es recht, wenn du noch eine Weile bleibst«, antwortete Kurt Steinke pflichtbewusst und verschwand im Arbeitszimmer des Toten.

Theodor blieb im Flur stehen. Er überlegte, was er tun würde, um mehr über die Todesumstände in Erfahrung zu bringen. Welche Art der Verletzungen würde man feststellen, wenn man ihn näher untersuchte? Gab es einen Gegenstand, mit dem man dem Opfer diese beigebracht hatte? Eine Waffe möglicherweise? Er war versucht, sich in der Wohnung umzusehen, da kam Kurt Steinke zurück.

»Sie kommen gleich.« Theodor äugte besorgt zur Haustür, in der vermutlich binnen Kurzem sein verhasster Bruder auftauchen würde. Seit Theodors überstürztem Auszug aus dem elterlichen Haus am Pfingstberg hatten sich die Brüder nicht mehr wiedergesehen. Bei der Vorstellung, ihm unter diesen Umständen zu begegnen, ausgerechnet an einem Tatort, wurde ihm ganz übel. Wenn er jetzt bloß keinen Anfall bekam. Da das Polizeipräsidium nur wenige Hundert Meter vom Haus am Kanal entfernt lag, vergingen tatsächlich nur wenige Minuten, bis die Kriminalpolizei anrückte. Doch statt einer ganzen Schar betrat nur ein einziger Beamter den Hausflur, und das war nicht sein Bruder. Der Beamte stellte sich als Kriminalkommissar Martin Stoewer vor. Augenblicklich fühlte sich Theodor besser. Denn über den Kriminalkommissar hatte ihm Gisela nur Gutes zu berichten gewusst. Doch allzu sehr in Sicherheit wiegen durfte sich Theodor nicht. Immerhin galt es als wahrscheinlich, dass sein Bruder Walter bald zu ihnen stoßen würde. Aber vielleicht ließ man ihn vor dessen Eintreffen bereits gehen. Theodor seufzte leise.

»Ich fertige einige Fotografien an, dann erzählen Sie mir alles in Ruhe«, wandte sich Martin Stoewer an Theodor. Er stellte seinen Lederkoffer ab, aus dem er einen Fotoapparat und eine Vorrichtung für den Blitz entnahm. Diese drückte er sogleich Wachtmeister Steinke in die Hand, dessen Gesichtsausdruck ein gewisses Befremden erkennen ließ.

»Sie haben doch schon einmal der Kriminalpolizei assistiert, nicht wahr?«, fragte Stoewer freundlich.

»Schon, nur …«, antwortete der Wachtmeister.

»Sie brauchen keine Angst vor dem Blitz zu haben. Ich erkläre Ihnen alles … Zuvor möchte ich jedoch noch den Kreisarzt anrufen. Wo …?«

»Im Arbeitszimmer, hinten«, antwortete Kurt Steinke und blickte verwundert, als der Kriminalkommissar ihm nun auch noch den Fotoapparat in die Hand drückte. Als der Beamte in Pagels Arbeitszimmer verschwunden war, fragte Theodor: »Weißt du, was ich seltsam finde?«

»Nein«, antwortete Kurt Steinke. Er fühlte sich offensichtlich gerade nicht wohl in seiner Haut.

»Dass seine Frau noch gar nicht zu Hause ist.«

»Seine Frau? Ja richtig. Diese hübsche Frau, die so viel jünger ist als er.«

»Sie sagte mir neulich erst, dass es gerade nicht viel Arbeit in der Filmfabrik gebe und sie deshalb einige Tage

Urlaub bekommen habe«, berichtete Theodor. »Wo ist sie also?«

»Na, dann macht sie vielleicht einen Stadtbummel oder schaut sich einen Film im Lichtspieltheater an«, entgegnete Kurt.

»Bei der Kälte? Ein ausgiebiger Stadtbummel? Ein Besuch im Lichtspieltheater mitten in der Woche? Aber ja, vielleicht ist sie in Berlin …«, überlegte Theodor.

Der Kriminalkommissar kam zurück. »Der Kreisarzt wird bald zur Leichenschau hier sein. Seine Herrenrunde wird er heute wohl ausfallen lassen müssen.« Martin Stoewer lächelte vielsagend. »Nun zu unserem Vorhaben …« Er wollte gerade mit Wachtmeister Steinke den weiteren Ablauf besprechen, als Schritte auf der nach oben führenden Holztreppe zu hören waren. Auf leisen Sohlen schlich die singende Plätterin Stufe um Stufe nach unten. Theodor eilte ihr entgegen. Er wollte ihr den Anblick des toten Hausbewohners ersparen.

»Wat is 'n los?«, flüsterte Fräulein Jagusch, als Theodor sie erreicht hatte.

»Ein Polizeieinsatz. Am besten, Sie gehen wieder nach oben in Ihre Wohnung.«

»Is da jemand … tot?«, fragte sie mit geweiteten Augen.

»Gehen Sie.« Theodor griff nach ihrem Arm und versuchte, sie dazu zu bewegen, in ihre Wohnung zurückzukehren. Sie ließ es sich gefallen, obwohl sie sich von den Vorgängen im Erdgeschoss unbedingt selbst ein Bild machen zu wollen schien. Doch Theodor gelang es, sie dazu zu bewegen, seiner Bitte Folge zu leisten. Während er auf der Treppe wartete, um sicherzugehen, dass sie tatsächlich ihre Wohnung aufsuchte, erleuchtete ein greller Blitz das Treppenhaus. Theodor hatte sofort einen metallischen Geruch in der Nase und hörte oben eine Tür ins Schloss fallen.

»Danke, das war es fürs Erste«, hörte Theodor den Kriminalkommissar sagen. »Wenn wir später den Leichnam umgedreht haben, werde ich eine weitere Fotografie anfertigen. Wir brauchen noch eine Ansicht des Gesichtes. Wie es wohl aussehen mag?«

Ja, wie mochte es wohl aussehen, das fragte sich auch Theodor. Er vermutete, dass Pagels Stirn eine Wunde zierte.

»Und nun zu Ihnen«, der Kriminalkommissar winkte Theodor herbei. »Bis der Kreisarzt eintrifft, haben wir noch ein wenig Zeit.« Martin Stoewer bückte sich und holte einen Notizblock aus seinem Koffer. »Damit wir nicht noch mehr Spuren verwischen – wie es viele meiner Kollegen vor lauter Arbeitseifer zu tun pflegen –«, fügte er flüsternd hinzu, »setzen wir uns am besten auf die Treppe.« Theodor nahm das Angebot gerne an. Denn er war müde und das Laufen durch die Kälte hatte ihn sehr angestrengt. Dazu kam noch diese unsägliche Verzögerung. Eigentlich hatte er schon längst Feierabend.

»Wir fertigen ein Protokoll an. Das wird ins Reine geschrieben und Sie können es dann morgen unterschreiben. Also …« Martin Stoewer suchte nach einer bequemen Position auf der kalten Stufe. Theodor hingegen war seine Sitzposition gerade egal. Er wollte einfach nur seine Runde beenden, seine Tasche in der Hauptpost abstellen und endlich zu Hause in sein Bett kriechen. Vielleicht noch ein warmes Bier trinken, das half ihm beim Einschlafen.

»Ihren Namen und Ihre Adresse bitte.«

»Theodor Berwalt, Mittelstraße zwei.«

»Potsdam?«

»Natürlich!«

»Telefon?«

»Das meiner Vermieterin.«

»Die Nummer?«

»Zwei, acht, vier, fünf.«

»Ihr Geburtsdatum?«

»Achter September 1900.«

»Ihr Arbeitgeber …?« Stoewer sah Theodor von der Seite an. »Oberpostdirektion. Das schreibe ich so, und Ihr Beruf ist Postbote. Telefon …«

»Vier, null, acht, eins«, antwortete Theodor.

»Danke. Gut. Und nun noch meine Fragen zu dem, was Sie beobachtet haben. Können Sie mir das mit Ihren eigenen Worten kurz schildern?« Er musste gähnen.

»Na, viel zu berichten gibt es nicht. Die vordere Haustür war nur angelehnt. Ich ging rein. Sah, dass die Wohnungstür nicht geschlossen war und dann hab ich auch schon den Fuß in der Tür gesehen. Ich habe mich dann über Herrn Pagel gebeugt, weil ich dachte, dass er noch lebt.«

»Sie haben ihn also berührt?«

»Ja.«

»Wo genau?«

»Oh, ich glaube am Arm. Und den Kragen habe ich auch gefasst. Und ja, ich habe versucht, seinen Kopf zu drehen. Aber das ging nicht …«

»Leichenstarre …«, murmelte Stoewer. »Ich notiere das. Das ist wichtig, nicht dass man Sie später noch für den Mörder hält.«

»Mörder?«, fragte Theodor. »Also kein Unfall?« Er hatte es geahnt.

»Das wissen wir noch nicht. Der Kreisarzt wird uns hoffentlich bald aufklären können, was genau geschehen ist«, antwortete Stoewer.

Wieso sagte der Kriminalkommissar dann so etwas, wenn man noch gar nicht wusste, wie Alfred Pagel zu Tode gekommen war? Wenn es ein Scherz gewesen sein sollte, dann ein schlechter, dachte Theodor.

»Bist du nicht sonst immer viel früher dran?«, mischte sich plötzlich Kurt ein.

Theodor zuckte zusammen. »Ja, das stimmt. Aber ich habe heute eine doppelte Zustellrunde gehabt. Mein Kollege liegt mit Fieber und Grippe im Bett.«

»Das heißt, Sie wären sonst viel früher hier gewesen? Wann ungefähr?«, fragte Stoewer nachdenklich.

»Ich kann das schlecht sagen, es hängt immer von der Menge der Briefe und Päckchen ab, vielleicht eine Stunde, vielleicht auch zwei …«, antwortete Theodor. Nun musste auch er gähnen.

»Das könnte wichtig sein.« Stoewer notierte Theodors Angaben in sein Notizbuch. »Nur noch eine Frage, dann können Sie gehen: Ist Ihnen sonst noch etwas aufgefallen? Vielleicht draußen auf der Straße?«

Theodor musste die Frage verneinen, worauf der Kriminalbeamte ihn entließ. Als Theodor schon beinahe auf der Straße stand, öffnete sich hinter ihm noch einmal die Tür.

»Kommen Sie bitte morgen ins Präsidium, um das Protokoll zu unterschreiben?«

»Ich weiß nicht, wann ich morgen Dienstschluss haben werde«, antwortete Theodor müde.

»Ich werde Ihren Vorgesetzten anrufen, damit er Ihnen dafür frei gibt.«

»Oh, das wäre sehr freundlich«, murmelte Theodor,

bedankte sich und lief weiter die Straße Am Kanal entlang, um seine Arbeit zügig zu beenden. Es hatte zu schneien begonnen.

*

Obwohl der Weg vom Luisenplatz nach Hause nicht weit war, konnte Gisela ihre Dankbarkeit über das Angebot ihres Nachbarn, sie im Automobil mitzunehmen, kaum in Worte fassen. Herr Tiede, der ihr einen Heimweg durch das Schneegestöber ersparte, war hochdekorierter Luftschiffkapitän. Allerdings bereits seit einigen Jahren ohne Anstellung. Den unmittelbar an der Havel gelegenen Luftschiffhafen gab es nicht mehr, die weltgrößte Luftschiffhalle war nach dem Großen Krieg aufgrund der Forderungen des Versailler Vertrages abgerissen worden. Gisela erinnerte sich noch gut an ihre Jugend. Auch wenn die Potsdamer an den Anblick gewöhnt waren, so hatte Gisela jedes Mal mit geweiteten Augen in den Himmel gestarrt, wenn der Zeppelin Hansa wieder in Sichtweite kam.

»Haben Sie damals die Hansa geflogen?«, fragte Gisela, während Herr Tiede sein Automobil über den Luisenplatz lenkte.

»Ja«, murmelte dieser mit einer sonoren Stimme.

»Und was machen Sie nun?«, wollte Gisela wissen. »Ich meine …« Ihr kam in den Sinn, dass sie Herrn Tiede mit ihrer Frage möglicherweise in Verlegenheit brachte. Doch dieser ließ sich keine Gefühlsregung anmerken: »Ich halte Vorträge im In- und Ausland. Die Amerikaner interessieren sich für unsere Technik. Aber nun zu Ihnen, Fräulein Fink.« Er steuerte den Wagen in die Lennéstraße.

»Was meinen Sie?«, fragte Gisela verunsichert.

»Gefällt es Ihnen im Polizeipräsidium?«

»Ja, schon.«

»So?«

»Doch, doch.«

»Ich kenne Sie ja nun schon seit Kindertagen. Sie waren immer so fleißig und die Schule haben Sie doch ebenfalls mit guten Noten abgeschlossen, wie mir Ihre werte Frau Mutter neulich erst berichtete. Stenografie …«. Der ehemalige Luftschiffkapitän Tiede stellte das Automobil am Straßenrand ab. Sie hatten ihr Ziel erreicht. Doch er machte keine Anstalten, auszusteigen.

»Ich verstehe nicht …« Natürlich wusste Gisela, worauf er hinauswollte. Doch aus dem Mund eines älteren Mannes, den sie nur als Nachbarn kannte, wirkte diese Bemerkung befremdlich.

»Ich habe die Welt gesehen, habe mit vielen Wissenschaftlern gesprochen. Ich schätze die Gespräche mit den wenigen weiblichen unter ihnen sehr. Frauen haben heutzutage doch andere Möglichkeiten. Nutzen Sie diese.«

Für eine Weile war Gisela sprachlos. Wollte er ausdrücken, dass sie ihr Leben vergeudete? Eine Anstellung im Polizeipräsidium hätten sich viele ihrer ehemaligen Mitschülerinnen gewünscht. Doch sie konnte ihrem Nachbarn nicht böse sein, sprach er doch genau das an, was sie im Innersten ebenfalls umtrieb. Dennoch wollte sie ihm lieber nicht offenbaren, dass er einen wunden Punkt bei ihr getroffen hatte. »Aber ich bin doch zufrieden«, entgegnete sie. Nicht dass er sie im Auftrag eines der Beamten, für die sie arbeitete, aushorchen wollte, um zu erfahren, wie weit es um ihren Arbeitseifer bestellt war. Er kannte sie sicherlich doch alle, aus einem Herrenklub oder von einem der Bälle.

»So?«, fragte Herr Tiede mit seiner sonoren Stimme. Er erinnerte sie in seiner ganzen Art an ihren Großvater.

»Außerdem wird es seit dem Erlass der Personalabbauverordnung für uns unverheiratete Frauen immer schwieriger«, gab sie zu bedenken. Sie hatte Vertrauen zu ihm gefasst.

»Ah, ich sprach mit Kollegen über diese Verordnung. Anfangs wollte man ja nur den Beamtenapparat verschlanken, aber nun hat man die Verordnung auf die Angestellten ausgeweitet.«

So war es. Deshalb wollte Gisela sich auch nicht anmerken lassen, dass sie von einer anderen beruflichen Laufbahn träumte. Wie genau diese aussah, wusste sie allerdings selbst noch nicht.

»Ihre Eltern warten sicherlich schon auf Sie«, sagte Herr Tiede und beendete die Unterhaltung. Er stieg aus, ging um sein Automobil herum und öffnete die Seitentür. Trotz seines Alters war er immer noch ein äußerst attraktiver Mann, wie Gisela im Dämmerlicht der Laternen feststellen musste. Nachdem er den Wagen verschlossen hatte, begleitete er Gisela bis zum Eingang des Mehrparteienhauses, in dem sie und ihre Eltern wohnten.

»Haben Sie schon einmal in Erwägung gezogen zu studieren?«, fragte er, während er sich zum Gehen wandte, um zum Nachbarhaus zu gelangen. »Ich wünsche Ihnen einen angenehmen Abend.«

»Danke, Ihnen ebenfalls. Und danke, dass Sie mich im Automobil mitgenommen haben«, rief Gisela ihm hinterher. Herr Tiede drehte sich noch einmal um und führte seine Hand zum Gruß an seine Hutkrempe.

Eine Antwort auf seine Frage war sie ihm schuldig geblieben. Sie und studieren?, dachte sie, als sie im Hausflur das Licht anknipste. Hinter ihr fiel die Haustür mit einem dumpfen Geräusch ins Schloss, beinahe so, als sollte ihr Gedanke damit mehr Gewicht erhalten.

*

Seine Tasche über der Schulter zurechtrückend stapfte Theodor weiter. Als er den großen Briefumschlag herauszog, der an den Herrn im Parterre des Hauses Nummer 24a adressiert war, berührte seine Hand das Päckchen für Alfred Pagel. Er wusste augenblicklich, dass es ein Fehler war, es nicht gleich der Polizei übergeben zu haben. Doch als er innehielt, um umzukehren, hörte er hinter sich ein Automobil herannahen. Langsam drehte Theodor seinen Kopf und sah, dass es vor dem Haus der Pagels anhielt. Er tat unbeteiligt und eilte in den nächsten Hauseingang. Sein Herz schlug schneller, seine Atemwege verengten sich, als er seinen Bruder Walter unter den Männern entdeckte, die aus dem Fahrzeug stiegen. Bald schon würde Walter wissen, dass er es war, der den Toten aufgefunden hatte. Sein Name stand schwarz auf weiß im Polizeiprotokoll. Er hatte so sehr gehofft, seinem Bruder für alle Ewigkeit aus dem Weg gehen zu können. Bisher hatte es auch funktioniert. Aber dieser späte Nachmittag könnte alles ändern, der Ärger würde von Neuem beginnen. Theodor konnte es förmlich spüren, dass Walter diese Gelegenheit nutzen würde, ihm etwas in die Schuhe zu schieben, nur um ihn zu quälen. Ihm war alles zuzutrauen, seitdem … Theodor überzeugte sich davon, dass Walter wirklich im Haus am Kanal verschwunden war und wagte sich schließlich aus seiner Deckung. Bevor neues Ungemach verkörpert durch den strengen Oberbriefträger über ihn hereinbrach, beeilte sich Theodor, die letzten Briefe zuzustellen. Für eine Übergabe des Päckchens an die Polizei war es jetzt zu spät. Er wollte es morgen früh im Polizeipräsidium abgeben, wohin er ja ohnehin einbestellt worden war, und sein Versäumnis mit dem Schock beim Anblick der Leiche erklären. Da sah er eine Frau um die Ecke an der Einmündung der Hoditzstraße biegen. Sie hatte ihre Wollkappe tief ins Gesicht gezogen und kam direkt auf ihn zu. Während sie Theodor passierte, ohne auf ihn zu achten, versuchte er, ihr Gesicht zu erkennen. Doch es gelang ihm nicht. Er konnte nicht anders, als sich nach ihr umzudrehen und ihr nachzublicken. Wenige Meter vor dem Haus der Pagels hielt die Frau plötzlich inne und betrachtete die am Straßenrand abgestellten Automobile. Jetzt war Theodor auch bewusst, mit wem er es zu tun hatte. Um sie zu warnen, war es zu spät, denn schon drückte Frau Pagel die Klinke der Eingangstür herunter und verschwand im Innern des Gebäudes. Theodor sah zu, dass er fertig wurde und seine heutige Zustellrunde zu Ende brachte.

Mit kalten Gliedern und knurrendem Magen erreichte er das mächtige Gebäude der Hauptpost. Von Oberbriefträger Neuber war keine Spur. Die Kollegen schienen schon längst Feierabend zu haben. Pflichtbewusst füllte Theodor seine Zeitkarte aus, nachdem sich seine Finger etwas erwärmt hatten. Wie sollte er nur mit der Zeit verfahren, während der er nicht gearbeitet, sondern mit den Vorgängen im Haus der Pagels beschäftigt gewesen war? Er überlegte hin und her. Ärger würde es vermutlich geben, doch um Nachfragen zu entgehen, vermerkte er keine Arbeitsunterbrechung. Nachdem er gedankenversunken die Posttasche in seinem Schrank verstaut hatte, betrat er den Korridor. Hinter sich hörte er ein Rascheln, das er nicht weiter beachtete. Nach einer Begegnung mit einem seiner Kollegen stand ihm wahrlich nicht der Sinn. Er wollte endlich nach Hause. Auch wenn er in seinem Zimmer im Holländischen Viertel erst einmal den Ofen heizen musste, damit ihm warm wurde.

Auf der Straße vor dem Gebäude schlug ihm kalter Wind entgegen. Der Schneefall hatte sich verstärkt. Theodor schlug seinen Kragen hoch und steckte seine Hände in die Manteltaschen, während er eilig die Französische Straße entlanglief. Vielleicht würde er morgen im Polizeipräsidium auf Gisela treffen, dachte er und merkte wieder einmal, wie sehr er ihre Gesellschaft vermisste. Aber wie sollte er sich ihr gegenüber verhalten? Und was passierte, wenn Walter mitbekäme, dass er Gisela kannte? Es war nicht auszuschließen, dass er seinem Bruder über den Weg laufen würde. Ob er sich den Spaß nicht nehmen lassen würde, seinen kleinen Bruder zu verhören? Ein kalter Schauer lief Theodor über den Rücken, er hätte schreien mögen. Aber er musste sich den Gegebenheiten fügen. Er hätte die Leiche nicht einfach liegen lassen und Alfred Pagels Witwe die Meldung an die Polizei überlassen können. Denn da war ja immer noch das Päckchen. Hätte er es irgendwo in der Wohnung abgelegt, hätte man ihn später gefragt, wer es entgegengenommen hatte. Und hätte er es zurück zur Post gebracht, als sei nichts geschehen, hätte man ihn gefragt, warum er es nicht zugestellt hatte. Das Päckchen würde ihm noch einige Scherereien bringen.

*

»Sei froh, dass wir die Schule nun hinter uns haben«, hatten ihre Mitschülerinnen ihr damals zugerufen, als Gisela sich an jenem Tag noch einmal wehmütig zum Städtischen Lyzeum in der Waisenstraße umgeschaut hatte. Sie hatte anders als die anderen Mädchen keinerlei Erleichterung verspürt. Im Gegenteil, die Vorstellung, der Schule und damit dem Lernen für immer den Rücken kehren zu müssen, hatte sie äußerst getroffen. Natürlich hatte sie sich lange vorher Gedanken über ihre berufliche Zukunft gemacht, Gedanken, die sie ihrer Mutter gegenüber niemals hatte äußern dürfen. »Keine Sorge, du findest einen Mann, der dich heiratet. Als Tochter des Garteninspektors wirst du dich bald vor Anträgen nicht mehr retten können«, hatte ihre Mutter immer wieder betont. Als ob es das war, was sie sich wünschte. Nun gut, in ferner Zukunft schon, aber doch noch nicht in so jungen Jahren. Seitdem war einige Zeit vergangen, mittlerweile war sie großjährig, was ihre Mutter immer unruhiger werden ließ. Deshalb hatten ihre Eltern ihr zugeredet, die Anstellung im Polizeipräsidium anzunehmen, unter der Maßgabe, sich dort nach einem geeigneten Ehepartner umzusehen. »Beamtentum ist etwas Solides«, hatte ihre Mutter Alice gemeint und darauf verwiesen, dass viele der Männer von adeliger Herkunft waren, wie Giselas Mutter selbst. Doch auch sie hatte sich gegen den elterlichen Willen durchgesetzt und Otto Fink geheiratet. Als rechte Hand des Gartenbaudirektors Georg Potente stellte er jedoch eine gute Partie dar, was Alice Finks Eltern, die von Sommerburgs, letztendlich milde gestimmt hatte.

Gisela konnte sich nicht vorstellen, mit einem der Männer im Polizeipräsidium auszugehen. Selbst wenn sie einen von ihnen sympathisch gefunden hätte, wollte sie sich jetzt noch nicht festlegen. Außerdem schlug ihr Herz ganz heimlich für jemand anderen.

Gerade hatte sie den heutigen Einkauf in ihrem kleinen Zimmer verstaut, da rief ihre Mutter sie auch schon zum Abendessen. Eine dicke Suppe gab es heute und dazu Brot.

Giselas Vater, Garteninspektor Otto Fink, wirkte heute mürrisch, ein wenig abwesend. So kannte sie ihn gar nicht.

»Dein Vater sitzt seit Tagen über den Abrechnungen des vergangenen Jahres«, sagte ihre Mutter. Es klang weniger wie eine Erklärung, mehr wie eine Beschwerde.

Ihr Vater sah auf. »So schlimm ist es nicht, Alice. Ich überlege nur, wie wir in diesem Jahr mit den Geldern wirtschaften sollen. Gartenbaudirektor Potente bat mich, sorgfältig und vordringlich auf Einsparmöglichkeiten zu achten.«

Gisela hörte zu, dennoch war auch sie weniger aufmerksam als sonst. Das Gespräch mit Luftschiffkapitän Tiede hatte sie zum Nachdenken gebracht.

»Und du, junges Fräulein?«, fragte ihr Vater, als sie, statt zu essen, den gefüllten Suppenteller mit ihrem Löffel durchpflügte.

»Gisela, setz dich gerade hin und iss endlich!«, ermahnte ihre Mutter. Ihre strenge Kinderstube und die adelige Herkunft konnte sie manchmal nur schwer verleugnen.

»Nun lass sie doch«, entgegnete ihr Vater. Gisela musste schmunzeln. Wie oft hatte es diese oder ähnliche Dialoge am Esstisch in der geräumigen Wohnung in der Lennéstraße gegeben. Sie begann die Suppe zu löffeln, die köstlich schmeckte. Die Wärme tat ihr gut. Vielleicht war mir einfach nur kalt, dachte sie bei sich. Doch ihre Zukunftsfragen waren damit nicht vom Tisch.

»Ach, es war ein anstrengender Tag heute«, log sie, um etwas zu erwidern.

»So?«, fragte ihr Vater und blickte ihr direkt in die Augen. Verlegen schaute sie zur Seite.

»Ja, mein Fräulein«, sagte ihre Mutter. »Lehrjahre sind keine Herrenjahre. Ist denn unter deinen Kollegen niemand, der dir gefällt und, vor allem, dem du gefällst?« Sie schob ihr Kinn nach vorn, was sie immer tat, wenn sie es vor Neugier kaum aushielt. Da war sie wieder, die immer wiederkehrende Frage.

»Nein«, antwortete Gisela energisch. Vielleicht zu energisch, um die Neugier ihrer Mutter nicht noch weiter anzustacheln.

»Also, ich wusste es doch …«, frohlockte ihre Mutter.

»Alice, bitte, lass unsere Tochter doch in Ruhe.« Er zwinkerte Gisela verstohlen zu.

»Ihr zwei heckt aber nicht schon wieder etwas aus?«, fragte Alice Fink und begann, das Geschirr abzuräumen. Kaum war sie aus dem Zimmer, platzte es aus Gisela heraus: »Du, Papa?«

»Ja, Kind?« Otto Fink hatte sich die Abendausgabe des Berliner Tageblatts von einem Beistelltisch genommen und war dabei, die ersten Seiten umzublättern.

»Ich habe heute mit unserem Nachbarn gesprochen, Herrn Tiede.«

»Oh, dann habe ich doch richtig gesehen. Er hat dich zu unserem Haus begleitet.«

»Papa! Ihr beobachtet mich?«

»Nein. Ich habe das Auto zufällig durchs Fenster gesehen. Er hat dich mitgenommen?«

»Ja, aber nur ein Stückchen, vom Luisenplatz aus. Ich habe mir eine neue Bluse gekauft …«

»So genau wollte ich es gar nicht wissen. Aber du wolltest mir etwas erzählen, oder?«

Gisela zögerte, denn sie wusste selbst nicht so genau, was sie ihrem Vater sagen wollte. Doch dann brach es aus ihr heraus: »Herr Tiede meinte, für uns Frauen gebe es ganz andere Möglichkeiten als früher …«

»Beruflich?« Er ließ die Zeitung sinken.

»Ja, Papa.«

»Und das brachte dich dazu, über deinen beruflichen Werdegang nachzudenken?«

Gisela nickte. Gleich würde ihre Mutter wieder aus der Küche zurückkommen, um sich mit einem Buch auf das Sofa zu setzen. Von ihr hatte Gisela die Liebe zur Literatur und dem geschriebenen Wort.

»Stenotypistin im Polizeipräsidium ist nicht das Richtige für dich?« Er sah sie verständnisvoll an.

»Nicht auf Dauer zumindest, Papa.«

»Ich dachte es mir. Ich denke, dass es uns bald finanziell wieder besser geht …«

Gisela verstand nicht, was er ihr mitteilen wollte.

»Du könntest dich weiterbilden, ein Studium vielleicht? Wäre das etwas für dich?«

»Papa.« Sie konnte kaum glauben, dass er ihre Wünsche kannte und zu erfüllen dachte. Die Väter ihrer früheren Mitschülerinnen waren von einem ganz anderen Kaliber. Möglicherweise lag es daran, dass die meisten dem Großbürgertum angehörten und die Väter hochdekorierte Generäle oder Offiziere waren. In diesen Kreisen waren die Lebenswege der Mädchen vorbestimmt.

»Aber ich habe doch gar kein Abitur«, seufzte Gisela.

»Auch da wird es Möglichkeiten geben.« Otto Fink begann, wieder in der Zeitung zu lesen. »Neuregelung der Einkommen- und Körperschaftssteuer«, las er leise vor.

»Wie bitte?«, fragte Gisela.

Ihr Vater schaute sie an. »Wir behalten das vorerst für uns, Gisela«, sagte er ernst.

»Ihr habt Geheimisse vor mir?«, fragte Alice, die offensichtlich hinter der Tür gelauscht und allem Anschein nach nur den letzten Satz verstanden hatte. »Worum geht es?« Sie setzte sich zu ihnen an den Esstisch. Ihr Kinn schob sich nach vorn. »Ein Mann?«, fragte sie, als keiner von beiden ihre Neugier mit einer Antwort befriedigte. Gisela und ihr Vater schauten einander an.

»Wir wollten dich nicht beunruhigen.« Otto Fink griff wieder zur Zeitung. »Die Nachrichten, Alice, die Nachrichten …«, sagte er mehrdeutig.

»Oh, dann möchte ich es gar nicht wissen«, antwortete Giselas Mutter enttäuscht. Einen Seitenblick auf ihre Tochter konnte sie sich allerdings nicht verkneifen.

MITTWOCH – ZWEITER TAG

Übermüdet und frierend trat Theodor noch bei Dunkelheit seinen Weg in die Hauptpost am Kanal an. Er hatte in der Nacht kaum Schlaf gefunden. Die Bilder in seinem Kopf wollten ihm einfach keine Ruhe lassen. Bilder vom Krieg und das des toten Alfred Pagel tauchten vor seinem geistigen Auge auf. Bedrückender lastete die Vorstellung, heute womöglich seinem Bruder gegenüberzustehen, wenn er im Polizeipräsidium vorstellig wurde. Die beruhigende Wirkung des warmen Bieres, das ihn sonst in den Schlaf finden ließ, seine Einsamkeit erträglicher machte und die wirren Gedanken etwas dämpfte, war gestern Abend ausgeblieben. Für eine Weile hatte sich das Gefühl der Einsamkeit bei ihm eingenistet, doch er versuchte, sich zusammenzureißen und nicht in Selbstmitleid zu versinken, denn er hatte doch Menschen, die für ihn da waren. Gisela vor allem, aber auch seine Vermieterin, die ihm gegenüber immer so herzlich und zuvorkommend war. Als er gestern nach dem aufregenden Tag seine Zimmertür geöffnet hatte, war ihm gleich warme Luft entgegengeschlagen. Maria Rogge, seine Vermieterin, hatte an ihn gedacht und den kleinen Ofen in der Zimmerecke befeuert. Sie hatte ihn kurz nach seinem Einzug gefragt, ob er etwas dagegen habe, wenn sie ab und zu in seinem Zimmer nach dem Rechten schaute. Er vertraute ihr und mochte, dass sie sich um ihn sorgte. Deshalb hatte er es ihr gestattet. Gestern Abend hatte sie nicht nur für Wärme in seinen vier Wänden gesorgt, sondern ihm außerdem eine Brotzeit gerichtet. Dabei war

Maria Rogges Leben alles andere als leicht. Einer ihrer Söhne war während der ersten Kriegstage an der Westfront gefallen, ihr Mann einige Wochen später einem Lungenleiden erlegen. Seitdem trug sie schwarz.

Jetzt schüttelte sich Theodor vor Kälte, während er durch die Straßen der erwachenden Stadt lief. Alles schien wie an jedem Morgen abzulaufen. Er wusste, in welchen Fenstern Licht brannte, wusste, wem er auf der Straße begegnen würde. Doch er ahnte, dass die Ereignisse des gestrigen Tages sein Leben verändern würden. Er hatte sich seit seinem Auszug aus dem Elternhaus in seinem Leben einigermaßen eingerichtet. Und nun würde er seinem Bruder wieder begegnen. Er fürchtete sich davor. Bei dem Gedanken an seinen Besuch im Polizeipräsidium verengten sich seine Bronchien. Wann hörte das endlich auf? Er versuchte sich einzureden, dass er die Dinge wieder einmal viel zu schwarzsah. Was sollte ihm passieren? Er hatte doch nur den Toten gefunden, mehr nicht. Und wenn er erst das Protokoll unterschrieben hatte, war für ihn die Angelegenheit beendet. Schließlich gelang es ihm, sich zu beruhigen, und so war er einigermaßen guten Mutes, als er die Tür zu seinem Arbeitsbereich im Postgebäude aufstieß. Doch als er in der Tür stand, verstummten mit einem Mal die Gespräche der Kollegen, deren Stimmen er eben noch bis auf den Korridor gehört hatte. Keine Spindtür klapperte, keine schroffe Anweisung wurde gerufen. Er versuchte zu verstehen, was hier gerade geschah, da baute sich Oberbriefträger Neuber mit ernster Miene vor ihm auf. Theodor wich unwillkürlich einen Schritt zurück, doch Neuber folgte ihm mit starrem durchdringendem Blick.

»Berwalt«, donnerte er. »Was haben Sie sich zuschulden kommen lassen?«

Theodor wusste nicht, was er antworten sollte. Der Oberbriefträger war zwar nicht für sein feinsinniges Wesen bekannt und hatte ihn ohnehin seit Anbeginn seiner Beschäftigung auf dem Kieker. Doch so hatte er Theodor noch nie angeschrien. Vorsichtig lugte Theodor an dem vor ihm aufgebauten Oberbriefträger Neuber vorbei und erkannte, dass sein Spind offen stand. Seine Posttasche lag ausgeräumt auf dem Boden. Daneben stand mit leicht gebeugtem Rücken eine Person, die er hier nicht erwartet hatte.

»Was denken Sie sich dabei?«, brüllte Neuber und packte Theodor am Arm, um ihn vor sich her zu schieben.

»Seien Sie bitte nicht zu grob zu unserem Zeugen«, sagte der Mann am Spind. Es war Kriminalkommissar Stoewer. Wenigstens er, dachte Theodor beruhigt. Gleich würde sich alles aufklären.

»Guten Morgen, Herr Stoewer«, sagte Theodor freundlich.

»Guten Morgen, Herr Berwalt. Es ist alles ein bisschen unschön gerade.« Er wirkte unsicher. »Aber wir mussten einem Verdacht nachgehen und der findet sich leider gerade bestätigt.«

Was hatte Stoewer gesagt? »Ach, Sie meinen sicherlich das Päckchen. Das wollte ich Ihnen heute vorbeibringen. Ich hatte es gestern ganz vergessen, schließlich findet man ja nicht täglich einen toten Postkunden …«

»Theodor, es ist leider nicht ganz so …«, mischte sich Kurt ein. Der Wachtmeister hatte sich offenbar die ganze Zeit zwischen den Spinden aufgehalten.

»Du auch hier?«, fragte Theodor. Was ging hier vor?

»Nun tun Sie doch nicht so scheinheilig, Berwalt. Postsachen haben Sie unterschlagen«, donnerte Neuber.

Theodors Knie versagten, er musste sich auf eine Holzbank in der Nähe seines Spindes setzen. Seine Atemwege begannen sich zu verengen.

»Langsam, bitte. Herr Neuber, würden Sie uns mit Herrn Berwalt allein lassen? Wir sind die Polizei und wir klären das.«

»Für Postangelegenheiten ist aber die Kriminalpostdienststelle in Berlin zuständig«, schimpfte Neuber, verließ jedoch der Anweisung folgend den Raum.

»Theodor, ist dir nicht gut?«, fragte Kurt besorgt.

»Es geht schon wieder.« Theodor schnappte nach Luft. Stickig war es hier drinnen. Er lockerte seinen Hemdkragen. »Was wird mir denn nun vorgeworfen?«

»Das mit dem Päckchen ist unschön, aber das kann ich noch nachvollziehen. Es ist ja noch ungeöffnet. Aber …« Stoewer zögerte.

»Deine Kollegen haben uns hinzugeholt, weil sie dich im Verdacht haben, Abholkarten zu entwenden, um die Waren selbst abzuholen und zu unterschlagen«, sagte Kurt mit besorgter Miene.

»Unterschlagung, ich?«

»Da wir hier jedoch keine Hinweise gefunden haben, müssten wir Ihr Zimmer in der Mittelstraße untersuchen«, sagte Stoewer.

»Nein, nur das nicht. Die arme Frau Rogge. Was wird sie nur von mir denken?«, stöhnte Theodor.

»Müssen wir das wirklich?«, fragte Kurt. »Bislang haben wir doch nichts gefunden und Verdächtigungen sind schnell ausgesprochen. Ich kenne Theodor seit unserer Jugend und er war immer ehrlich …«

»Wenn es nach mir ginge«, entgegnete Stoewer.

»Steckt mein Bruder dahinter?«

»Was, wer?«, fragte Stoewer. »Polizeiinspektor Berwalt weiß von diesen Anschuldigungen nichts.«

Kurt blickte den Kriminalkommissar flehend an. Theodor traute sich nicht, ihn direkt anzuschauen.

»Ich würde ja …«

»Das kann ich nicht verlangen«, sagte Theodor. »Wenn die Verdächtigung erst einmal protokolliert ist. Und außerdem wird Oberbriefträger Neuber niemals Ruhe geben. Er wird mich in Berlin melden, da bin ich mir sicher. Und wer hat mich eigentlich beschuldigt?« Theodor fiel wieder in sich zusammen.

Stoewer klopfte ihm aufmunternd auf die Schulter. »Jetzt kommen Sie erst einmal mit aufs Präsidium. Wir nehmen alles zu Protokoll. Die Zeugenaussage von gestern müssen Sie ja auch noch unterschreiben.«

»Ich kann hier doch nicht mehr arbeiten«, hustete Theodor.

»Wenn sich der Verdacht nicht erhärtet, sollte das weiter möglich sein«, beschwichtigte Stoewer.

»Da kennen Sie meine Vorgesetzten aber schlecht.«

*

Kaum hatte Gisela an diesem Morgen das Polizeipräsidium betreten, saß sie an ihrem Schreibtisch und bediente die Schreibmaschine. Das Tippen auf der Mercedes Elektra fiel ihr immer noch schwer. Sie musste mehr üben. Es war eine der wenigen Maschinen im Polizeipräsidium, und Kriminaloberkommissar von Ratzkow hatte sie eindringlich ermahnt, nur auf Anweisung darauf zu schreiben. Diese Anweisung war gerade erfolgt: Polizeiinspektor Walter Berwalt hatte sie im Flur abgefangen und ihr höchstpersönlich mitgeteilt, dass Kriminalkommissar Stoewer eine wichtige Aufgabe für sie habe. Doch als sie in dessen Büro vorstellig wurde, traf sie diesen nicht an. Gisela blieb nichts anderes übrig, als zunächst ihr kleines Zimmer aufzusuchen. Nachdem sie abgelegt hatte, setzte sie sich an ihren Schreibtisch und fand neben der Mercedes Elektra ein Protokoll vor, eine Zeugenvernehmung und andere handschriftliche Notizen. Auf diesem kleinen Blätterstapel lag ein Zettel von Martin Stoewer:

»Bitte zuerst die Zeugenvernehmung schreiben. Weitere Anweisungen folgen. Gez. St.«

Der Zeuge hieß – zu Giselas völliger Überraschung – Theodor Berwalt. Sie musste sich beim Schreiben so sehr darauf konzentrieren, die richtigen Buchstaben zu treffen und das Formular sachgemäß auszufüllen, dass sie nur wenig vom Inhalt mitbekam. Dass der arme Theodor derjenige war, der den Toten gefunden hatte, tat ihr in der Seele weh. Als sie noch mal auf das Formular blickte, um herauszufinden, wann Theodor das Haus am Kanal betreten hatte, begriff sie, dass sie gestern genau um diese Uhrzeit in der Waisenstraße vorbeigelaufen sein musste. Nur wenige Meter vom Tatort entfernt. Ein leiser Seufzer entschlüpfte ihr. Nachdem sie die Vernehmung getippt und diese zur Seite gelegt hatte, entdeckte sie unter dem gestern angefertigten Protokoll eine weitere handschriftliche Notiz:

Pagels Ehefrau hat ihren Mann in der Wohnung Am Kanal identifiziert und Selbsttötungsabsichten genannt. Gez. St.

Gisela rätselte noch, ob sie mit dem Abtippen fortfahren sollte, als sie durch die angelehnte Tür Stimmen vernahm, die durch den Korridor hallten. Sie drehte sich um. Da steckte Martin Stoewer den Kopf zur Tür herein.

»Konnten Sie das Protokoll bereits auf der Maschine schreiben, Fräulein Gisela?«, fragte er.

Doch Gisela bekam gerade kein Wort heraus. Ihr war nicht entgangen, dass noch jemand draußen wartete. Unruhig wippte Theodor auf dem Korridor von einem Bein aufs andere. Obwohl sie hatte ahnen können, dass er früher oder später hier auftauchen würde, um das Protokoll zu unterschreiben, war sie nicht darauf vorbereitet, wie sie ihm hier begegnen sollte. Sollte sie zugeben, dass sie sich privat kannten?

»Ja«, antwortete sie schließlich.

»Dann folgen Sie mir an meinen Schreibtisch«, bat Martin Stoewer. Gisela schnappte sich die Unterlagen und eilte ihm hinterher. Theodor war so mit sich selbst beschäftigt, dass er Gisela noch nicht wahrgenommen hatte. Oder tat er nur so, als wäre sie eine Fremde für ihn?

Kriminalkommissar Stoewer bat Theodor, an seinem Schreibtisch Platz zu nehmen, bevor er sich an Gisela wandte. »Ist Ihnen nicht gut?« Kannte er sie bereits so gut, dass ihm ihre Verunsicherung nicht entgangen war?

»Nein, es ist alles in bester Ordnung«, sagte sie mit fester Stimme und reichte ihm das von ihr soeben angefertigte Schriftstück.

»Die anderen Unterlagen haben Sie auch mitgebracht, wie ich sehe«, sagte Martin Stoewer.

Gisela musste sich anstrengen, das Zittern ihrer Hand, mit der sie die Schriftstücke hielt, zu unterdrücken. »Möchten Sie, dass ich diese ebenfalls abtippe?«

»Nein«, erwiderte Stoewer und nahm Gisela die Unterlagen ab. Er überreichte Theodor über den Schreibtisch hinweg das Protokoll und schob einen Füllfederhalter in seine Richtung. Gisela blieb unschlüssig neben Theodor stehen, der auf seinem Stuhl unruhig hin- und herrutschte, während er die Angaben auf dem Schriftstück las. Dann zog er die Kappe des Füllfederhalters ab und unterschrieb das Protokoll. In diesem Moment eilte Wachtmeister Steinke ins Zimmer, ohne anzuklopfen. Ihm folgten weitere Männer. Der Raum, in dem Martin Stoewers Schreibtisch stand, war eigentlich recht geräumig, doch allmählich wurde es darin eng. Es schien etwas außerordentlich Wichtiges zu geben. Die Aufregung übertrug sich auf Gisela, die nun so nah an Theodor herangerückt war, dass sie ihn beinahe berührte. Er blickte Hilfe suchend zu ihr auf.

»Schauen Sie sich das einmal an«, rief einer der Männer.

»Juwelen und Schmuck«, rief Kurt Steinke.

»Das war der Inhalt des Päckchens, das unser Zeuge hier zustellen sollte?«, fasste Martin Stoewer zusammen und kratzte sich am Kinn.

Theodor starrte wie gebannt auf die Preziosen, die auf dem Schreibtisch ausgebreitet wurden. Eine Kette aus Platin mit einem funkelnden Diamanten, ein ebenso glänzendes Armband, mehrere Damenringe und ein massiver Siegelring mit einem dunkelblauen Stein für einen Herrn. Kein Zweifel, dass es sich nicht um neuwertige Schmuckstücke handelte.

»Kein Beibrief enthalten«, fügte einer der Polizisten hinzu.

Stoewer kratzte sich wieder am Kinn. »Wussten Sie davon?«, fragte er Theodor. Doch er wartete eine Antwort gar nicht erst ab: »Natürlich nicht.« Der Klang seiner Stimme verriet, dass er Theodor in keiner Weise vorverurteilte.

Gisela stand stumm da. Theodor kam sich wie ein Verbrecher vor, obwohl er nichts von den Schmuckstücken wusste. Ihm war beinahe egal, was die Polizisten von ihm dachten, wichtiger war ihm, was Gisela von ihm hielt. Dachte sie, er sei unschuldig? Am liebsten wäre Theodor aufgesprungen und davongelaufen. Der Druck, den die Situation auf ihn ausübte, war kaum auszuhalten. Er bekam wieder schlecht Luft.

»Soll ich ein Glas Wasser holen?«, hörte er Gisela fragen. Er nickte stumm.

»Ich glaube, ich habe mich erkältet«, versuchte er schließlich eine Erklärung, um keinesfalls den Verdacht zu erregen, er schweige aus Schuldgefühlen.

»Das grassiert gerade. Hoffentlich hast du dir keine Grippe eingefangen«, sagte sein alter Freund Kurt.

»Wir sind ja soweit fertig«, bemerkte Kriminalkommissar Stoewer mitfühlend.

Der freundliche Umgangston Stoewers half ihm dabei, die Panikattacke zu überwinden. Als Gisela ihm ein Glas Wasser reichte und die kühle Flüssigkeit durch seine Kehle rann, ging es ihm gleich viel besser. Er wollte aufstehen.

»Nur eine Frage noch. Ist Ihnen etwas im Hause Pagel aufgefallen? Also früher, wenn Sie sonst dort die Post abgegeben haben?«, fragte Stoewer.

Theodor überlegte eine Weile, ob er etwas Ungewöhnliches bemerkt hatte. »Ich weiß nicht, wie ich es ausdrücken soll«, antwortete er schließlich. »Herr Pagel war sehr launisch. Mal bat er mich herein, mal drehte er mir, kaum dass ich in der Tür stand, den Rücken zu und gab mir die Anweisung, das Päckchen auf einen kleinen Tisch zu legen.«

»Er bekam also öfter Päckchen?«, fragte der Kriminalkommissar.

»Ja, manchmal etwas kleiner, manchmal etwas größer, selten aber schwerer als dieses.« Er blickte betroffen auf die leere Schachtel und das danebenliegende Packpapier. »Ah, und wenn ich noch etwas hinzufügen darf?« Er spürte, dass Gisela ihn ansah. Ihre Anwesenheit verlieh ihm Kraft.

»Nur zu«, bestärkte ihn der Kriminalkommissar. »Alles kann wichtig sein.«

»Ich hatte den Eindruck, dass die Handschriften, mit denen die Adresse geschrieben worden war, sich sehr ähnelten. Beinahe so, als gehörten sie ein und derselben Person. Obwohl die Absender, Berliner Adressen zumeist, von Mal zu Mal variierten.«

»Und die Namen der Absender?«

»Daran erinnere ich mich nicht mehr. Was steht denn auf diesem Päckchen?«, fragte Theodor.

Stoewer zog das Packpapier zu sich heran. Er starrte auf die Schrift. »Völlig unleserlich«, sagte er und schlug mit seiner Faust auf die Schreibtischplatte.

»Die Absenderangabe ist wohl nicht echt, oder?«, fragte Theodor zaghaft.

»Wird das denn bei der Aufgabe des Päckchens gar nicht überprüft?«, fragte Gisela. Niemand hatte sie bislang wahrgenommen und eigentlich erwartete man auch keine Zwischenfragen von einer Stenotypistin.

»Nun. Es war ordnungsgemäß frankiert. Und der Inhalt ist ja nicht versichert, im Gegensatz zum Paket. Einschreiben, Nachnahme oder der Vermerk als postlagernd sind nicht zulässig …«, referierte Theodor.

»Dann haben wir es auf jeden Fall mit Diebesgut zu tun«, unterbrach ihn Stoewer. »Niemand würde die Schmuckstücke unversichert versenden. Aber was hat Pagel damit zu tun?« Er kratzte sich wieder am Kinn.

»Er wird doch wohl nicht Teil einer Diebesbande sein?«, warf einer der umstehenden Polizisten ein.

»Und ich wäre damit ohne mein Wissen zum Mittäter geworden …«, seufzte Theodor.

»Nein, ganz bestimmt nicht«, beruhigte ihn Stoewer. Kurt Steinke pflichtete ihm bei.

»Und was ist jetzt mit der Anschuldigung, ich würde Waren unterschlagen?«, fragte Theodor leise.

»Bislang haben wir keinen einzigen Beweis dafür«, antwortete Stoewer ruhig. »Gut, dass unser Abteilungsleiter noch Urlaub hat, vielleicht würde er die Sache vorantreiben. Und der Leiter unseres Kommissariats ist gerade gestern ins Ausland gefahren.«

Theodor wurde seltsam eng ums Herz. Bevor er wieder Atemnot bekam, trank er das Glas aus und versuchte, sich selbst Mut zuzusprechen. Immerhin war er unschuldig, vermutlich der Unschuldigste im ganzen Postgebäude.

*

Theodor war die Erleichterung über die wohlwollende Behandlung, die man ihm seitens der Kriminalpolizei hatte angedeihen lassen, an seiner Körperhaltung anzumerken. Seine anfängliche Nervosität war der Sicherheit gewichen, dass sich die im Raum stehenden Anschuldigungen gegen ihn bald als haltlos erweisen würden. Bislang hatte sich zudem auch sein Bruder nicht blicken lassen. Er hoffte, dass er weiterhin von einer Konfrontation mit ihm verschont blieb. Nachdem man Theodor gesagt hatte, dass er gehen könne, steuerte er hastig den Ausgang des Polizeipräsidiums an. Zwar tat es ihm leid, dass sich keine Gelegenheit ergeben hatte, ein Vieraugengespräch mit Gisela zu führen, doch fürs Erste war es ihm wichtiger, so schnell wie möglich nach draußen zu gelangen. Er hatte schon den Ausgang zur Priesterstraße im Visier, als er hinter sich ein leises Zischen vernahm.

»Hier, Theodor …« Es war Gisela, die hinter einer großen Tafel stand, auf der die jeweiligen Zuständigkeiten im Gebäude und die entsprechenden Zimmernummern angeschlagen waren.

Theodors Herz hüpfte augenblicklich vor Freude. Er versicherte sich, dass niemand ihn beobachtete, und gesellte sich zu Gisela. Ihnen kam zugute, dass der Wachhabende sich gerade einem älteren Herrn widmete, der um Auskunft bat. Eindringlich hatte man Gisela bei ihrer Einstellung gewarnt: Er bewacht nicht nur die Tür, sondern überwacht auch die Bediensteten des Präsidiums und macht Meldung, wenn ihm etwas meldenswert erscheint. Etwa wenn Gespräche offenkundig privaten Inhaltes vor seinen Augen geführt werden.

»Ich habe vorhin absichtlich nicht gesagt, dass wir uns kennen«, flüsterte Gisela. Sie klang hektisch. »Wir müssen vorsichtig sein. Aber mir liegt etwas an dir, Theodor. Und ich möchte dir gerne helfen. Dein Bruder …« Sie lugte den Korridor hinunter.

Theodor war erleichtert. Offensichtlich hielt Gisela weiterhin an ihrer Freundschaft fest und ließ ihn nicht angesichts der absurden Verdächtigungen fallen.

»Vielleicht hätte ich dir das über meinen Bruder und über meine Familie gar nicht erzählen sollen«, räumte Theodor ein.

»Papperlapapp! Gerade deshalb möchte ich dir helfen. Ich weiß, dass ich das nicht darf. Aber ich werde versuchen, so viel wie möglich herauszufinden. Wer dich angeschwärzt hat …«

»Nein, das möchte ich nicht, Gisela«, sagte Theodor energisch.

»Pst!«, zischte Gisela.

»Du verlierst deine Anstellung …«

»Darüber möchte ich ohnehin mit dir reden, aber nicht hier und jetzt«, sagte Gisela aufgeräumt.

»Auf mich wird vielleicht großer Ärger zukommen«, sagte Theodor niedergeschlagen.

»Deshalb ja.«

»Aber wie willst du etwas herausfinden? Das betrifft doch mich und meine Kollegen von der Post …«

»Lass mich nur machen. Ich bleibe einfach ganz wachsam …«

»Ach …«, seufzte Theodor. Es hatte in der Vergangenheit nur wenige Menschen gegeben, die sich derart selbstlos für ihn einsetzten.

»Also, wir treffen uns heute später am Nachmittag. Bisher konnte ich immer pünktlich in den Feierabend gehen«, sagte Gisela leise, aber mit einer für eine junge Frau ungewöhnlichen Vehemenz.

»Aber wo? Draußen ist es zu kalt.« Wenn Gisela schon so viel riskierte, dann sollte sie wenigstens nicht noch krank werden.

»Und in einem Café sehen uns zu viele Leute«, warf Gisela ein. »Ich weiß ja nicht, wen dein Bruder alles kennt.«

»Aber erkennt man dich und mich?«, fragte Theodor. Doch er wollte nicht weiterdiskutieren, denn die Zeit drängte.

»In der Garnisonkirche«, schlug Gisela vor.

»Die ist aber nur bis drei Uhr geöffnet«, gab Theodor zu bedenken.

»Ich sehe zu, dass ich heute Nachmittag ein oder zwei Stunden früher gehen darf. Ich habe genügend Überstunden und ich hoffe nicht, dass heute noch mehr Papierkram hinzukommt. Aber was ist mit dir?«

»Meine Zustellrunde übernimmt gerade mein Kollege. Ich frage mich, ob ich überhaupt noch Arbeit habe?«

»Sei nicht verzagt«, sagte ihn Gisela. »Also. Abgemacht. So gegen zwei?« Sie ließ Theodor keine Möglichkeit zu antworten, sondern huschte aus ihrer Deckung hervor und rannte zur Treppe.

»Ja«, rief Theodor leise und eilte zum Ausgang. Draußen auf der Priesterstraße hallten Schritte und gleich darauf schlug die schwere Eingangstür auf, begleitet von einem Stoß kalter Winterluft. Doch das war nicht der Grund, warum Theodor plötzlich zu frösteln begann.

»Da ist ja der Briefmarder, mein Bruder …«, sagte Walter Berwalt, der ihm mit seiner militärisch gedrillten Statur den Weg zum Ausgang versperrte.

*

Mit gesenktem Kopf befand sich Theodor auf dem Weg zur Garnisonkirche. Das winterliche Potsdam wirkte trostlos und traurig und passte zu seiner augenblicklichen Stimmung. Vor lauter Grübeleien hatte er heute noch nichts gegessen und war bisher völlig planlos durch die Gassen gelaufen. Denn er hatte ja nichts zu tun. Als er vom Polizeipräsidium in die Hauptpost zurückgekehrt war, hatte ihn Oberbriefträger Neuber über seine

Beurlaubung mit sofortiger Wirkung in Kenntnis gesetzt. Obwohl Theodor damit gerechnet hatte, so war er auch wütend, denn er hatte sich nichts zuschulden kommen lassen, auch wenn sein Bruder ihn heute Morgen als »Briefmarder« betitelt hatte. Ihn wunderte es jedoch nicht, dass Neuber es dennoch geschafft hatte, seine Beurlaubung durchzusetzen. Zu Lebzeiten seines Vaters hätte sich niemand getraut, derartige Anschuldigungen gegen seinen Sohn anzubringen. Artur Berwalt war bis zu seinem tragischen Tod eine der wichtigsten Personen in der Oberpostdirektion Potsdams gewesen. Ihm hatte Theodor es überhaupt zu verdanken, dass er trotz seiner angeschlagenen Gesundheit die Anstellung als Postbeamter erhalten hatte. Immerhin hatte er die Ausbildung als Jahrgangsbester absolviert und wäre sogar für höhere Positionen geeignet gewesen. Doch Theodor hatte die Arbeit an der frischen Luft dem Aufenthalt in stickigen Amtsstuben vorgezogen. Ja, die Arbeit unter freiem Himmel tat ihm gut, aber dennoch sehnte er sich nach einem anderen Leben. Einem Beruf, in dem er seine wahren Fähigkeiten würde unter Beweis stellen können. Wenn Potsdam nur nicht so viele Brücken besäße. Ob diese Anfälle irgendwann ganz aufhörten? Der Arzt, den er einige Zeit nach dem Ende des Krieges konsultiert hatte, hatte nur mit den Schultern gezuckt, als Theodor ihm von seiner wiederkehrenden Atemnot und den Schwindelanfällen berichtete. »Sie sind doch nicht allein damit«, hatte der Arzt zu ihm gesagt und ihm ein starkes Schmerzmittel verschrieben, das er bislang nie eingenommen hatte.

Heute machten ihm die Brücken erneut ziemlich zu schaffen. Allein die Vorstellung, eine zu überqueren, rief bereits ein Gefühl der Beklemmung in ihm hervor. Deshalb mied er die Straße Am Kanal und hatte sich für den Weg vorbei am Schloss über die Mammonstraße, die in die Breite Straße mündete, entschieden. Den ganzen Tag schon kam er aus dem Grübeln nicht mehr heraus. Hatte Neuber diese haltlose Anschuldigung bereits nach Berlin gemeldet? Warum schrieb man die Taten ausgerechnet ihm zu? Er war immer pünktlich gewesen und war zuvorkommend gegenüber Vorgesetzten, Kollegen und Postkunden aufgetreten. Seine Gedanken kreisten, drehten und wendeten sich hin und her, bis er schließlich zu der Überzeugung gelangte, dass man ihn aus irgendeinem Grund loswerden wollte. Der Verdacht, Postsachen zu unterschlagen, würde immer über ihm schweben, selbst wenn man diesen widerlegte. Welcher Kollege konnte dahinterstecken? Und wie weit würde dieser gehen, um ihm etwas anzuhängen? Würde er Beweise fingieren, um ihn zu belasten? Die Vorstellung kam ihm zunächst absurd vor, doch dann setzte sich dieser Gedanke fest.

In einiger Entfernung ragte der hohe Turm der Garnisonkirche in den grauen Himmel. Gerade als er auf den Eingang zulief, begann das Glockenspiel und »Lobe den Herrn« erklang. Ein Trost an diesem kalten Wintertag? Nicht für Theodor. Nachdem er die schwere Eingangstür aufgeschoben hatte, schritt er andächtig durch das Innere der Kirche, blickte beeindruckt auf die barocke Wagnerorgel mit ihren bis zu fünf Meter langen Pfeifen und nahm schließlich auf einer Bank Platz. Genau vor ihm saß Gisela.

»Hallo, Gisela«, flüsterte er. Einige ihrer dunkelblonden Haare zitterten sanft im Hauch seines Atems.

»Hallo, Theodor«, antwortete sie leise und drehte sich zu ihm um. Ihre blauen Augen strahlten selbst bei dem schummrigen Licht, das in der Kirche herrschte. Theodor musste an das Meer denken, das er noch nie gesehen hatte. So würde es aussehen, das Meer, dachte er.

»Wie geht es dir?«, fragte Gisela leise.

»Man hat mich beurlaubt«, antwortete Theodor traurig.

»Ich habe es befürchtet«, sagte Gisela und schaute wieder auf. Doch sie sah nicht ihn an. Theodor folgte ihrem Blick und bemerkte, dass der Küster sie beobachtete.

»Ich habe Neuigkeiten«, sagte Gisela im Flüsterton. »Die Ermittlungen im Todesfall Pagel werden wohl nicht weitergeführt.«

»Wie das? Doch ein Unfall?«

»Nein, das kann man nicht gerade sagen. Alles deutet auf eine Selbsttötung hin. Pagel hat eine Schusswunde am Kopf und seine Frau gab an, nachdem sie ihn identifizierte, dass er wohl gemütskrank gewesen sei und in der letzten Zeit öfter über die Härte des Lebens geklagt habe.«

»Hm«, seufzte Theodor. »Hat man denn eine Waffe gefunden?«

»Soweit ich weiß, ja.«

»Und wo? Und hat man die Fingerabdrücke darauf schon überprüft?«

Gisela zuckte mit den Schultern. »Du weißt aber einiges über Spuren.«

»Ich lese viel. Und wegen des Päckchens mit dem Schmuck will man nichts unternehmen?«

»Das wird dem zuständigen Beamten überlassen.«

»Aber Gisela. Wer hat das denn verfügt? Mein Bruder?«

»Nein. Der Kriminaloberkommissar. Kriminalkommissar Stoewer hat ihm telefonisch die Ergebnisse mitgeteilt. Nun wird der Fall mit dem Vermerk ›Selbsttötung‹ abgeschlossen.«

»Der macht es sich aber einfach«, brummte Theodor.

»Wieso?«, fragte Gisela.

»Die Tür stand offen …«

»Du meinst …?«

»Wer erschießt sich bitte bei offener Tür? Das hätte man doch im Haus hören müssen.«

»Du meinst, er war nicht allein in seiner Wohnung, als das geschah?«

»Ja«, sagte Theodor nachdrücklich.

Gisela überlegte. Am Eingang der Kirche hörten sie Stimmen. Theodor drehte sich um. Der Küster war ins Gespräch mit einem Mann vertieft, in dem Theodor den Organisten erkannte. Otto Becker hieß er. Seinem Spiel hatte er vor langer Zeit während eines Orgelkonzertes gelauscht. Ansonsten konnte Theodor der Kirche wenig abgewinnen. Obwohl sogar Johann Sebastian Bach vor mehr als hundertfünfzig Jahren auf Einladung von Friedrich II. hier gewesen war. Seit Ludendorff bei einer Gegenveranstaltung zur Gründung der Republik hier geredet hatte, mochte er den Ort nicht mehr. Theodor fand, dass es keine bessere Staatsform gab als die jetzige. Alles Militärische mochte er nicht. Könige auch nicht. Die Schlösser und die Parks hingegen schon. Die Stadt war ein einziger großer Widerspruch, dachte er. Sein Magen knurrte. Der Hunger war vermutlich dafür verantwortlich, dass seine Gedanken abdrifteten.

»Theodor?«, fragte Gisela, die mittlerweile aufgestanden war.

»Ja?«

»Träumst du?«

Theodor schüttelte den Kopf, blieb aber sitzen. »Danke, Gisela, dass du zu mir hältst.«

»Warum sollte ich das nicht tun?«

»Du wolltest mir doch noch etwas erzählen?«

»Hm? Ach so. Das machen wir ein anderes Mal. Ich werde dich weiter auf dem Laufenden halten«, sagte sie und verließ ihre Sitzreihe. Im Gang blieb sie stehen. »Wie willst du denn jetzt deine Tage verbringen?«

»Wenn ich das nur wüsste. Ob ich überhaupt noch meinen Lohn erhalte?«, seufzte Theodor. »Es wird nicht leicht«, murmelte er. Gisela sah ihn mitfühlend an, wusste jedoch nicht, was sie ihm zur Aufmunterung auf den Weg mitgeben konnte.

»Wollen wir einen Treffpunkt fürs nächste Mal ausmachen?«, fragte sie und versuchte dabei möglichst optimistisch zu klingen.

Theodor erhob sich nun ebenfalls. »Wenn es doch nicht so kalt wäre«, sagte er müde.

»Du wirst doch nicht krank?«, fragte Gisela besorgt.

»Nein …«

»Ich meine, wegen heute Morgen im Präsidium.«

Theodor wusste zunächst nicht, auf was sie anspielte. Dann erinnerte er sich an seinen kleinen Schwächeanfall. Er könnte ihr sagen, was mit ihm los war, doch er zögerte. Noch kannten sie sich nicht gut genug, als dass er ihr dies anvertrauen wollte. Konnte er überhaupt jemandem seine körperlichen Reaktionen erklären, die ihn heimsuchten, wenn sich etwas ereignete, von dem er sich in die Enge getrieben fühlte? Und dann die Sache mit den Brücken. Nicht dass Gisela ihn für geisteskrank hielt.

»Nur ein kleiner Schwächeanfall. Immerhin steht meine berufliche Zukunft auf dem Spiel«, sagte Theodor.

»Liegt deine Zukunft wirklich dort?«, fragte Gisela. Zunächst konnte Theodor mit ihrer Frage, die keine Frage zu sein schien, nichts anfangen. Sie schaute ihn ermunternd an.

»Was meinst du, liebe Gisela?«, fragte er verwirrt.

»Du kennst die Antwort«, sagte Gisela bestimmt.

Mit einem Mal wurde Theodor ganz warm ums Herz. Gisela hatte begriffen, was er selbst nicht hatte zulassen wollen: den Gedanken an sein verkehrtes Leben. Dieses Leben, das er führte, hatte nichts mit ihm und seinen Vorstellungen und Zukunftsplänen zu tun. Es war erbärmlich, wie er sich demütigen ließ. Von allen Seiten und besonders von seinem Bruder. Wollte er wirklich sein Leben als Postbote fristen?

»Was würdest du denn gerne machen, welcher Beruf …?«, fragte Gisela unverhohlen, als Theodor nicht auf ihre Äußerung einging.

»Wenn nicht mein Bruder dort arbeiten würde …«

»Du meinst, du würdest gerne Kriminalbeamter werden?«, fragte sie leise.

Theodor nickte verlegen.

»Vielleicht findet sich ja ein Weg«, sagte Gisela aufmunternd und streckte ihm zum Abschied ihre zierliche Hand entgegen. Da Küster und Organist sich in einen Nebenraum zurückgezogen hatten, wagte es Theodor, mit der anderen Hand Giselas Arm zu berühren. Das Glockenspiel begann, »Üb immer Treu und Redlichkeit« anzustimmen.

»Was hältst du von der Buchhandlung in der Junkerstraße? Du weißt, welche?«, fragte Gisela.

»Ja. Morgen, wenn du mit deiner Arbeit fertig bist?«

»Ja, so machen wir es«, antwortete Gisela, während Theodor ihr den Vortritt ließ.

»Ich warte noch eine Weile, dann verlasse auch ich die Kirche«, sagte Theodor. »Komm gut nach Hause, Gisela.«

Bevor Gisela durch die schwere Kirchentür verschwand, drehte sie sich mit einem Lächeln auf den Lippen noch einmal zu Theodor um. Ihre blauen Augen strahlten Zuversicht aus.

DONNERSTAG – DRITTER TAG

Theodor hatte zum ersten Mal seit Monaten länger geschlafen und saß mit einer Tasse Kaffee bei der Lektüre der Tageszeitung. Nachdem er den Politikteil überflogen hatte und gerade bei den lokalen Nachrichten angelangt war, klopfte es an seiner Zimmertür. Maria Rogge brachte ihm ein Stückchen von dem Kuchen, nach dem es gestern Abend im Haus gerochen hatte. Da Theodor um diese Uhrzeit üblicherweise seine Zustellrunde ging, sah er sich gezwungen, seiner Vermieterin zu erklären, warum er heute Morgen seinen Dienst nicht angetreten hatte. »Ich habe Urlaub bekommen«, sagte er. Er hatte damit noch nicht einmal die Unwahrheit ausgesprochen.

»So? Mitten in der Woche haben Sie plötzlich Urlaub? Ausgerechnet jetzt, da so viele Ihrer Kollegen krank sind?« Sie schien ihm nicht recht zu glauben. Theodor war sich nicht sicher, ob er diesen Anflug von Argwohn nicht in ihre Bemerkung hineininterpretierte. Denn ohne noch einmal nachzubohren, ließ sie ihn verbunden mit guten Wünschen für den heutigen Tag allein.

Theodor widmete sich wieder seiner Zeitungslektüre. Er hatte eine Nachricht entdeckt, über deren Inhalt er beinahe vergessen hatte, den Kuchen vor dem Schlucken zu kauen. Er musste husten. Was ihn aufregte, war nicht die Tatsache, dass die Zeitung in aller Ausführlichkeit über den Leichenfund im Haus am Kanal berichtete. Nein. Man schrieb über ihn. Auch wenn sein Name nicht genannt wurde, so konnte sich doch jeder zusammenreimen, wer mit dem Postboten gemeint war, der die Polizei zum Tatort gerufen hatte. Man kannte ihn schließlich. Auch Maria Rogge kannte seinen Zustellbezirk. Es war anzunehmen, dass sie deshalb seine Version von einem plötzlichen Urlaub hinterfragt hatte. Theodor hatte sich noch gewundert, dass am Vortag nichts in den Zeitungen stand. Ob die Presse erst gestern von den Vorkommnissen am Kanal erfahren hatte? Über die genauen Todesumstände wurde jedenfalls nicht berichtet. Während er den Artikel wieder und wieder las und sich an das, was er mit eigenen Augen gesehen hatte, zu erinnern versuchte, kam er zu der Überzeugung, dass die These der Kriminalpolizei vom Selbstmord auf tönernen Füßen stand. Der Kriminalkommissar hatte doch in der Wohnung des Toten ebenfalls von Mord gesprochen. Theodor hätte zu gerne gewusst, wo man die Waffe gefunden hatte. Er konnte sich nämlich nicht erinnern, eine Pistole in der Wohnung gesehen zu haben. Diese hätte ja ganz in der Nähe des toten Körpers liegen müssen, wenn Alfred Pagel sich denn eigenhändig erschossen hatte. Ob sie unter dem Leichnam gelegen hatte? Theodor legte die Zeitung beiseite und aß gierig den Sandkuchen, der kaum merklich nach Mandeln und Zimt schmeckte. Er aß zu wenig in der letzten Zeit, musste er feststellen. Während er seine Tasse in dem kleinen Becken ausspülte, überlegte er, ob er sich vor dem Haus in der Straße Am Kanal auf die Lauer legen sollte. Doch er hatte sich für heute etwas ganz anderes vorgenommen. Gisela hatte ihn gestern mit ihrer Frage nach seiner Zukunft mehr getroffen, als ihm lieb war. Um sich über seine Zukunft Gedanken zu machen, musste er jedoch erst einmal beginnen, die Vergangenheit zu verstehen.

Er zog sich seinen Mantel an und verließ das Haus. In der Nauener Straße stieg er in die Straßenbahn ein und fuhr damit bis zur Russischen Kolonie Alexandrowka. Von der Haltestelle hatte er es nicht mehr weit. Das Haus in der Alleestraße, in dem er seine gesamte Kindheit verbracht hatte, lag nur wenige Minuten Fußweg entfernt. Doch so entschlossen, wie er dachte, fühlte er sich nicht mehr. Es gab keine Alternative. Wo sollte er sonst mit der Bewältigung der Vergangenheit anfangen? Seine Mutter war bestimmt zu Hause, sein Bruder hatte hoffentlich im Polizeipräsidium zu tun. Hier auf ihn zu treffen, wollte er unter allen Umständen vermeiden. Die Villa, in der schon seine Großeltern gelebt hatten, strahlte nicht mehr im Glanz früherer Jahre. Auch bewohnte seine Familie nur noch eine Etage, der Rest des Hauses war untervermietet. So konnte man sich den Unterhalt leisten und hoffentlich noch Geld beiseitelegen. Theodor schob die metallene Gartenpforte auf, die leise quietschte, und durchschritt den in der Winterkälte erstarrten Vorgarten. Die Gehwegplatten zum Haus waren ein wenig rutschig. Einer der Mieter musste den Schnee, der vorgestern Nacht gefallen war, an den Rand gekehrt haben. Theodor konnte sich seinen Bruder bei dieser Tätigkeit nicht vorstellen. Er stieg die Stufen zum Haus empor und klingelte an der Tür im Parterre. Es dauerte eine Weile, bis ihm geöffnet wurde.

»Der verlorene Sohn«, sagte seine Mutter. Ihre Worte klangen bitter, doch ihre Augen sagten etwas anderes. Aus ihnen sprach tiefe Traurigkeit.

»Guten Morgen, Mutter. Ich würde gerne mit dir reden.«

»Komm herein«, sagte Hermine Berwalt und ging zurück ins Haus. Theodor schloss die Tür. Hier roch es wie früher. Doch dieses Früher existierte nicht mehr.

»Ich habe Tee gekocht. Möchtest du dich zu mir setzen?« Hermine Berwalt zeigte auf ein Tischchen am Fenster. Von dort aus konnte man auf die Straße vor dem Haus blicken. Sie musste ihn kommen gesehen haben. Theodor ging in den Flur zurück und hängte seinen Mantel auf den Garderobenständer.

»Vergiss nicht, deine Schuhe auszuziehen«, rief seine Mutter aus dem Zimmer, das alles war: Wohnstube, Empfangsraum, Bibliothek. Theodor folgte ihrer Anweisung. Auf Socken wollte er allerdings nicht laufen.

»Deine Hausschuhe befinden sich noch in der Kommode«, rief seine Mutter, so als habe sie seine Gedanken gelesen. Als er die Kommodentüre öffnete, kamen ihm Tränen. Seine Mutter hatte tatsächlich seine Hausschuhe aufbewahrt, als wäre er nie ausgezogen.

»Mutter, es tut mir so leid«, sagte er, als er sich zu ihr an den Tisch setzte.

»Was tut dir leid?«, fragte sie. »Dass du ausgezogen bist? Dass dein Vater tot ist? Dass ihr mich alle im Stich lasst?« Sie zog ein besticktes Taschentuch aus ihrer Rocktasche und betupfte damit ihre Wangen.

»Ich wollte dich nicht im Stich lassen, Mutter. Aber es war die einzige Möglichkeit …«

»Ich weiß. Dein Bruder ist ein Scheusal.«

»Leidest du unter ihm?«

»Nein, zu mir ist er höflich. Manchmal empfinde ich diese distanzierte Höflichkeit jedoch einfach nur verletzend. Ich bin doch seine Mutter …« Sie schluchzte. »Gut, dass du da bist, Theodor.« Sie griff nach seiner Hand.

»Kommt Walter mittags zum Essen nach Hause?« Theodor musste wissen, wie viel Zeit ihm mit seiner Mutter blieb.

»Seit einer Weile schon nicht mehr. Und abends wird es regelmäßig sehr spät. Oft kommt er sogar erst in der Nacht. Er riecht dann nach Rauch und nüchtern ist er meist auch nicht mehr.«

»Aber wer kümmert sich denn um dich?«, fragte Theodor besorgt. Er hielt immer noch die Hand seiner Mutter.

»Unsere Untermieter sind sehr freundlich. Und mit der Witwe des Majors habe ich mich sogar ein wenig angefreundet.«

Erleichtert nippte Theodor an seinem Tee.

»In der Dose ist Gebäck, nimm dir«, sagte seine Mutter und deutete auf eine Anrichte aus edlem Holz. Theodor ließ ihre Hand los und stand auf. Er holte sich die Blechdose, die so gar nicht zu der Inneneinrichtung aus vergangenen Tagen passen wollte, und bediente sich. Heute war man besonders gut zu ihm.

»Du auch, Mama?« So hatte er seine Mutter schon lange nicht mehr genannt. Diese schüttelte den Kopf.

»Was bedrückt dich, mein Junge?«

»So vieles …« Und dann berichtetet er von den Ereignissen der vergangenen Tage.

»Diese Gisela, ist das deine Freundin?«, fragte seine Mutter, nachdem er geendet hatte. »Wir haben uns so lange nicht mehr gesehen.«

»Nein, nicht so …«, antwortete Theodor. Er überhörte den leisen Vorwurf seiner Mutter, weil er jetzt ihren Zuspruch gebraucht hätte. Doch seine Mutter verlor kein einziges Wort über seine missliche Lage.

»Aber du hast sie schon gerne, nicht wahr?«

Theodor nickte.

»Ich weiß nicht, was ich zu all dem sagen soll«, fügte seine Mutter nach einer Weile hinzu. »Es klingt alles so verworren. Zu verworren für eine alte Frau wie mich. Aber lass dich nicht in etwas hineinziehen, hörst du? Ich weiß, dass du ein ehrlicher Junge bist. Im Gegensatz zu deinem Bruder.« Sie hatte diese Bemerkung mit Absicht fallen lassen, sie war ihr nicht einfach herausgerutscht.

»Wo wir beim Thema sind«, sagte Theodor. »Ich würde gerne wissen, was vor Vaters Tod geschehen ist. Natürlich nur, wenn es dir keinen allzu großen Kummer bereitet.« Er wollte nach ihrer Hand greifen, doch in dem Moment schenkte sich seine Mutter Tee nach. Erst jetzt hörte Theodor das Ticken einer Uhr. Draußen fuhr ein Automobil vor. Theodors Herz begann augenblicklich laut zu schlagen. Das durfte auf keinen Fall sein Bruder sein. Theodor sprang auf und lief zum Fenster und erblickte einen Mieter des Hauses.

»Nach deinem Gespräch mit deinem Vater war er ganz außer sich«, sagte seine Mutter.

Theodor zuckte zusammen und drehte sich wieder zu ihr um. »Du weißt davon?«

»Ja, dein Vater hat mit mir über deinen Kellerfund gesprochen.«

»Du meinst, über die Postsäcke, die Banderolen …?«

»Aber nicht dein Vater hatte damit etwas zu tun.«

»Nicht? Ich dachte, weil er ja bei der Postdirektion arbeitete …«

»Dein Vater war ein redlicher Mann. Während des Krieges und nach dem Krieg. Ganz anders als viele andere. Du weißt bestimmt, dass sich viele, auch höhere Beamte, nicht ehrenhaft verhalten haben?«

Nicht ehrenhaft, so konnte man es nennen. Überfälle, Scharaden, Verbrechen waren zu Beginn der neuen Republik an der Tagesordnung gewesen. Begangen keineswegs ausschließlich von Kleinkriminellen und anderen Ganoven. Die Zeitungen berichteten damals nahezu täglich davon.

»Nicht Vater also. Etwa Walter?«

»Ja, dein feiner Bruder.«

»Wieso habt ihr nichts unternommen oder wenigstens mit mir darüber gesprochen?«

»Dazu kam es nicht mehr. Der Unfall, du weißt …«

»Ja«, sagte Theodor. Eines Tages war sein Vater mit seinem Automobil in den Tiefen See gefahren und ertrunken. Seine Mutter war seitdem nur noch ein Schatten ihrer selbst. Doch heute schien es ihr besser zu gehen.

»Dein Bruder sprach sofort von Selbstmord. Das gab er auch bei seinen Kollegen so an.«

»Du glaubst nicht daran, wie ich deinen Worten entnehme?«

»Theodor, wir beide wissen, dass sich dein Vater niemals selbst richten würde. Warum auch?«

»Walter macht mich für Vaters Tod verantwortlich«, sagte Theodor.

»Ich weiß«, sagte seine Mutter. Ihre Stimme klang matt. »Weil er mit deinen Anschuldigungen nicht fertiggeworden ist.«

»Ich habe Vater doch gar nicht beschuldigt. Nicht ihn.« Theodor konnte kaum in Worte fassen, was er gerade dachte. Was hatte Walter mit dem Tod seines Vaters zu schaffen? Unzweifelhaft war, dass ihm dessen Ableben mehr als gelegen gekommen war. Und wenn Walter, so wie Theodor es vermutete, selbst in verbrecherische Geschäfte verwickelt gewesen war, dann musste er weiterhin auf der Hut sein, dass diese nicht ruchbar wurden. Seine kriminelle Vergangenheit durfte niemals ans Licht kommen. Zu viel stand für ihn auf dem Spiel. Ob er außerdem Mitwisser in höchsten Kreisen hatte?

»Wie kannst du mit Walter nur unter einem Dach leben, Mutter?«, fragte Theodor. Er ahnte, dass sie ihren ältesten Sohn längst durchschaut und ihm auch eine Mitschuld am Tod ihres Mannes zugedacht hatte.

»Was bleibt mir anderes übrig?«, fragte sie.

»Wenn ich doch nur mehr Geld hätte. Dann könnten wir uns gemeinsam eine schöne Wohnung leisten«, sagte Theodor.

»Ich komme schon zurecht. Aber bitte achte du auf dich und denke an deine Zukunft. Du hast dein gesamtes Leben noch vor dir.«

Theodor war gerührt. Seine Mutter glaubte an ihn. Plötzlich stand sie auf und lief zu einer Kommode in der anderen Ecke des Raumes. Sie kramte einen kleinen Schlüssel aus ihrer Rocktasche und drehte diesen in dem Schloss um. Dann zog sie die Schublade auf und entnahm eine gerahmte Fotografie. Diese reichte sie Theodor und setzte sich wieder zu ihm.

»Wer ist das?«, fragte er, während er das Porträt eines Mädchens betrachtete. Das Bild musste noch vor dem Krieg entstanden sein, vielleicht sogar viele Jahre davor.

»Das ist deine Schwester«, sagte Hermine Berwalt und musste husten.

»Wer? Ich hatte eine Schwester?«

»Ja, Theodor. Erinnerst du dich nicht mehr an Agnes? Ach, du warst noch so klein, als …

»Was ist geschehen, Mutter?«

Hermine Berwalts Gesichtszüge wurden starr. Sie seufzte. Theodor konnte ihr ansehen, dass sie mit sich haderte. Er hatte schon die Hoffnung aufgegeben, dass sie ihm mehr erzählen würde. Schließlich hatten sie nie über die vielen merkwürdigen Vorgänge gesprochen, und seine Erinnerung war mehr als bruchstückhaft, so als ob ein Teil seines Gedächtnisses versperrt wäre. »Eines Sonntags spazierten wir rund um den Belvedere auf dem Klausberg. Ihr Jungs seid miteinander gerannt, vor uns, hinter uns. Ihr habt Späße gemacht. Plötzlich wart ihr verschwunden, aber wir machten uns keine Sorgen, denn so wart ihr. Dein älterer Bruder passte immer auf dich auf. Ich möchte nicht verhehlen, dass ich dennoch eine unterschwellige Rivalität zwischen euch spürte. Doch niemals hätte ich daran gezweifelt, dass du in seiner Gegenwart nicht gut aufgehoben sein könntest.«

»Lebte Agnes da noch bei uns?«, fragte Theodor, obwohl er seine Mutter nur ungern in ihrem Redefluss unterbrach.

Sie nickte, überlegte und nahm dann den Erzählfaden wieder auf. »Doch plötzlich kam dein Bruder angerannt, ganz außer Atem war der Bursche. Sein Gesicht kreidebleich. ›Theo ist abgestürzt!‹, rief er immer wieder. Er führte uns zur Teufelsbrücke, die den Abflussgraben des Bornstedter Sees überspann. Du lagst da, in der Böschung, weit unten. Und du hast dich nicht mehr gerührt.«

Theodor versuchte krampfhaft, irgendeine Erinnerung wachzurufen. Aber da war nichts.

»Die Ärzte sagten, du hattest großes Glück. Du hattest eine Gehirnerschütterung, Prellungen, vor allem an den Armen, und Wunden an den Beinen. Trotzdem behielten sie dich eine Weile im Krankenhaus, weil du hohes Fieber bekamst und wirr zu reden begannst.«

»Was habe ich geredet?«

Seine Mutter sah ihn mit schreckgeweiteten Augen an, so als durchlebe sie alles ein weiteres Mal. Eine Antwort jedoch blieb sie ihm schuldig. Wenn Theodor doch nur wüsste, was damals passiert war. Das Bruchstück einer Erinnerung durchzuckte ihn plötzlich. Ihm war, als wäre er nicht einfach aus Unachtsamkeit oder Leichtsinn den Abhang hinabgestürzt. Hatte ihn jemand von der Brücke gestoßen? Aber wären dann seine Verletzungen nicht weitaus schlimmer gewesen? In seiner Erinnerung war die Brücke mit ihren Ziegelbögen viele Meter hoch. Immerhin hatte er ein Bild dieser Brücke nun wieder vor Augen, wenn auch ein sehr unscharfes. Er konnte ausschließen, dass sie diesen Ort später noch einmal aufgesucht hatten.

»Und wenige Tage nach diesem Unfall war Agnes verschwunden«, unterbrach Theodors Mutter seine Gedanken.

»Einfach verschwunden?«

Seine Mutter seufzte. »Ja, Theodor. Wir machten uns so große Sorgen um dich, weil dein Fieber einfach nicht abklingen wollte. Ich hätte mich mehr um Agnes kümmern müssen.«

Die Bemerkung stach Theodor ins Herz. Wollte seine Mutter ihm nun die Schuld für Agnes' Verschwinden geben? Er hatte doch seinen Zustand nicht willentlich herbeigeführt.

»Sie war so bedrückt in jenen Wochen gewesen. Sie hatte sich sehr verändert. Ich dachte, es sei wegen dir, weil sie dich doch so gernhatte, ihren kleinen Bruder.«

Theodor spürte, dass seine Mutter einen Verdacht hegte, warum Agnes' Stimmungslage sich damals zum Negativen entwickelt hatte. Doch er wagte nicht nachzufragen.

»Als wir eines Tages aus dem Krankenhaus zurückkehrten, kam uns die Dienstmagd im Flur entgegen. Agnes sei unauffindbar. Du musst wissen, Theodor, sie war die

Zuverlässigkeit in Person. Sie kam nicht zurück. Niemals mehr.«

»Sie kann doch nicht einfach verschwunden sein«, sagte Theodor nachdrücklich. »Habt ihr die Polizei verständigt? Wurde nach ihr gesucht?«

Seine Mutter begann, mit ihren Händen ein Taschentuch zu wringen. »Sie ist heute dreiunddreißig Jahre alt«, sagte sie nach einer Weile.

»Du meinst, sie lebt?«, fragte Theodor aufgeregt.

»Niemand sagte uns, dass sie tot ist. Also muss sie doch noch leben.«

»Und wieso habt ihr nie mehr über sie geredet?«

Seine Mutter schaute ihn hilflos an.

»Ich verstehe, ihr habt mit mir nicht über sie geredet. Warum?«

»Du warst doch so jung. Und dein Bruder meinte, es sei besser, wenn wir dir gegenüber nicht mehr über sie sprechen.«

»Wieso nur? Das verstehe ich nicht.« Theodor fand einfach keine Begründung für dieses merkwürdige Verschweigen von Agnes' Existenz.

»Heute verstehe ich es ja auch nicht mehr. Aber damals …«

»Was hat Walter noch gesagt?«

Seine Mutter ließ sich mit einer Antwort Zeit. »Irgendetwas sei vorgefallen zwischen dir und Agnes.«

»Was zum …« Theodor wusste, dass seine Mutter empfindlich reagierte, wenn er Schimpfworte benutzte.

»Die Zeiten … Und dann kam der Krieg …«, stotterte Hermine Berwalt. Sie wirkte plötzlich um Jahre älter als noch vor wenigen Minuten. »Du musst herausfinden, ob Agnes noch lebt.«

»Wie denn?«

»Bitte«, ihre Augen flehten ihn an. »Ich weiß ja nicht, wie lange ich noch auf dieser Welt zu leben habe.«

»Mama.«

*

Nach seiner Rückkehr vom Besuch seiner Mutter konnte Theodor nicht anders, als sich – wie er dachte – für eine Weile auf sein Bett zu legen. Er musste sofort eingeschlafen sein und bekam nicht einmal mit, dass seine Wirtin in der Zwischenzeit in sein Zimmer gekommen war. Denn von wem sonst sollte der braune Jumper mit den hellen Streifen stammen, der über der Stuhllehne hing. Seine Vermutung bestätigte sich, denn auf dem Tisch lag eine dick mit Butter bestrichene Schrippe. Er nahm den Kessel mit heißem Wasser vom Ofen und bereitete sich einen Kaffee.

Auf dem Tisch lag der Umschlag, den ihm seine Mutter beim Abschied zugesteckt hatte. Darin befand sich ein geringer Geldbetrag. »Verwende es für etwas Sinnvolles«, hatte sie gemurmelt, ihm über seine Wange gestrichen und ihn zur Haustür begleitet. Nachdem die Tür hinter ihm ins Schloss gefallen war, hatte Theodor noch eine Weile vor dem Eingang gestanden und nachgedacht. Nachgedacht über die Worte seine Mutter. Und plötzlich kam die Erinnerung an seine Schwester zurück, nur schemenhaft zwar, aber erstmals spürte er wieder, dass es sie gab, gegeben hatte. Er öffnete den Umschlag, entnahm das Geld und steckte es in seine Hosentasche. Er wollte es für Bücher ausgeben. Zweifellos etwas Sinnvolles. Er wollte sich weiterbilden. Bislang las er vorwiegend Romane, Abenteuerromane zumeist, die ihn in ferne Welten entführten, oder – noch lieber – Kriminalromane. Er wollte dazulernen. Wenn er sich abends alleine in seinem Zimmer aufhielt, hatte er schließlich genügend Zeit dazu.

Er schaute auf die Uhr. Gisela und er hatten keine genaue Zeit ausgemacht. Aber sie hatte ihm verraten, dass sie meistens gegen vier Uhr nachmittags das Polizeipräsidium verließ. Man achtete genau auf die Einhaltung des Achtstundentages. Es war nicht weit von hier bis in die Buchhandlung in der Junkerstraße. Trotzdem beeilte sich Theodor, denn er wollte Gisela auf keinen Fall zu lange warten lassen. Er zog den braunen Jumper an. Er fühlte sich so weich an. Bei näherem Betrachten hatte Theodor den Eindruck, dass er jedoch nicht ganz neu war, allerdings höchstens ein- oder zweimal getragen. Von wem wohl? Nachdem er seine Schuhe geschnürt hatte, streifte er seinen Wollmantel über und setzte seinen einzigen Filzhut auf. Damit wirkte er beinahe wie ein wohlsituierter Herr, wie er beim Blick in den Spiegel schmunzelnd feststellte. Als er vor die Tür trat, begann es zu dämmern.

Nachdem Theodor die Nauener Straße überquert hatte, beschlich ihn das Gefühl, verfolgt zu werden. Dieses Gefühl verließ ihn bis zur Buchhandlung in der Junkerstraße nicht mehr. Drinnen leuchtete das elektrische Licht. Heimelig und verlockend wirkten die Räumlichkeiten mit den Bücherregalen, wenn man von außen hineinschaute. Was so verlockend war, hatte jedoch auch Nachteile, denn von der Straße aus konnte jeder sehen, wer sich drinnen aufhielt. Wie auf einem Präsentierteller. Theodor schaute sich vorsichtig um. Hatte ihn das Gefühl eben doch getrogen? Fantasierte er? Die Straße war nahezu menschenleer.

Dennoch begann Theodor an der Eignung ihres Treffpunktes zu zweifeln. Dass seine Sorge nicht unbegründet war, erfuhr er im gleichen Augenblick.

»Sie sind doch der Postbote, der den Toten am Kanal gefunden hat?«, keuchte ein Mann um die vierzig ihm entgegen. Theodor erkannte das Gesicht sofort.

»Sind Sie der Reporter von der Potsdamer Zeitung?«

»Sie kennen mich?«

»Wer kennt Sie nicht«, versuchte Theodor ihm zu schmeicheln. In Wirklichkeit hatte Gisela ihn im vergangenen Jahr auf den Herrn hingewiesen, als sie zu zweit die Brandenburger Straße entlanggingen. »Der versucht immer, Informationen aus meinem Kollegen Stoewer herauszukitzeln«, hatte sie Theodor zugeflüstert.

»Also, nicht dass Sie denken, ich spioniere Ihnen nach«, sagte der Reporter jetzt.

»Nein?«, fragte Theodor überlegen.

»Nun gut, ich bin Ihnen tatsächlich gefolgt. Ich war mir aber nicht sicher, ob Sie wirklich der Postbote sind, der den Toten gefunden hat.«

»Welchen Toten denn?« Dieses Spiel begann ihm Freude zu machen, noch mehr, da es ihm offensichtlich gelang, den Reporter zu verunsichern.

»Sie sind das nicht? Ich meine, der Postbote, über den wir heute berichtet haben?«

»Ich weiß wirklich nicht, wovon Sie reden.« Theodor lupfte seinen Hut und wandte sich zum Gehen. Aus dem Augenwinkel hatte er schon längst Gisela entdeckt, die in einiger Entfernung auf ihn wartete. »Sie entschuldigen mich bitte?« Er ließ den verblüfften Reporter stehen und ging an der Buchhandlung vorbei. Als er sich umdrehte, war der Reporter tatsächlich verschwunden. Gisela hatte die Szene mit angesehen und folgte Theodor in einigen Metern Entfernung. Sie war eine blitzgescheite junge Frau. In der Brandenburger Straße fand Theodor schließlich eine Hofeinfahrt, die nicht mit allerlei Gerümpel vollgestellt war, und ging hindurch. Gisela kam hinterher.

»Guten Abend, Gisela«, sagte Theodor und betrachtete ihr hübsches Gesicht, das vom fahlen Licht einer Hoflampe angeleuchtet wurde.

»Guten Abend, Theodor. Was wollte der Reporter von dir?«

»Wegen Herrn Pagel. Du, das ist mir jetzt nicht wichtig. Wollen wir vielleicht heute ins Lichtspieltheater gehen?«

»Das wäre schön, lieber Theodor. Aber meine Eltern erwarten mich heute pünktlich zum Abendessen. Vorher möchte ich dir unbedingt noch etwas sagen …«

»Nur zu«, ermunterte sie Theodor.

»Nun, ich habe Neuigkeiten, was Herrn Pagel betrifft. Aber die hast du nicht von mir«, flüsterte sie. Ihre Wangen waren ein wenig gerötet. »Der Kreisarzt hat an der Schläfe von Herrn Pagel ein Einschussloch gefunden.«

»Also Selbstmord?«

»Nun warte doch ab!« Gisela strich eine Haarsträhne aus ihrem Gesicht, die unter ihrer Kappe herauslugte. »Theodor, stell dir vor. An der linken Schläfe.«

»Theodor versuchte sogleich, eine Bewegung nachzuahmen, als ob er sich selbst in den Kopf schösse. Mit der rechten Hand war es schwierig, sich in die linke Schläfe zu schießen.

»Also war er Linkshänder?«

»Theodor, das musst doch du wissen. Hat er nicht mal eine Empfangsbescheinigung unterschrieben? Und im Übrigen, kennst du jemanden, der mit links schreibt?«

Er überlegte eine Weile. »Du hast recht. Wenn er etwas unterschreiben musste, hat er das immer mit seiner rechten Hand getan.«

»Also …?«

»Du meinst, dass er sich nicht selbst erschossen haben kann?«

Gisela nickte und zog ihren Schal fester um ihren Hals.

»Ist dir kalt?«

»Ein wenig«, antwortete Gisela. »Theodor, wieso hat Frau Pagel erzählt, dass ihr Mann sich das Leben nehmen wollte?«

»Hat sie das?«

»Ja! Und sie hat ihn identifiziert. Sein Gesicht muss furchtbar ausgesehen haben.«

»Die arme Frau.« Theodor hatte das einfach nur so daher gesagt. Wenn er nämlich alles, was er bislang über sie wusste, zusammentrug, dann beschlich ihn die Überzeugung, dass mit dieser Frau etwas nicht stimmte. Da er morgen ohnehin nichts zu tun hatte, nahm er sich vor, sich vor dem Haus am Kanal auf die Lauer zu legen.

»Hast du eigentlich schon etwas von deinem Vorgesetzten gehört? Wie lange wollen sie dich denn beurlauben?«, fragte Gisela.

»Nein, nichts Offizielles. Und du? Weißt du, was mein Bruder vorhat, in Bezug auf mich?«

»Nein, aber sobald er länger außer Haus ist, werde ich mich einmal in seinem Büro umsehen.«

»Oh nein, bitte nicht. Ich möchte nicht, dass du meinetwegen in Schwierigkeiten kommst.«

»Na, hör mal! Ich passe schon auf. Aber dass er dich Briefmarder genannt hat, das ist doch ein starkes Stück.«

»Das hast du gehört?«

»Es war im Treppenhaus noch laut und deutlich zu hören.«

Ein Motorrad näherte sich auf der Brandenburger Straße, das bald schon seine Geschwindigkeit verlangsamte.

»Wir sollten hier weg, nicht dass man uns noch wegen vermeintlich ungebührlichen Verhaltens anspricht«, mahnte Theodor.

Gisela kicherte und drückte ihm einen Kuss auf seine Wange. Ihre warmen Lippen auf seiner kalten Haut ließen ihn vor Glückseligkeit schaudern.

»Morgen Kino?«, fragte sie leise.

»Wir treffen uns wieder vor der Buchhandlung?«

»Ja, so wie heute«, sagte Gisela mit gedämpfter Stimme. Dann huschte sie aus der Toreinfahrt auf die Straße.

»Ja«, rief ihr Theodor hinterher. Sein Herz machte Sprünge, keine weiten, aber es hüpfte. Erstmals seit Monaten, wenn nicht sogar Jahren, fühlte er sich wieder unbeschwert.

FREITAG – VIERTER TAG

Dass er es gewohnt war, früh aufzustehen, zahlte sich heute aus. Noch in der Dunkelheit verließ Theodor sein Zimmer im Holländischen Viertel. Frau Rogge hatte er gestern Abend etwas von einem Besuch bei Verwandten erzählt, zu denen er in aller Frühe aufbrechen wollte. Er hatte sich eine lange Unterhose angezogen, darüber eine seiner kräftigsten Hosen sowie den braunen Jumper. In eine Leinentasche hatte er eine Isolierflasche mit Tee sowie eine Schmalzstulle gepackt. Mit Mantel und Filzhut ausgestattet, lief er durch die erwachende Stadt. In vielen Zimmern brannte Licht. Als er in die Junkerstraße eingebogen war, hörte er hinter sich das Rattern der Straßenbahn auf der Nauener Straße. Er kam an dem Buchladen vorbei, der im Dunkeln lag, bog an der Einmündung nach links in die Jägerstraße ein, überquerte die Charlottenstraße, um in die Hoditzstraße einzubiegen. Eine Herausforderung stand ihm noch bevor. Er musste über die Ladenbergbrücke gehen, um auf die andere Seite der Straße Am Kanal zu gelangen. Brücke war zu viel gesagt. Mehr ein Steg als eine Brücke war das. Jetzt im Winter hatte Theodor geringere Schwierigkeiten, denn das Wasser war gefroren und breitete sich nicht schwarz und unheimlich unter ihm aus. Hinter der Brücke huschte er zur Westseite des Langen Stalls und holte tief Luft. Er hatte sein Ziel erreicht. In den Fenstern der pagelschen Wohnung war alles dunkel und so schenkte sich Theodor erst einmal Tee aus der Isolierkanne ein. Die warme Flüssigkeit rann durch seine Kehle und vermittelte ihm ein Gefühl der Sicherheit. Kalt war ihm nicht, denn der Fußmarsch hatte ihn durchwärmt. Da es ungewiss war, wann und ob sich überhaupt etwas ereignen würde, hoffte er, nicht zu sehr frieren zu müssen. Was versprach er sich überhaupt von diesem Unterfangen? Und was ging ihn der Tod von Alfred Pagel eigentlich an? Ihm hätte es egal sein können, wie er zu Tode kam, solange er nicht weiter verdächtigt wurde. Aber genau das war es nicht. Irgendwie glaubte er, dass die Witwe etwas auf dem Kerbholz hatte, und das ließ ihm keine Ruhe. Doch auch das hätte ihm keine Kopfschmerzen bereiten müssen, aber das starke Verlangen, die Wahrheit herauszufinden, war übermächtig. Nicht nur in diesem Fall.

In einem der Fenster des Hauses, das er die ganze Zeit nicht aus den Augen gelassen hatte, flammte ein Licht auf. Hinter der Gardine konnte er die Umrisse einer Frau erkennen. Es schien so, als spräche sie mit jemandem. Jetzt konnte Theodor auch schemenhaft eine zweite Person erkennen, die sich mit im Zimmer aufhielt. Plötzlich erlosch das Licht wieder. Theodor schraubte den Becher auf die Isolierkanne und schlenderte entlang des Langen Stalls zum Kanal. Es dämmerte. Er hoffte, dass er in diesem schummrigen Licht nicht nur Silhouetten würde erkennen können, sofern in den nächsten Minuten jemand das Haus verließ. Tatsächlich trat bald ein Mann auf die Straße, den er bislang dort noch nie gesehen hatte. An seinem Verhalten war abzulesen, dass der Mann, der einfache Arbeitskleidung trug, nicht erkannt werden wollte. Er zog seine Kappe tief in die Stirn und schlich an der Häuserreihe vorbei in Richtung Wilhelmplatz. Sollte Theodor ihm folgen? Schon huschte Frau Pagel ebenfalls aus dem Haus und folgte dem Mann, zumindest ging sie in dieselbe Richtung wie er. Theodor wollte sich gerade auf den Weg machen, um der Witwe auf der südlichen Seite des Kanals zu folgen, als ihn jemand ansprach.

»Theodor, was machst du hier in aller Frühe?«

»Oh, Kurt, hast du mich erschreckt.«

Der Wachtmeister lächelte. »Ich sehe, du hast dir Proviant mitgebracht«, sagte er und deutete auf die Isolierkanne unter Theodors Arm.

»Du hast mich erwischt«, sagte Theodor ohne Argwohn. »Mir geht das Schicksal von Herrn Pagel einfach nicht aus dem Kopf.«

»Die Kriminalpolizei hat den Fall abgeschlossen, wie ich hörte«, sagte Kurt mit einem leisen Unterton des Missfallens in der Stimme.

»Hm«, antwortete Theodor. »Was meinst du? Hat er sich umgebracht?« Er wusste zwar, dass Kurt ihm keine detaillierten Auskünfte geben durfte, selbst wenn er etwas wusste. Aber nach dessen Meinung konnte er ihn doch wohl fragen.

»Du, Theodor. Mir kam das alles auch seltsam vor.«

»Wo befand sich denn das Einschussloch?«

»Du weißt, dass es eine Schusswunde gab?«

»Stand doch in der Zeitung«, antwortete Theodor wahrheitsgemäß.

»Stimmt. Von mir hast du das nicht. Aber ich wundere mich ja auch …«

»Inwiefern?«

»Weil er sich in die linke Schläfe geschossen haben soll. Mit der rechten Hand! In der Morgenausgabe von heute kann jeder nachlesen, dass Alfred Pagel sich selbst getötet hat, so die offizielle Verlautbarung der Potsdamer Kriminalpolizei.«

»Heute? In der Morgenausgabe?«, fragte Theodor. »Es stand doch schon gestern drin.«

»Heute ausführlicher«, antwortete Kurt.

»Du glaubst nicht dran?«, fragte Theodor.

»Ich habe schon zu viel gesagt. Mir ist es bei Strafe untersagt, so etwas zu hinterfragen.«

»Rechte Hand«, sagte Theodor nur.

Kurt nickte. »Du darfst dich aber nicht einmischen, Theodor. Und wenn es wirklich Mord war, dann steckt da vielleicht etwas Größeres dahinter. Theodor, nicht dass du in einen Bandenkrieg oder so was gerätst«, warnte sein Freund.

Daran hatte Theodor noch nicht gedacht, er hatte eher eine persönliche Auseinandersetzung vermutet. »Könnte es sein, dass deshalb die Ermittlungen eingestellt wurden, vielleicht nur zum Schein?«

»Darüber weiß ich nichts. Ich kann es mir jedoch kaum vorstellen. Das wäre zumindest ein ganz neuer Schachzug der Potsdamer Kriminalpolizei.« Kurt klopfte Theodor auf die Schulter. »Ich muss nun weiter. Ich dürfte mich hier gar nicht mit dir unterhalten.«

»Private Unterhaltungen sind strengstens untersagt, ich weiß.«

Kurt führte zum Abschiedsgruß seine Hand an seinen Tschako. »Und du, darfst du immer noch nicht arbeiten? Sonst wärst du jetzt wohl kaum hier«, beantwortete Kurt sich die Frage selbst.

Theodor brummte nur.

»Eine Ungerechtigkeit ist das«, schimpfte Kurt, während er über die Plantage in Richtung Garnisonkirche weiterlief.

In Theodors Kopf herrschte ein heilloses Durcheinander. Zu gerne würde er sich mit Gisela besprechen. Wo sie sich jetzt gerade aufhielt? Vermutlich bereits an ihrem Arbeitsplatz im Polizeipräsidium. Nur wenige hundert Meter von seinem jetzigen Standort entfernt. Er konnte an seinen Fingern abzählen, dass es eine Weile dauern würde, bis sich im Haus gegenüber erneut etwas ereignen würde. Zeit für ein Frühstück. Theodor spazierte durch den winterlichen Park und ließ sich in der Nähe des Friedrich-Denkmals auf einer Bank nieder. Vor ihm ragte der Turm der Garnisonkirche in den immer heller werdenden Himmel. Wieder lag Schneeluft über der Stadt. Theodor zog seinen Mantel enger um seinen Körper, trank Tee und aß seine Stulle. So ganz behagte ihm der Sitzplatz nicht, denn er saß mit dem Rücken zu dem Gebäude, das er eigentlich beobachten wollte. Vielleicht war das aber auch gut so, denn so ahnte niemand, was er hier eigentlich trieb.

Die Augenlider wurden ihm schwer und er fürchtete, einzunicken. Er durfte hier nicht so regungslos sitzen, sonst holte er sich wirklich noch eine Erkältung. Er schenkte sich einen letzten Schluck Tee ein und packte die Isolierkanne wieder in die Leinentasche. Was er hier tat, hatte keinen Sinn. Er beschloss, nach Hause in sein Zimmer zu gehen, sich aufzuwärmen und abzuwarten, bis es Nachmittag wurde. Den Gedanken, wie es eigentlich mit ihm weitergehen sollte, verdrängte er. Immer noch besaß er die tiefe Überzeugung, dass man ihn bald wieder die Post austragen lassen würde. Trotz Neubers Antipathie ihm gegenüber. Mit dem Geld, das er verdiente, würde er weiterhin sparsam umgehen und sich in Ruhe überlegen, wie seine berufliche Zukunft aussehen sollte. Am Kanal angekommen, traf er auf Otto Heinrich, der sein Skizzenbuch dabeihatte und mit dem Bleistift darin malte.

»Guten Morgen«, grüßte ihn Theodor.

»Guten Morgen«, antwortete der Maler, ohne aufzusehen.

Sie standen eine Weile schweigend nebeneinander. Einige Automobile fuhren an ihnen vorbei. Ein Pferdegespann trabte in Richtung Innenstadt.

»Es ist kalt«, sagte Theodor in der Hoffnung, es könne sich daraus ein Gespräch entwickeln.

»Hm«, brummte der Maler, dann sah er Theodor an. »Sind Sie nicht der Briefträger?«

»Ja.«

»Heute keine Briefe und Päckchen auszutragen?«

»Nein, ein wenig freie Zeit …«, antwortete Theodor ausweichend.

»Muss auch einmal sein.«

»Sind Sie öfter hier?«, fragte Theodor.

»Ja, am Kanal bin ich am liebsten im Winter … Wollen Sie einmal meine Skizzen sehen, die ich in den vergangenen Wochen angefertigt habe?«

Nichts lieber als das, dachte Theodor.

Die Skizzen waren künstlerisch wertvoll, keine Frage, doch sie anzuschauen brachte Theodor in der Sache Alfred Pagel keinen Schritt weiter. Was hatte er auch erwartet? Dass Kanal-Otto den Täter beim Herauskommen gezeichnet hatte, oder Frau Pagel mit einer Waffe in der Hand beim Hineingehen? So verabschiedete Theodor sich und wünschte Otto Heinrich einen schönen Tag. Dieser war bereits wieder in seine Zeichnung vertieft, als Theodor den Heimweg antrat. An der Ladenbergbrücke angekommen zögerte er kurz, da bemerkte er auf der anderen Kanalseite eine Frau, die er kannte. Auch sie registrierte ihn und winkte ihm mit einer Hand. Mit der anderen versuchte sie ein in braunes Papier eingeschlagenes Bündel zu balancieren. Theodor überquerte beherzt den Steg, ließ einige Automobile und Motorräder passieren, bevor er auf die Straße trat. Die Plätterin aus dem Haus am Kanal, in dem Herr Pagel gewohnt hatte, wartete auf dem Gehweg auf ihn.

»Ick hab die Büjelwäsch abzujeben«, sagte sie und lächelte verlegen.

»Wohin des Weges?«, wollte Theodor wissen.

»Janz bis ans andere Ende. Hinten ans Kellertor.«

»Oh, das ist aber weit«, sagte Theodor. Die Ärmste konnte sich augenscheinlich noch nicht einmal ein Fahrrad leisten. Das Päckchen mit der Wäsche schien nicht leicht zu sein.

»Jeht schon. So komm ich wenichstens ab und zu an die frische Luft.«

»Ich begleite Sie gerne ein Stück«, sagte Theodor und bot an, das Paket zu tragen. Es kam Theodor so vor, als würde Fräulein Jagusch sein Angebot nur zu gerne annehmen. Und dass allein das Gewicht des Päckchens der Grund dafür war, bezweifelte Theodor. Sie liefen geradewegs auf die Hauptpost zu. Bei dem Gedanken, einem seiner Kollegen zu begegnen, wurden seine Knie weich. Theodor verlangsamte den Schritt. Warum hatte er Angst vor seinen Kollegen? Er hatte sich schließlich nichts zuschulden kommen lassen. Außerdem waren seine Kollegen seit Stunden unterwegs, weshalb jetzt noch keiner von ihnen zurückkehren würde. Doch er hatte Pech. Einer der Postboten tauchte plötzlich auf der anderen Straßenseite auf. Warum hatte Theodor nur vergessen, dass er genau jenen Mann seit einiger Zeit in Verdacht hatte, Briefsendungen nach Wertgegenständen zu durchsuchen und Abholscheine daraus zu entwenden? Das hätte er Neuber gegenüber zu seiner eigenen Entlastung vorbringen können. Doch in der Situation war er so überrascht gewesen, dass er nicht mehr klar denken konnte. Aber ohne einen stichhaltigen Beweis gegen seinen Kollegen zu haben, wäre seine Aussage nicht mehr als ein Verdacht, um von sich abzulenken. Wenn man ihm diese nicht sogar als Verleumdung auslegte. Theodor verlangsamte sein Tempo. Das reichte aus, um die direkte Begegnung mit dem Kollegen zu vermeiden, der unmittelbar vor ihm in einem Nebeneingang des Postgebäudes verschwand. Eigentlich hätte Theodor sich hier von der Plätterin verabschieden und noch vor dem Postgebäude in die Nauener Straße abbiegen können, um auf direktem Weg in die Mittelstraße zu gelangen. Doch er entschied sich, sie noch eine Weile zu begleiten, nicht nur, weil das Paket wirklich einiges an Gewicht aufwies.

»Haben Sie den Schrecken von Dienstag gut überwunden?«, fragte er, während sie weiterliefen.

»Oh, ja, dit wa 'n Schreck. Der arme Herr Pagel.«

»Und wie es seiner Witwe nun gehen mag?«, fragte Theodor nicht ohne Hintergedanken.

»Ehrlich jesacht, sie is mir nich sehr sympathisch. Manchmal hat se Herrenbesuch …«, plapperte die Plätterin.

»Sicherlich ein Verwandter, der sie trösten möchte«, gab Theodor zu bedenken. Daran glaubte er jedoch nicht.

»Nee. Kenn Verwandta. Dit sin och mehrere Männer. Also nich jleichzeitich, aba mal diesa und dann wieda en andera. Erst heute wieda … aber wat red ick …« Ihr war es einerseits unangenehm, über ihre Nachbarin zu tratschen, doch es bereitete ihr wohl auch etwas Vergnügen. »Nich, dat Se denken, ick spionier der hintaher«, sagte sie eher halbherzig.

Mittlerweile waren sie an der Kanaloper angekommen. »Dem Vergnügen der Einwohner« war als Inschrift auf dem Giebelbalken unter dem Musenrelief zu lesen. Theodor schickte sich an, das Wäschepaket zu übergeben, denn bis zum Kellertor war es nun nicht mehr weit und er wollte nach Hause. Doch bevor er sich verabschieden konnte, hielt Fräulein Jagusch ihn am Ärmel fest. »Würden Se vielleicht doch noch mitkommn?«

»Bis zu der Adresse?« Theodor hatte bereits eine Frage nach dem Grund auf den Lippen.

»In der Fischerstraße wohnt eener der Männer …«

»Sie meinen, einer der Männer, der Frau Pagel besuchen kommt?«

Fräulein Jagusch nickte. »Der is mir unheimlich.«

Theodor tat ihr gerne den Gefallen. In der Fischerstraße angekommen versuchte Theodor von Fräulein Jagusch in Erfahrung zu bringen, wo der Mann, vor dem sie sich offensichtlich fürchtete, wohnte. Doch sie konnte ihm keine nähere Auskunft geben.

»Ihm fehlt en Stück vom Finga«, war alles, was er noch aus der Plätterin herauskitzeln konnte. Vor der Haustür der Kundin verabschiedete sich Theodor.

»Danke Ihnen für dit Trajen und für dit Bejleiten«, sagte die Plätterin und nahm das Paket wieder an sich. Theodor fragte sich, ob sie sich nicht darüber wunderte, dass er heute nicht im Dienst war. Nachdem Fräulein Jagusch im Innern des Mietshauses verschwunden war, blickte sich Theodor um, studierte die Schilder an den Hauseingängen und trat schließlich den Weg zurück in die Mittelstraße an. Er nahm sich vor, demnächst noch einmal in die Fischerstraße zurückzukehren.

*

Als Theodor gegen Mittag heimgekehrt war, hatte ihn seine Vermieterin zu einem Teller Suppe eingeladen. Während des Essens sprachen sie nur das Nötigste. Theodor war ohnehin zu müde für eine gepflegte Konversation und froh darüber, dass Frau Rogge ihm keine weiteren Fragen stellte. Anschließend legte er sich auf sein Bett, wo er sofort einschlief. Er träumte wild, von seinem Bruder, von seinem Vater, sah das Gesicht seiner erwachsenen Schwester vor sich, das sich später als das von Gisela entpuppte. Der tote Alfred Pagel begegnete ihm ebenfalls im Traum. Zunächst sah Theodor ihn nur von hinten, als Pagel sich jedoch umdrehte, blickte Theodor in die Augenhöhlen eines Totenschädels. Schweißgebadet wachte Theodor auf und wusste nicht, wo er war. Als er begriff, dass er in seinem Bett lag, fiel ihm seine Verabredung mit Gisela ein. Trotz des ungeplanten Nickerchens hatte er noch ausreichend Zeit, um sich die Haare zu waschen und sich noch einmal zu rasieren.

Als er voller Vorfreude auf den bevorstehenden Filmabend mit Gisela auf die Straße trat, fühlte er sich unbeschwert, beinahe glücklich. Eine dünne Schneeschicht bedeckte das Straßenpflaster. Die frisch vom Himmel gefallenen Flocken konnte er noch mit der Stiefelspitze beiseite fegen. Allmählich legte sich die Dunkelheit über die Stadt. Die Buchhandlung in der Junkerstraße war schnell erreicht, Gisela allerdings nirgendwo zu sehen.

Er überlegte noch, welchen der Filme, die in der Zeitung angekündigt wurden, er ihr als Erstes vorschlagen sollte, als sie um die Ecke bog. Ihren anmutigen Gang beobachtend, begann sein Herz lauter zu pochen. Theodor lief ihr einige Schritte entgegen.

»Guten Abend, Theodor«, keuchte Gisela, als sie sich trafen. Ihre Wangen glühten rötlich.

»Guten Abend, Gisela«, sagte Theodor schüchtern.

»Es ist so schade«, rückte sie gleich mit der Sprache heraus. »Aber ich kann nicht bleiben. Meine Tante ist heute zu Besuch gekommen. Meine Mutter hat mich beauftragt, noch Pralinen zu besorgen.«

»Für deine Tante? Sehr edel.«

»Du kennst meine Mutter nicht. Sie ist es aus ihrer Familie gewohnt, dass für alles Geld da ist …« Gisela wischte sich eine Träne aus dem Augenwinkel.

»Du stehst ja im Wind«, bemerkte Theodor aufmerksam.

»Ja, hier pfeift es ganz schön«, entgegnete Gisela und versuchte in der Nähe der Fensterfront der Buchhandlung Schutz zu finden.

»Zu gerne würde ich dich jetzt zu einem heißen Getränk einladen.«

Gisela legte ihre behandschuhte Hand auf Theodors Arm. »Das wäre schön und viel amüsanter, als den Abend mit meinen Eltern und meiner Tante zu verbringen.« Gisela lächelte verlegen.

»Wollen wir uns morgen treffen?«, fragte Theodor leise, doch Gisela antwortete nicht. Stattdessen schaute sie angestrengt an ihm vorbei.

»Ich glaube, da beobachtet uns jemand«, sagte sie und blickte auf den Boden vor ihren Füßen.

»Wo?«, fragte Theodor, ohne sich etwas anmerken zu lassen.

»Im Hauseingang gegenüber.«

»Wie sieht er aus?«

»Es ist so dunkel dort. Er hält etwas in der Hand, aber ich kann nicht erkennen, was es ist. Eine Tasche, ein kleiner Koffer …«

»Das ist bestimmt der Reporter, der etwas über den Tod von Herrn Pagel herausfinden möchte.«

»Der, den ich dir neulich gezeigt habe?«, fragte Gisela. »Meinst du den?«

»Ja, er sprach mich gestern erst an.«

»Hm, ich kann ihn kaum erkennen, aber ich glaube nicht, dass er es ist.«

»Nicht?« Theodor drehte sich um. »Dann muss ich wissen, was er von uns will«, sagte Theodor entschlossen und eilte auf die andere Straßenseite. Doch im Hauseingang war niemand mehr. Wie konnte die Person so schnell verschwinden? Schulterzuckend kehrte Theodor zu Gisela zurück. »Wo ist er hin?«, fragte er.

»Ich weiß es nicht. Wie vom Erdboden verschwunden.«

»Du hast auch nicht gesehen, wohin er gegangen ist?«

Gisela schüttelte den Kopf. »Morgen ist meine Tante noch zu Besuch, aber am Sonntag. Wollen wir uns vor dem Schloss Charlottenhof treffen?«, schlug Gisela vor.

»Eine schöne Idee. Aber solltest du den Sonntag nicht mit deiner Familie verbringen?«

»Nein, meine Mutter fährt in aller Früh mit meiner Tante für einige Tage in den Winterurlaub und mein Vater hat genug mit seinen Bilanzen und Plänen zu tun. – Ich meine, er ist bestimmt froh, einmal seine Ruhe zu haben«, schickte sie verschmitzt lächelnd hinterher.

»Ach so«, sagte Theodor. Wenn Gisela über ihre kleine Familie erzählte, wurde ihm jedes Mal ganz traurig ums Herz.

»Um ein Uhr?«, fragte Gisela.

»Ja, dann haben wir noch genügend Zeit, bevor es dunkel wird«, entgegnete Theodor. Gisela nickte und lächelte ihn an. Theodor hätte noch so viel mit Gisela besprechen wollen, aber er sah ein, dass sie nicht zu spät kommen durfte. Er musste unbedingt mit ihr über all das reden, was in seinem Kopf vorging. Er hatte sonst niemanden, dem er sich anvertrauen konnte. Und seine Gedanken kreisten gerade weniger um den toten Alfred Pagel oder seine eigene Beurlaubung vom Postdienst, als vielmehr um seine verschollene Schwester, deren Existenz er seit seiner Kindheit völlig verdrängt hatte.

Während er Gisela wehmütig hinterherschaute, die in einem der Geschäfte in der Junkerstraße verschwand, überlegte er, wie er den Abend verbringen sollte. Das Schicksal seiner Schwester konnte er heute nicht klären, aber das des armen Herrn Pagel vielleicht schon. In einer Bäckerei, die auf dem Weg lag, kaufte er ein Brot, von dem er immer wieder kleine Stücke abriss und sich in den Mund steckte, während er sich seinem Ziel, der Straße Am Kanal, näherte. An der Hoditzstraße bog er nach rechts ab. Als Theodor das Haus, das er zu beobachten gedachte, beinahe erreicht hatte, kam eine Kraftdroschke langsam herangerollt und hielt vor dem Haus der Pagels. Niemand stieg aus oder ein. Im Haus regte sich vorerst nichts, schließlich erlosch das Licht in der Wohnung im Erdgeschoss. Theodor blieb stehen, senkte seinen Kopf und kramte in seiner Manteltasche, als suche er etwas. Nur wenige Meter von ihm entfernt lief Frau Pagel aus dem Hauseingang und ließ sich von dem Droschkenführer in das Gefährt hineinhelfen. »Zum Bahnhof!«, hörte Theodor sie rufen, während sich die Tür des Automobils schloss. Der Fahrer nahm hinter dem Lenkrad Platz und fuhr los. Theodor drehte sich um und sah ihnen hinterher. Obwohl er seinen Blick gesenkt hatte, so hatte er doch erkennen können, dass Dora Pagel sehr adrett gekleidet und auffällig stark geschminkt das Haus verlassen hatte. Wohin fuhr sie derart zurechtgemacht nur wenige Tage nach dem tragischen Tod ihres Mannes? An einem Freitagabend machten sich die Frauen oftmals für einen Ball oder eine Tanzveranstaltung zurecht. So hörte er es immer wieder. Aus seinem Bekanntenkreis kannte er keine Frau, die Zeit oder Geld für diese Art der Freizeitgestaltung hatte. Sein Bekanntenkreis war allerdings auch recht überschaubar. Möglicherweise wurde in der Filmfabrik, in der sie als Näherin arbeitete, ein Empfang gegeben. Aber würde sie sich dafür so anziehen? Schließlich war sie nur eine Näherin und keine Filmdarstellerin. Er wusste nur wenig über diese Frau, viel zu wenig. Zu gerne würde er in Erfahrung bringen, wohin sie vom Bahnhof aus reisen würde. Aber wie sollte er so schnell die Verfolgung aufnehmen, ganz ohne Automobil? So machte er kehrt und beschloss, nach Hause zu laufen. Während er den Stadtkanal entlangging, betrachtete er die Reste des Brotes in seiner Hand. Er mochte es nicht wegwerfen, aber essen wollte er es auch nicht mehr. Seine Kehle schmerzte schon vor Trockenheit. Wäre es doch nur Sommer, dann könnte er die Schwäne damit füttern. Schwäne? Verdammt, irgendetwas kam ihm gerade in den Sinn. An der Ladenbergbrücke änderte er seinen Plan und entschied sich, zum Marktplatz zu laufen, um vielleicht doch noch eine Straßenbahn, die ihn zum Bahnhof auf der anderen Seite der Havel brachte, zu erreichen. Ganz in Gedanken und völlig ohne Angst überquerte er den Steg und lief die Siefertstraße hinunter, überquerte den neuen Markt und bog nach rechts zum Schloss ab. Am Markt hielt tatsächlich eine Straßenbahn, die in die richtige Richtung fuhr. In letzter Sekunde sprang Theodor auf. Verschämt steckte er die Brotreste in seine Manteltasche, als sich ihm der Schaffner näherte.

»Theodor, wohin des Weges?« Es war einer der Untermieter seiner Mutter. Theodor drückte ihm die Groschen in die Hand. »Hier, dein Billet.«

»Danke.«

»Schön, dass du deine Mutter wieder besucht hast. Sie redet von nichts anderem gerade«, sagte der Schaffner, während sie über die Kaiser-Wilhelm-Brücke fuhren. Beim Blick aus dem Fenster wurde Theodor ein wenig mulmig. Es ist nur eine Straße, sagte er sich.

»Einen schönen Abend noch, Theodor«, sagte der Schaffner und wandte sich dem nächsten Fahrgast zu.

»Danke, das wünsche ich Ihnen auch«, entgegnete Theodor. Während er sich noch über seinen spontanen Einfall wunderte, hatten sie auch schon die Haltestelle vor dem Bahnhofsgebäude erreicht. Theodor stieg aus und überquerte den Vorplatz. Dora Pagel hier in dem Gewusel aus ankommenden und abfahrenden Reisenden wiederzufinden, schien beinahe unmöglich zu sein. Dennoch lief er ins Bahnhofsgebäude, in dem es weniger hektisch zuging als befürchtet. Und das Glück spielte ihm in die Hände. An einem der Verkaufsschalter entdeckte er Frau Pagel. Er schlich sich an der Schlange der Wartenden vorbei und hörte sie gerade noch nach einer Fahrkarte nach Berlin verlangen. Theodor konnte ihr unmöglich bis nach

Berlin folgen. Er wollte sein Geld zusammenhalten und nicht für eine Bahnfahrt ausgeben, deren grobes Ziel er zwar kannte, aber was würde Dora Pagel in Berlin unternehmen? So zurechtgemacht würde sie vermutlich einen Ball oder eine festliche Veranstaltung besuchen, zu der er mit seiner Kleidung ohnehin keinen Zutritt hätte. Außerdem zog Theodor sein kleines Zimmer einem Großstadtabenteuer bei Nacht vor. So endete die Verfolgung von Frau Pagel hier. Immerhin kannte er nun ihr Ziel. Was hatte sie in Berlin vor?

Während er zurück zur Kaiser-Wilhelm-Brücke trottete, versuchte er sich einzureden, dass die Brücke keine Bedrohung für ihn darstellte. Egal, ob er sie mit der Straßenbahn oder zu Fuß benutzte. Statt sich auf seine Schritte zu konzentrieren, dachte er nach und lenkte sich so ab. Was wusste er eigentlich über Frau Pagel und ihren toten Ehemann, den Kaufmann Alfred Pagel? Viel war es nicht: Pagel hatte sich nach dem Krieg mit einer Reisetätigkeit als Vertreter über Wasser halten müssen. Sie arbeitete als Näherin in der Filmfabrik in der Stahnsdorfer Straße. Viele Existenzen waren nach dem Krieg zerstört worden, einige Männer waren nicht mehr zurückgekehrt, viele von denen, die überlebt hatten, waren für immer gezeichnet, nicht nur körperlich. So wie er selbst. Gedankenverloren warf er die letzten Brotkrumen über die Brückenbrüstung. Vielleicht konnte er damit noch eine der Nebelkrähen oder der Tauben erfreuen, die nach einer eiskalten Nacht im Morgengrauen nach Futter suchten. Während er weiterlief, dachte er an Gisela, ihre blauen Augen, die freundlichen Worte, die sie immer für ihn übrig hatte. Aber auch an ihren Mut und ihre Entschlossenheit. So überquerte er die Brücke ohne Atemnot. Er lief an der Bittschriftenlinde vorbei, die vor dem Stadtschloss mitten auf der Straße stand, passierte das Palast-Hotel und erreichte schließlich den Alten Markt, den die von Schinkel entworfene Nikolaikirche dominierte. Die Stadt wirkte wie leer gefegt. Sollte er noch einmal zur Wohnung der Pagels zurücklaufen und sich davor auf die Lauer legen? Vielleicht tat sich dort etwas? Immerhin sollten dort laut Aussage der Plätterin Männer ein und aus gehen. Taten sie das auch, wenn sich Dora Pagel in Berlin aufhielt? Doch Theodor hatte genug vom Detektivspiel und trat den Weg ins Holländische Viertel, vorbei an Wilhelm- und Bassinplatz, an. Er war einfach zu müde.

SAMSTAG – FÜNFTER TAG

Theodor begann sich im Haus im Holländischen Viertel immer mehr heimisch zu fühlen. Gestern Abend hatte ihn Maria Rogge gleich nach seiner Rückkehr in ihre Wohnung gebeten. Eine Einladung, die Theodor nur zu gerne angenommen hatte. Denn was außer einem einsamen Bett wartete in seinem Zimmer auf ihn? Bei einem Teller heißen Eintopfes hatten die beiden zunächst über das Wetter und die neuesten Zeitungsnachrichten geredet. Er konnte sich nicht mehr erinnern, was der Auslöser für einen Themenwechsel gewesen war. Jedenfalls war das Gespräch bald auf den Krieg gekommen. Auch wenn das Kriegsende einige Jahre zurücklag, so hatte sich der Schrecken mit seinen vielfältigen Ausprägungen tief ins Bewusstsein der Menschen eingegraben, gleichgültig, ob sie selbst an der Front gewesen waren oder nicht. Theodor war es schwergefallen, über seine eigenen Erlebnisse zu berichten, und so war er erleichtert darüber, dass Maria Rogge sich nur über Allgemeines mit ihm austauschte, statt über das persönlich erlittene Leid. Beide waren froh über die Tatsache, dass Deutschland nicht mehr von einem Kaiser regiert wurde, auch wenn die neue Regierungsform ihre Nachteile hatte. Sie waren sich einig, dass man der neuen Staatsform eine Chance geben musste. Weder Theodor noch seine Vermieterin konnten verstehen, dass man sich in bestimmten Kreisen nur schwer mit der Republik anfreunden konnte und die guten alten Zeiten zurückwünschte. Der Abend war mit einem Likörchen ausgeklungen und Theodor zu ungewohnt später Stunde in sein Bett gefallen. Er war augenblicklich eingeschlafen und seit Langem erst wieder am Morgen erwacht.

Während der Morgentoilette entschied er sich spontan, was so gar nicht seine Art war, den heutigen Tag in Berlin zu verbringen. Nach einer Tasse Kaffee und ein paar Keksen machte er sich auf den Weg zum Bahnhof. Die Luft fühlte sich weniger kalt an als an den vergangenen Tagen. Erstmals wagte er es, von der Kaiser-Wilhelm-Brücke hinunter auf die zugefrorene Havel zu schauen. Tatsächlich machten sich zwei Nebelkrähen über einige Brotkrümel her. Im Osten versuchte die aufgehende Sonne, den Wolkenschleier zu durchbrechen. Jedoch gelang ihr das kaum. Die einstige Residenz- und Garnisonsstadt Potsdam sah traurig aus. Selbst das bronzene Reiterdenkmal zu Ehren Kaiser Wilhelm I. wirkte weniger heroisch als üblich. Es blieb ein grauer Wintertag.

Theodor erreichte den Bahnhof, bezahlte eine Fahrkarte und ging durch das Gebäude hindurch auf den Bahnsteig. Der Fahrtzielanzeiger kündigte bereits den Vorortzug nach Berlin an. Als er in den Wagen der zweiten Klasse einstieg, bemerkte Theodor erstaunt die Leere in den Abteilen, obwohl heute ein normaler Arbeitstag war. Vielleicht hatte er gerade einen Zug erwischt, der weniger stark frequentiert wurde. Sie passierten bald schon die Bahnhöfe von Nowawes und Neu-Babelsberg. Wenn Dora Pagel zur Arbeit in die Filmfabrik fuhr, dann stieg sie vermutlich hier aus, dachte er. Während der Weiterfahrt versuchte Theodor sich, so gut es ging, gedanklich von den Ereignissen in Potsdam und der Demütigung, die ihm Oberbriefträger Neuber hatte angedeihen lassen, zu lösen. Mit jedem Kilometer gelang es ihm ein wenig mehr. Wohin sollte er als Erstes gehen, wo in Berlin aussteigen? Viel Geld hatte er nicht dabei. Plötzlich bekam er Angst vor der eigenen Courage. Er war es nicht gewohnt, seine Zeit zu verbringen, ohne ein festes Ziel vor Augen zu haben. Sich treiben zu lassen, undenkbar. Trotzdem nahm er sich genau das vor: Er wollte der Großstadt eine Chance geben und sich auch. In einem Café eine Kleinigkeit zu sich nehmen und die Stadt und die Sehenswürdigkeiten auf sich wirken lassen, bis er sich am frühen Nachmittag wieder auf den Heimweg machte. Wann hatte er dazu schon Gelegenheit? An einem Samstag, an dem nur reiche oder arme, kranke und alte Menschen nicht arbeiteten.

Als sie nach gut einer Stunde im Bahnhof Charlottenburg einfuhren, war Theodors Unsicherheit sogar dem Gefühl der Vorfreude gewichen. Der Tag in Berlin würde ihm bestimmt guttun. Nur nicht an seinen Bruder und die üblen Verdächtigungen gegen seine Person denken und seine Zukunftssorgen einfach einmal vergessen, das nahm er sich beherzt vor. Da sich der Zug zwischenzeitlich deutlich mit Reisenden und Pendlern gefüllt hatte, dauerte es, bis er aussteigen konnte. Auf dem Bahnsteig versuchte er sich zu orientieren. Eigentlich hatte er in Erwägung gezogen, den Zoologischen Garten zu besichtigen. Als ihn die Menge auf den Stuttgarter Platz gespült hatte, blieb er einfach auf dem Bahnhofsvorplatz stehen. Die Weite des Platzes mit den prachtvollen Häusern gegenüber überraschte Theodor. Ein Sonnenstrahl hatte sich durch die nebelartige Wolkendecke geschoben. Er betrachtete das betriebsame Leben um ihn herum, das mit dem eher beschaulichen Alltag in Potsdam nicht vergleichbar war. Theodor mochte es. Die Menschen wirkten gehetzter, doch in ihrer Eile lag etwas Selbstverständliches. Schon hier konnte er das weltstädtische Flair Berlins spüren. Da er sich verloren fühlte, fragte er einen Passanten nach dem Weg zum Zoologischen Garten. Er erklärte ihm, dass er an der Wilmersdorfer Straße nach links abbiegen müsse, um auf die Kantstraße zu gelangen, die ihn auf direktem Weg zum Zoologischen Garten führen würde. Doch da er Hunger und Durst verspürte, überlegte Theodor es sich anders. Er erinnerte sich daran, dass der Kurfürstendamm in südlicher Richtung lag und folgte dem Strom der Fußgänger, die in diese Richtung unterwegs waren. Dort würde er sicher eine für ihn passende Lokalität finden. Mit seinen Gedanken war er bei einer starken und aromatisch duftenden Tasse Kaffee, als er auf einen Menschenauflauf vor einem mehrstöckigen Haus aufmerksam wurde. Männer und Frauen, ältere und jüngere Kinder, alle hatten sich um den Eingang des Mietshauses herum versammelt. Die Aufregung stand den meisten von ihnen ins Gesicht geschrieben. Die Kinder, Jungen zumeist, hatten den Weg zur Schule unterbrochen und ihre Tornister am Fuß einer Straßenlampe abgelegt. Neugierig gesellte sich Theodor zu den Umstehenden. Als sich nach einer Weile immer noch nicht erkennen ließ, warum sich hier so viele zusammengefunden hatten, fragte Theodor den Nebenmann zu seiner Linken: »Was ist denn hier passiert?«

»Hier hat sich eena umjebracht«, sagte der Mann, der eine einfache dunkle Arbeitskleidung trug. An den Ärmeln war der Stoff bereits fadenscheinig.

»Oh«, entfuhr es Theodor.

»Dit globst och nur du«, zischte eine vor ihm stehende Frau.

»Else, lass jut sein«, brummte der Mann neben Theodor.

»Und worauf warten Sie nun?«, fragte Theodor.

»Sie sind wohl nich von hier?«, mischte sich der Mann zu seiner Rechten ein. Seine Kleidung verriet, dass er finanziell etwas besser gestellt war.

Theodor schüttelte den Kopf.

»Wir warten auf dat Eintreffen der Kriminalpolizei«, belehrte ihn der Mann freundlich. »Wissen Se«, er nahm Theodor zur Seite. »In Berlin werden die Selbstmorde jenauer untersucht. Et is nich allet so, wie es zunächst scheint.«

Theodor nickte stumm. Ja, so verhielt es sich vermutlich auch, was das Ableben von Herrn Pagel anging. Plötzlich wurden die Wartenden unruhig.

»Jleich kommt er«, riefen mehrere wie im Chor.

»Wer?«, entfuhr es Theodor. Doch der Mann, der ihm eben noch Auskunft gegeben hatte, antwortete nicht. Theodor entdeckte ihn einige Meter von ihm entfernt. Er hatte eine Kamera gezückt, die er in die Richtung hielt, aus der sich ein schwarzes Automobil näherte. Hinter dem Automobil scherten zwei Polizeimotorräder aus, die sich an dem Wagen vorbeischlängelten und sich eilig vor ihm einreihten. Wie zu erwarten hielten die Fahrzeuge gleich neben der Menschenmenge. Einige Männer mittleren Alters stiegen aus dem Automobil aus, die Polizisten sprangen von ihren Motorrädern und huschten an der Menge vorbei in eine Tordurchfahrt, die in den Innenhof des Mietshauses führte. Ein weiteres Automobil fuhr heran und setzte sich vor das erste. Der Fahrer stieg aus und öffnete die hintere Tür. Ein kräftiger Mann trat auf die Straße.

»Is er dit?«, zischte es neben Theodor. Der Mann mit der Kamera trat noch einen Schritt näher und machte von der Person Fotos. Der kräftige Mann blieb eine Weile vor der Menge stehen und schien jeden einzelnen sorgsam zu betrachten. Ja, es mutete Theodor an, als versuche der Mann, sich die Gesichtszüge eines jeden genau einzuprägen. Als der kräftige Mann im Innern des Hauses verschwunden war, gesellte sich auch der Mann mit der Kamera wieder zu Theodor.

»Haben Se ihn erkannt?«

»Nein«, gab Theodor zu, auch wenn er insgeheim die Antwort doch zu kennen glaubte. Dem Mann eilte ein besonderer Ruf voraus, eine Fotografie von ihm hatte Theodor jedoch bisher noch nicht zu Gesicht bekommen.

»Ernst Gennat von der Kriminalpolizei.«

»Ich hatte es mir fast gedacht«, sagte Theodor. »Und Sie sind Reporter?«, fragte er.

»Ja, Werner Wusel. Und bevor Se frajen, dit is meen Name«, der Reporter lachte und hielt Theodor seine Hand zum Gruß entgegen. Theodor schlug ein.

»Ich bin Theodor Berwalt aus Potsdam.«

»Nu lern Se unser Berlin gleich richtig kennen«, sagte Werner Wusel.

»Passiert so was hier oft?«, fragte Theodor.

»Wat meenen Se? Dat Herr Gennat zum Tatort kommt?«

»Tatort?«

»Er vertritt die Meinung, dat viele von den Selbstmorden jar keene sin. Mit den neuen Methoden der Kriminalistik hat er schon so manchen Mörder überführt.«

»Welche Methoden wären denn das?«, fragte Theodor neugierig.

»Die Daktyloskopie zum Beispiel.«

»Das ist das mit den Fingerabdrücken?«

»Se kenn sich aus?«

»Nur ein wenig, ab und zu liest man mal etwas in der Zeitung.« Das entsprach nicht ganz der Wahrheit, denn als er noch in der Wohnung in der Alleestraße gelebt hatte, unter einem Dach mit seinem Bruder, da hatte Theodor dessen Fachbücher zur Polizeiausbildung verschlungen, heimlich, aber mit wachsendem Interesse. So wusste Theodor eben auch, dass man mittels Fingerabdrücken, die bei jedem Menschen anders aussahen und einmalig waren, Verbrecher der Tat überführen konnte. Vorausgesetzt sie haben keine Handschuhe bei der Tatausübung getragen.

»Berichten Sie von den Ereignissen hier?«, fragte Theodor neugierig. »Auch von Selbstmorden?«

»Ja, wissen Se. Ein Selbstmord is nicht immer 'n Selbstmord. Viele Menschen werden Opfer von Verbrechen. Jemordet wird aus niederen Beweggründen, wie et so scheen heißt. Manchmal jeht et nur um ein paar Jeldscheine oder eene Uhr ohne Wert.«

Theodor hatte genug gehört. Mehr hätte es nicht gebraucht, um seine Ansichten bezüglich Pagels Ableben zu bestärken. Warum hatte die Polizei in Potsdam den Fall einfach zu den Akten gelegt? Ging denn keiner der Herkunft des seltsamen Päckchens nach, das er in seiner Posttasche transportiert hatte? Da stimmte doch etwas nicht, nein, eigentlich stank es dort im Polizeipräsidium in der Priesterstraße ganz gewaltig zum Himmel, und im Gebäude der Hauptpost am Kanal ohnehin.

Als sein Magen laut knurrte, verabschiedete sich Theodor von Werner Wusel und setzte seinen Weg fort. Kaum hatte er den Kurfürstendamm erreicht, in den er nach Osten eingebogen war, da erregte ein Gebäude auf der linken Seite seine Aufmerksamkeit. Staunend stand er vor dem erst vor einem Jahr – oder waren es zwei Jahre? – eröffneten Lichtspieltheater Alhambra. In großen Lettern kündigte man den Film »Menschen und Masken – Teil 1 und 2« an. Theodor hatte in der Zeitung gelesen, dass er genau hier in diesem Theater am ersten Tag des neuen Jahres zum ersten Mal aufgeführt worden war. Die Kritiker hatten Harry Piels Darstellkunst besprochen. An die genaue Handlung, die ebenfalls kurz umrissen worden war, konnte sich Theodor allerdings kaum noch erinnern. Er lief weiter, um sich endlich zu stärken und fand bald schon ein Café, das auf ihn recht einladend wirkte, in dem er, wenn es nicht zu teuer war, auch eine Kleinigkeit essen wollte. Er nahm an einem einzelnen Tisch in Fensternähe Platz und bestellte einen Kaffee sowie ein wenig Gebäck. Draußen flanierten Damen jeglichen Alters vorbei, die meisten von ihnen waren adrett und modern gekleidet. An einem der Tische saß eine Frau, die rauchte. Der heiße Kaffee schmeckte Theodor ausgezeichnet und während er einfach einmal nichts tat und die Leute beobachtete, merkte er, wie ihm die Augenlider schwer wurden. Er würde doch nicht einschlafen.

*

Auch Gisela war an diesem Morgen beizeiten aufgestanden, denn am Montag würde Polizeirat von Litz, der Leiter ihrer Abteilung, aus dem Winterurlaub zurückkehren. Kriminaloberkommissar von Ratzkow hingegen, der Leiter des Kommissariats, der seinen Urlaub just einen Tag vor dem Auffinden des toten Herrn Pagels angetreten hatte und im Ausland weilte, würde erst in der übernächsten Woche wieder zum Dienst erscheinen. Martin Stoewer und sie hatten beschlossen, gemeinsam die

Schreibtische aufzuräumen und alle Akten einzusortieren sowie die Formulare zu vervollständigen, damit Polizeirat von Litz keinen Grund zu klagen fand. Außerdem gab es noch einige stenografierte Kurzprotokolle, die Gisela tippen musste. Ihr reichte es voll und ganz, wenn sie erst am Nachmittag freibekam, denn sie legte keinen großen Wert darauf, den ganzen Tag mit ihrer Tante zu verbringen. Meist saß sie ohnehin nur stumm daneben, während sich ihre Mutter und deren Schwester über Klatsch oder Kindheitserinnerungen austauschten. Wie musste sich erst ihr Vater fühlen?

Im Polizeipräsidium schien heute kaum jemand zu arbeiten. Außer Martin Stoewer und ihr. Selbst die übliche Geräuschkulisse aus den Abteilungen fehlte, die sich um Diebstähle und Betrügereien zu kümmern hatten. Nur im Einwohnermeldeamt ging es heute betriebsamer als üblich zu. Gisela wäre froh, wenn sie wüsste, ob Polizeiinspektor Berwalt heute anwesend war. Ihn in ihrer Nähe zu wissen bereitete ihr großes Unbehagen. Er hatte die Gabe, anderen das Gefühl zu vermitteln, sie zu kontrollieren, egal was sie taten. Gisela konnte verstehen, dass Theodor zu Hause ausgezogen war. Deshalb schlich sie über den Flur, lauschte an seiner Bürotür, und als sie davon überzeugt war, dass sich offensichtlich niemand darin aufhielt, trat sie erleichtert den Weg in ihre Schreibkammer an.

Aus Martin Stoewers Büro klang fröhliches Pfeifen hinaus auf den Flur. Gisela hatte ihren Kollegen so manches Mal dabei ertappt, wie er leise vor sich hin pfiff, wenn direkte Vorgesetzte nicht in der Nähe waren. Doch so gut gelaunt und so lautstark hatte es nie geklungen. Vor sich hin lächelnd betrat Gisela ihr Büro und wollte gerade ihren Mantel ausziehen, als jemand hinter ihr stand.

»Da sind Sie ja, Fräulein Gisela«, sagte Martin Stoewer mit seiner angenehmen Stimme. Für einen Augenblick spürte Gisela seinen Atem in ihrem Nacken. Ungefragt griff er nach ihrem Mantel und half ihr beim Ausziehen.

»Ich habe Sie kommen hören«, sagte er und hängte den Mantel auf.

»Konnten Sie mich überhaupt hören?«, fragte sie verwundert.

»Wieso?«

»Na, Ihr Pfeifen«, antwortete Gisela keck und setzte sich auf ihren Stuhl am Schreibtisch. Ein wenig unwohl war ihr zumute. Martin Stoewer war so gut gelaunt und sie war mit ihm ganz allein in der Abteilung.

»Sie haben mich ertappt«, antwortete er und grinste. »Ich stand in der Tür und habe auf Sie gewartet.«

»Oh«, etwas anderes fiel Gisela gerade nicht ein.

»Endlich können wir einmal ungestört arbeiten«, seufzte er. Er schien ihre Verunsicherung zu spüren.

Gisela nickte. Sie wollte sich lieber zurückhalten mit dem, was sie sagte. »Gibt es etwas, das ich für Sie erledigen kann?«, fragte sie besonders pflichtbewusst.

»Im Moment nicht«, sagte Stoewer und blieb unschlüssig im Türrahmen stehen.

»Dann werde ich meine stenografierten Notizen abschreiben und die Akten einsortieren«, schlug sie vor.

»Das ist gut«, antwortete Stoewer. Beinahe schien es Gisela, als wollte er bei dem, was er sich für heute vorgenommen hatte, nicht gestört werden. »Nachher bringe ich Ihnen noch einige Akten für die Ablage. Wenn Sie damit fertig sind, können Sie gerne gehen. Ich werde Sie nicht mehr benötigen. Es sei denn, wir bekommen noch etwas zu tun«, sagte er und verließ das Schreibbüro, ohne auf eine Antwort Giselas zu warten.

Sie war es kaum gewohnt, dass man sie ungestört arbeiten ließ. Es entsprach auch nicht den Gepflogenheiten im Präsidium. Gewöhnlich öffnete sich ständig die Tür, weil einer ihrer Vorgesetzten etwas von ihr wollte. Zunächst widmete sie sich den Abschriften. Als sie schneller damit fertig war als vermutet, schlich sie aus ihrem Büro, lauschte an Stoewers Tür, der offensichtlich telefonierte, und machte sich auf leisen Sohlen auf zu Walter Berwalts Büro. Die Klinke ließ sich herunterdrücken, er hatte nicht abgeschlossen. War das das Zeichen, dass er sich doch irgendwo im Gebäude aufhielt? Was suchte sie eigentlich hier? Sie musste verrückt sein, aber sie konnte nicht anders. Lange bevor sie Theodor kennengelernt hatte, hatte sie das Gefühl beschlichen, dass mit Walter Berwalt etwas nicht stimmte. Er kam ihr eher wie ein Krimineller vor, nicht wie ein Kriminalkommissar. Seitdem sie von Theodor mehr über seine Familie erfahren hatte, wusste Gisela, dass sie vor Walter Berwalt auf der Hut sein musste. Aber Giselas Art entsprach es eben auch nicht, stillzuhalten und Unangenehmem durch allzu große Anpassung ihrerseits aus dem Weg zu gehen. Und dann besaß sie noch dieses übergroße Unrechtsbewusstsein, das ihren Vater ebenfalls auszeichnete. Jetzt, da Berwalts Zimmer verwaist war, ergab sich die einmalige Gelegenheit, mehr über ihn herauszufinden. Risikolos war das, was sie gerade tat, natürlich nicht. Sie musste jederzeit mit seinem Erscheinen rechnen.

Sie versuchte sich einen ersten Überblick zu verschaffen, doch die Schränke waren abgeschlossen, ebenso die

Schubladen unter dem Schreibtisch. Dafür fand sie neben dem Telefon einen handschriftlichen Zettel mit verschiedenen Telefonnummern. Hinter den meisten standen keine Namen, sondern lediglich Initialen. Sie suchte sich einen Zettel und schrieb die Ziffern und Buchstaben ab. Sie achtete dabei sorgfältig darauf, dass sie nur sanft aufdrückte und ihr Abschrieb sich nicht auf die Unterlage durchdrückte. Mehr wollte sie vorerst nicht unternehmen. Außerdem hatte sie ihr Glück bereits genügend herausgefordert. Sie sah zu, dass sie so schnell wie möglich und ohne entdeckt zu werden zurück in ihr Schreibbüro kam. Nachdem sie sich davon überzeugt hatte, dass niemand in der Nähe war, schlüpfte sie auf den Korridor. Als sie in ihre Abteilung zurückkam, hörte sie Stoewers Stimme immer noch. Telefonierte er so lange mit ein und derselben Person oder hatte er einen anderen Teilnehmer am anderen Ende der Leitung? Zu gerne hätte sie gelauscht, denn aus dem Ton des Gespräches hätte sie herauslesen können, um welche Art der Konversation es sich handelte, selbst wenn sie nichts vom Inhalt verstand. Vielleicht bekam sie ja mit, ob Martin Stoewer eine Freundin hatte. Das würde ihre Sorge, er interessiere sich insgeheim für sie selbst, zerstreuen. Doch für heute hatte sie sich hinreichend als Detektivin betätigt. Sie verstaute den Zettel mit den Telefonnummern in ihrer Handtasche und begann die Akten zu sortieren.

*

Theodor döste in seinem Stuhl im Café am Kurfürstendamm vor sich hin. Plötzlich fiel ihm die Handlung des Kinofilms »Menschen und Masken« wieder ein: Um vertauschte Rollen sollte es gehen, um jemanden, der das Leben eines anderen führte. Für einen kurzen Moment flackerte ein Gedanke auf, doch als Theodor diesen Gedanken in Worte fassen wollte, hatte er sich bereits wieder verflüchtigt. Dafür kam ihm ein anderer in den Sinn: Wenn ich schon hier bin, überlegte er, dann kann ich mir doch wenigstens das Polizeipräsidium am Alexanderplatz von außen anschauen, den Ort, an dem Kriminalkommissar Gennat arbeitet und seine Theorien entwickelt. Eben noch hatten ihn die wilden Tiere im Zoo gelockt, um in seiner Vorstellungskraft in ferne Länder zu reisen. Denn sie standen exemplarisch für das, wonach er sich sehnte. Doch sein Vorhaben, den Zoologischen Garten zu besichtigen, kam ihm plötzlich wie eine Flucht vor. Eine Flucht vor einer Auseinandersetzung mit seinem jetzigen Schicksal und seiner beruflichen Zukunft. Nur einmal schauen, wo Kommissar Gennat wirkte, dachte er. Zu gerne würde Theodor zu ihnen gehören, diesen Männern, die auf der Suche nach der Wahrheit die neuesten Methoden der Kriminalistik nutzten. Er bezahlte und lief auf dem Kurfürstendamm weiter bis zur Ecke Joachimsthaler Straße. Ein Schild wies ihm den Weg. Er überquerte die Kantstraße, wenig später die Hardenbergstraße. Der Verkehr toste, und so musste er warten, bis ein Verkehrspolizist ihm und den anderen Fußgängern gestattete, die Fahrbahn zu überqueren. Er betrachtete die Außenfassade des Ufa-Theaters am Zoo. Neugierig, welche Filme dort auf dem Programm standen, machte er einen Abstecher zum Eingang des Lichtspieltheaters. Angekündigt wurde der Film »Die Finanzen des Großherzogs« mit Harry Liedtke. Den Namen des Schauspielers hatte er noch nie gehört, wie er sich eingestehen musste. Harry Liedtke schien jedoch eine wichtige Persönlichkeit zu sein. Die junge Frau neben Theodor konnte ihre Augen kaum von einem der Filmplakate lösen. Gisela schwärmte bestimmt ebenfalls für diesen adretten Mann. Als Theodor an seiner einfachen Kleidung herunterschaute, überkam ihn ein ungewohntes Gefühl der Minderwertigkeit. Mit einem Mal fühlte er sich unzulänglich. Was gefiel Gisela, dem Mädchen aus gutem Hause, eigentlich an ihm? Er hatte nichts zu bieten, keine finanzielle Absicherung und keine gesellschaftliche Stellung, die ihrer ebenbürtig war. Auch konnte er ihr noch nicht einmal in Aussicht stellen, dass er bald über genügend finanzielle Mittel verfügte, die es ihm erlaubten, eine bessere Wohnung zu beziehen, in der sie beide würden leben können. Woran dachte er da gerade? An ein gemeinsames Leben mit Gisela?

In einer glänzenden Wandverkleidung erhaschte er einen Blick auf sein Spiegelbild. Könnte er sich doch nur bessere Kleidung leisten, dachte er. Jetzt wirkte seine Erscheinung eher mittelmäßig. Doch wenn er die vielen Bettler bedachte, die ihm heute in Berlin begegnet waren, Männer mit nur einem Bein, alte Mütterchen oder Arbeitslose mit fadenscheiniger Kleidung, dann fühlte er sich wiederum reich. Er wischte die trüben Gedanken weg und wandte sich seinem eigentlichen Ziel zu, dem Bahnhofsgebäude. Von der Menge mitgerissen, stieg er die Treppen zu den Gleisen empor, löste eine Fahrkarte und nahm die nächste Stadtbahn, die ihn nördlich um Berlin herum zum Alexanderplatz brachte. Das große rote Gebäude, in dem sich das Polizeipräsidium befand, erkannte er sofort. Dort sollte es sogar ein Kriminalmuseum geben. Er verlangsamte seine Schritte, so als würde er sich einem Heiligtum nähern, und blieb schließlich ehrfürchtig vor dem Haupteingang stehen. Auf einer Tafel las er den Hinweis, dass man das Museum nur nach vorheriger Anmeldung besuchen durfte. Er wandte sich wieder zum Gehen. Als er in die Königstraße einbog, hörte er hinter sich das Signalhorn eines Polizeiautomobils. Planlos lief er durch die Straßen. Am Stadtschloss angekommen, schlenderte er durch den Lustgarten vor dem Berliner Dom. Als sein Magen zu knurren begann, schlug er den Weg zur Straße Unter den Linden ein und fand bald ein Bierrestaurant, in dem er sich zu seinem Bier eine Boulette bestellte. Nach dieser Stärkung trat er den Heimweg an. Hinter dem Brandenburger Tor bestieg er einen Kraftomnibus, der ihn zurück zum Bahnhof im Westen Berlins brachte. Er hätte den Nachmittag in der Hauptstadt verbringen können, doch er fühlte sich zu erschöpft. Die Ereignisse der vergangenen Tage hatten ihm mehr zugesetzt, als er geahnt hatte.

*

Es war Nachmittag geworden. Wo Martin Stoewer mit den Akten für die Ablage nur blieb? Gisela war bereits eine Weile mit ihrer Arbeit fertig, hatte die Schreibmaschine abgedeckt und sich gerade vorgenommen, ihren Kollegen auf die Akten anzusprechen, als er in der Tür erschien. Ihr Glück konnte sie kaum fassen, als er sich gleich darauf von ihr verabschiedete. So ergab sich die Gelegenheit, ungestört in der Akte Pagel zu stöbern. Sie blätterte Seite um Seite um, notierte sich einige Stichworte, vor allem jene Stellen, die in ihrer Darstellung von Theodors Schilderungen abwichen. Eine Weile betrachtete sie die beigefügten Fotografien. Der Anblick des toten Herrn

Pagel bereitete ihr zwar zunächst ein leichtes Unwohlsein, doch waren ihr Abbildungen mit Toten oder schwer verletzten Menschen nicht mehr ganz fremd. Hinter diesen eindimensionalen Bildern verbargen sich immer Menschen, deren Schicksal Gisela sich vorzustellen versuchte. Der Akte lag ein Foto der Witwe Pagel bei. Gisela konnte nicht genau erkennen, ob es sich um eine Polizeiaufnahme handelte oder um eine Fotografie aus Dora Pagels Privatbesitz. Je länger sie das Porträt betrachtete, desto sicherer war sie sich, dass sie diese Frau vor nicht allzu langer Zeit gesehen hatte. Wenn sie nur wüsste, wann und wo. Als sie auf der letzten Seite angekommen war, klappte sie den Aktendeckel zu und verstaute den Vorgang im Schrank, den sie gewissenhaft abschloss. Den Schlüssel legte sie wie üblich in ihre Schreibtischschublade. Als sie in ihrer Tasche nach Handschuhen suchte, fiel ihr der Zettel mit den Telefonnummern in die Hände, die sie heute Morgen abgeschrieben hatte. Für einen Augenblick überlegte sie, von Martin Stoewers Telefon aus die Nummern anzurufen, doch da sie über die Vermittlung gehen musste, ließ sie es bleiben. Irgendwie würde sie die Telefonnummern schon zuordnen können. Auf dem Flur waren schwere Schritte zu hören, die vor ihrem Büro Halt machten. Die Tür schwang auf.

»Sie? Fräulein Fink? Um diese Zeit noch hier?«, fragte Walter Berwalt. Er konnte nicht verbergen, dass ihre Anwesenheit zu dieser Stunde ihn überraschte. »Machen sich junge Frauen um diese Zeit nicht schon zum abendlichen Ausgehen fertig?«, bemerkte er mit einem süffisanten Unterton. In seiner Frage schwang Verachtung mit.

»Wir wollten alles parat machen. Wenn Polizeirat von Litz am Montag wieder hier ist, soll er eine ordentliche Abteilung vorfinden. Kriminalkommissar Stoewer hat auch erst vor wenigen Minuten das Präsidium verlassen.« Gisela stand auf, nahm ihre Tasche in die Hand und stellte sie neben dem Kleiderständer ab. Da Walter Berwalt ihr nicht in den Mantel half, sondern sie weiter durchdringend anstarrte, zog sie ihn allein an. Ihre Handschuhe hatte sie auf dem Schreibtisch vergessen. Als sie dorthin zurücklief, entdeckte sie darunter den Zettel mit den Telefonnummern. Sie konnte diesen unmöglich dort liegen lassen. Aber Walter Berwalt, dessen Blick sie in ihrem Rücken spürte, durfte sie nicht dabei ertappen, wie sie etwas einsteckte. »Kann ich noch etwas für Sie tun, Herr Berwalt?«, fragte sie in der Hoffnung, er würde das Büro sogleich verlassen. Theodors Bruder verneinte und verließ ohne Gruß den Raum. Eilig steckte Gisela ihre Notizen ein, löschte das Licht und schloss hinter sich die Bürotür. Auf dem Weg zum Ausgang begegnete ihr niemand mehr.

*

Am Bahnhof Friedrichstraße gab es einige kleine Läden, die Souvenirs feilboten. Viel Geld hatte Theodor nicht dafür zur Verfügung, doch er wollte Gisela unbedingt eine Kleinigkeit mitbringen. Voller Vorfreude sah er ihrer morgigen Verabredung vor dem Schloss Charlottenhof entgegen. Schließlich fand er in einem Laden im Bahnhof einen Anstecker mit dem Motiv des Brandenburger Tores. Er war zwar nicht aus Silber, aber glänzte dennoch. Er ließ sich diesen einpacken, nahm die hübsche kleine Schachtel mit der Schleife entgegen und eilte beschwingt die Stufen zu den Bahnsteigen hinauf. Der Zugzielanzeiger seiner Bahn war bereits ausgeklappt. Nur eine Minute später saß er in der Stadtbahn, die er an der übernächsten Station wieder verlassen musste. In Charlottenburg, dort, wo er seinen heutigen Spaziergang durch Berlin begonnen hatte, wechselte er in den Vorortzug nach Potsdam. Die Fahrgäste drängelten und schoben am Einstieg. Es dauerte, bis Theodor einen freien Platz in der zweiten Klasse gefunden hatte. Pfeifend setzte sich der Zug in Bewegung. Theodors Augenlider wurden schwer. Er schloss für eine Weile seine Augen. Als er sie nur kurze Zeit später wieder öffnete, saß ihm eine Frau gegenüber, deren Gesicht er sofort erkannte. Wenn er sich nicht vollkommen täuschte, war es ausgerechnet Dora Pagel. Sie war weniger stark geschminkt als gestern und wirkte übernächtigt. Ihm fiel es schwer, die Frau nicht anzustarren. Er bemühte sich, seinen Blick von ihr zu lösen und über ihren Kopf hinweg die anderen Reisenden zu beobachten. Bis auf einige im Gang spielende Kinder, die der Schaffner zur Ordnung rief, war es leise im Abteil. Die meisten Fahrgäste, die stadtauswärts fuhren, wirkten müde und abgekämpft. Obwohl es erst Nachmittag war. Nahezu alle Mitreisenden kamen vermutlich von der Arbeit. Als Theodor es wagte, sein Gegenüber erneut anzuschauen, sah er, dass Frau Pagel schlief. Er betrachtete sie genauer: jede noch so winzige Falte in ihrem Gesicht, ihre Hände, ihre Kleidung, ihre Tasche. Welcher Inhalt mochte sich wohl in der Leinentasche verbergen, die Dora Pagel festhielt, als verwahre sie darin einen Schatz? Wo hatte die Witwe die Nacht verbracht? Theodor nahm an, dass sie gestern nicht mehr in ihre Wohnung am Stadtkanal zurückgekehrt war. Theodor fielen die Männerbesuche wieder ein, von denen ihm Fräulein Jagusch berichtet hatte. Ein grausamer, aber keineswegs abwegiger Gedanke schoss ihm durch den Kopf: Was war, wenn sie, statt sich scheiden zu lassen, ihren Mann ermordet oder die Tötung in Auftrag gegeben hatte? Eine Scheidung hatte oftmals die gesellschaftliche Ächtung zur Folge. So war es gerade erst Oberbürgermeister Kurt Vossberg ergangen, der sich aufgrund der öffentlichen Reaktion über seine Scheidung gezwungen gesehen hatte, sein Amt niederzulegen. Was Scheidungen anging, so besaß Theodor keine Meinung, jedoch sah er ein, dass es dafür Gründe geben mochte. Theodor döste ein wenig. In Neu-Babelsberg und Nowawes leerte sich der Zug deutlich. Schließlich fuhren sie in den Bahnhof von Potsdam ein. Erst jetzt erwachte Dora Pagel. Hektisch blickte sie aus dem Fenster, strich sich eine Haarsträhne aus dem Gesicht und stand ein wenig wackelig auf. Theodor blieb noch eine Weile sitzen. Erst als er sie an seinem Fenster vorbeihuschen sah, sprang er auf und rannte zum Ausstieg.

SONNTAG – SECHSTER TAG

Die bitterkalte Winterluft, die die Stadt an der Havel fest im Griff hatte, konnte Theodor heute nichts anhaben. Als er sich an diesem Sonntagmorgen auf den Weg machte, wärmte ihm der Gedanke an Gisela das Herz. Die Parks lagen in einem tiefen Schlaf und versteckten ihre Schönheit unter Eishauben und Schneeschichten. Nach seinem gestrigen Berlinabenteuer fühlte sich Theodor allerdings körperlich ein wenig angeschlagen, sodass er am Wilhelmplatz die Straßenbahn bestieg, die ihn zum Eingang von Schloss Charlottenhof brachte. Die Linden, die im Sommer ihren unvergleichlichen Duft verströmten, waren kahl und wirkten beinahe wie eingefrorene Soldaten, die Spalier standen. Gisela und er hatten keinen genauen Treffpunkt ausgemacht. Nachdem er das Schloss, das wie ein italienischer Landsitz anmutete, einmal umrundet und sie dort nicht angetroffen hatte, beschloss er, ihr in nördlicher Richtung entgegenzugehen. Denn Giselas Zuhause lag der Eingang in der Lennéstraße am nächsten. Er nahm an, dass dieser Eingang, den man Kuhtor nannte, auch im Winter tagsüber offen stand. Sein letzter Ausflug in diesen Teil der Parkanlagen lag eine ganze Weile zurück. Früher hatten er und seine Familie das von Schinkel entworfene Schloss Charlottenhof mindestens einmal im Jahr in den Sommermonaten besichtigt. Lange war es her und damals war die Welt der Familie Berwalt noch in Ordnung. Noch war es nicht ein Uhr. Den Weiher vor den Römischen Bädern bedeckte jetzt im Winter eine Eisschicht. Einige Nebelkrähen staksten durch die winterkalten Wiesen, auf der vergeblichen Suche nach Futter. Die wenigen Spaziergänger, die unterwegs waren, hatten offensichtlich kein Mitleid mit den armen Kreaturen. Hinter dem Eingang zu den Römischen Bädern entdeckte er unter den Nadelbäumen die Gestalt einer jungen Frau, die auf ihn zugelaufen kam. Sein Herz begann augenblicklich schneller zu schlagen.

Gisela winkte ihm zu und beschleunigte ihre Schritte. Sie lief so leichtfüßig, dass nicht mehr viel fehlte und Theodor würde sie hüpfend auf sich zukommen sehen. Er wäre ihr am liebsten entgegengerannt. Doch er hatte Sorge, lächerlich auf sie zu wirken.

»Guten Tag, liebe Gisela«, sagte Theodor und streckte ihr seine Hand entgegen.

»Guten Tag, Theodor«, sagte Gisela. Sie klang aufgeregt. Ihre Wangen schimmerten rosig.

»Recht kalt heute«, bemerkte Theodor und betrachtete dabei Giselas Hand. »Hast du deine Handschuhe vergessen?«

Gisela lachte verlegen und griff in ihre Manteltasche, aus der sie ein Paar hervorzog. »Wollen wir ein Stück gehen?« Sie streifte sie über ihre feingliedrigen Finger.

»Zum Japanischen Haus vielleicht?«

»Du kennst dich gut aus«, sagte Gisela. »Ja, gerne.« Sie drehte auf dem Absatz um und hakte sich bei Theodor unter. Ihm lief bei dieser ungewohnten Berührung ein wohliger Schauer über den Rücken. Sie waren kaum einige Schritte gelaufen, da begann Gisela zu plappern: »Du, Theodor?«

»Ja?«

»Ich habe gestern die Akte einsortiert. Die Akte Pagel.« Theodor wurde hellhörig. »Dabei sind mir einige Merkwürdigkeiten aufgefallen.« Sie ließ Theodor keine Gelegenheit, nachzufragen. »Erstens: Ich habe Frau Pagel an jenem Abend im Warenhaus gesehen.« Das Wann und Wo war ihr gestern Abend noch eingefallen, als sie das Gerede ihrer Mutter und Tante nicht mehr hatte ertragen können und sich müde in ihr Zimmer zurückgezogen hatte.

»Du bist dir sicher, dass sie es war? Woher weißt du überhaupt, wie sie aussieht?«

Gisela berichtete ihm von der Fotografie.

»Im Warenhaus also? Am Tag, an dem ihr Mann ums Leben kam? Ist dir etwas aufgefallen?«

»Allerdings. Frau Pagel verhielt sich äußerst merkwürdig, beinahe so, als wolle sie nicht erkannt werden. Sie zog ihren Mantelkragen hoch und die Kappe tief ins Gesicht.«

»Aber wenn sie doch die Kappe so tief ins Gesicht gezogen hat«, gab er zu bedenken.

»Ich weiß, dass sie es war«, sagte Gisela mit Nachdruck. Mittlerweile hatten sie die Meierei hinter sich gelassen und liefen ein Stück auf dem Ökonomieweg entlang.

»Gut, nehmen wir einmal an, dass sie es war.«

»Sie war es.«

»Also. Wann war das genau?«

»Nach meiner Arbeit.«

»Bist du direkt nach deiner Arbeit zum Warenhaus gegangen?«

»Ja.«

»Ich habe dich noch gesehen. Und gleich danach habe ich den toten Ehemann gefunden«, sagte Theodor.

»Du hast mich gesehen?« Sie lag mit ihrer Vermutung richtig, dass er sich ganz in der Nähe aufgehalten hatte.

»Ja, aber ich musste doch meine Zustellrunde fortsetzen, sonst hätte ich nach dir gerufen«, sagte Theodor leise.

»Du musst dich doch nicht rechtfertigen. Die Arbeit geht vor.« Sie überlegte, denn sie war dabei, den Faden zu verlieren. »Theodor. Weißt du, was seltsam war? Ich hatte im Warenhaus den Eindruck, dass Frau Pagel auf etwas wartete.«

»Vielleicht auch nur darauf, dass die Zeit verging?«, warf Theodor ein.

»Ja, Theodor, das könnte sein. Hat sie etwa gewusst, was zu Hause auf sie zukommt?«, fragte Gisela.

»Das denke ich auch«, antwortete Theodor. »Wollen wir hier entlang?« Vom Ökonomieweg ging ein schmaler Weg ab.

»Ja. Meinst du, dass sie ihren Mann …?«, fragte Gisela lauter, als sie es beabsichtigt hatte. Aber außer einigen Bäumen gab es keine weiteren Zeugen ihres Gesprächs. Sie liefen nun geradewegs auf das Japanische Haus zu.

»Wir hatten uns doch neulich darüber unterhalten, dass Pagel Linkshänder gewesen sein muss, wenn er sich wirklich selbst gerichtet hat«, sagte Gisela.

»Ja.«

»Aber wie viele Menschen sind Linkshänder? Ich kenne niemanden …«

Theodor fiel plötzlich ein, dass Kanal-Otto mit der linken Hand malte. Aber Alfred Pagel war nicht kriegsversehrt. Mittlerweile hatten sie das Japanische Haus erreicht. Es wirkte wie aus einer anderen Welt. Gisela blieb stehen und ließ abrupt Theodors Arm los, sprang vor ihn und hielt im gleichen Augenblick ihren rechten Zeigefinger an seine linke Schläfe. »Nur so könnte man einen Einschuss an der linken Schläfe herbeiführen.«

»Ich verstehe schon«, sagte Theodor. »Er kann sich nicht selbst gerichtet haben.«

»Ja, wir verstehen das. Aber warum steht davon nichts in dem Bericht?«, fragte Gisela sich.

»Warte mal. In welchem Bericht steht das nicht? Du hast doch den Bericht über die Situation am Tatort getippt, oder nicht?«

»Ja, aber da habe ich geschrieben, dass es in der linken Schläfe ein Einschussloch gibt.«

»Ich verstehe nicht ganz …«

»Es kann sich also nicht um meinen Bericht handeln, der sich nun in den Akten befindet.«

»Was? Das hieße ja, dass der Bericht nachträglich noch einmal neu geschrieben wurde.«

»Eben.«

»Und von wem?«

»Das gilt es herauszufinden«, sagte Gisela aufgeregt.

»Du wirst doch nicht … Hast du denn jemanden in Verdacht?«

»Ich weiß nicht. Stoewer vielleicht, oder dein Bruder?«

Theodor verzog das Gesicht. »Wie kommst du denn ausgerechnet auf die beiden?«

»Weil sonst kaum jemand im Präsidium ist. Zurzeit sind die meisten im Urlaub.«

»Kann der Bericht denn auf deiner Schreibmaschine geschrieben worden sein?«

»Die Schrift sieht sehr ähnlich aus …«

»In deiner Abwesenheit also?«

Auf der anderen Seite des Japanischen Hauses bemerkten sie plötzlich einen Mann, der sich für sie zu interessieren schien. Gisela sah ihn als Erste und zupfte Theodor am Ärmel, während sie ihm einen vielsagenden Blick zuwarf.

»Lass uns weitergehen«, sagte Theodor und schlenderte in Richtung des Mannes. Gisela folgte ihm. Als sie jedoch die Stelle erreicht hatten, an der der Mann zuvor gestanden hatte, war dieser verschwunden.

»Wo ist er hin?«, flüsterte Gisela. Weit konnte er nicht gekommen sein.

»Er beobachtet uns mit Sicherheit aus einiger Entfernung weiter.« Theodor musste an den Reporter denken, auch wenn er diesen anders in Erinnerung hatte. Nur ein Parkbesucher, redete er sich ein. Er hegte so großen Argwohn gegenüber seinem Bruder, dass er ihm zutraute, ihn beschatten zu lassen, um über Theodors Leben im Bilde zu sein. Vielleicht sogar, um ihm das Gefühl zu vermitteln, dass er am längeren Hebel saß, damit sich Theodor aus diesem Grund niemals trauen würde, das Wissen über Walters Machenschaften publik zu machen.

»Was denkst du, was der Mann von uns will?«, fragte Gisela, während sie am Parkgraben entlang weiterliefen. Sie hatte den Park bereits in jeder Jahreszeit besucht, doch heute kam er ihr besonders trostlos vor.

»Ich weiß es nicht«, antwortete Theodor zögerlich. Seine Vermutungen bezüglich seines Bruders wollte er zunächst für sich behalten, um Gisela nicht zu beunruhigen.

Schließlich hatten sie die Große Fontaine erreicht. Zumindest die Stelle, an der sie sonst zu bestaunen war. Alles lag im Dornröschenschlaf. Das Schloss am oberen Ende der Terrassen wirkte ebenfalls so, als würde es sehnsüchtig auf den Frühling warten. Zwar war es hier ein wenig belebter, doch in der Kälte hielt es kein Parkbesucher lange im Freien aus.

»Wie schön ist es hier doch in den wärmeren Monaten«, seufzte Gisela und hakte sich wieder bei Theodor unter. »Kein Tier weit und breit. Dabei liebe ich doch die Schwäne so«, klagte sie.

Jetzt wusste Theodor es wieder. Er spürte ein regelrechtes Kribbeln in seinem Körper. Er hatte die ganze Zeit lediglich dieses diffuse Bild vor Augen gehabt. Jetzt hatte er es klar vor Augen: »Steht in dem Bericht etwas von einer Tätowierung?«

»Was sagst du da?«

»Eine Tätowierung im Nacken von Herrn Pagel?«

Gisela sah Theodor mit großen Augen an. »Nein, ich habe nie etwas davon gehört. Ich habe nie etwas dergleichen geschrieben ... Wie soll sie denn ausgesehen haben?«

»Wie ein schwarzer Schwan«, sagte Theodor.

Gisela schüttelte den Kopf. »Aber jetzt, wo du es sagst, Theodor. Ich habe schon einmal etwas von schwarzen Schwänen gehört.«

»Ja, schwarze Schwäne gibt es«, sagte Theodor. Er wollte lustig sein, doch das gelang ihm nicht, wie er sich eingestehen musste.

»Kann sein«, entgegnete Gisela. »Aber das war es nicht. Oh!«, sagte sie plötzlich.

»Was ist?«

»Ich glaube, wir haben es mit ganz kriminellen Subjekten zu tun.« Sie zog den Kragen ihres Mantels hoch. »Der schwarze Schwan, das ist eine kriminelle Vereinigung. So eine Art Ringverein. Aber nicht in Berlin, sondern hier in Potsdam. Meinst du, Alfred Pagel hatte etwas mit diesen Verbrechern zu tun?«, fragte sie und sah sich um. »Nicht, dass wir da in etwas hineingeraten?«

»Vielleicht hat nicht er etwas mit diesen Männern zu tun, sondern *sie*?«

»Dora Pagel?«

»Pst, nicht so laut!«

»Aber er trug doch dieses Erkennungszeichen.«

»Möglicherweise hat er mal zu der Gruppierung gehört und ist nun ausgestiegen?«, überlegte Theodor laut. »Du solltest dich auf jeden Fall nicht weiter damit beschäftigen, Gisela. Es wird schon seine Gründe haben, warum darüber nichts in den Akten steht. Vielleicht ermitteln deine Kollegen ja heimlich weiter?«

»Das wäre möglich«, entgegnete Gisela. »Und die Theorie, dass es sich um einen Selbstmord handelt, ist nur eine Finte. Damit die Kriminellen sich in Sicherheit wiegen?«

»Ja«, antwortete Theodor. »Das wäre auch eine Erklärung dafür, warum man sich scheinbar nicht um die Schmuckstücke kümmert.«

»Ja, die Schmuckstücke … Dann sollte man dich ja wohl bald rehabilitieren«, sagte Gisela beinahe ein wenig zornig.

»Wollen wir noch ein wenig laufen, bevor uns richtig kalt wird?«, fragte Theodor.

Eine Weile liefen die beiden schweigend nebeneinanderher. Schließlich tauchte vor ihnen der Friedensteich auf. Auch ihn bedeckte eine dicke Eisschicht. Wie verwunschen lag an seinem Ufer die Friedenskirche.

»Ich war gestern in Berlin«, sagte Theodor.

»Oh«, sagte Gisela und hakte sich wieder bei Theodor unter. »Und ich habe mir nachmittags, wie man es von mir erwartet, stundenlang die Erzählungen meiner Tante angehört. Und das Geplapper meiner Mutter. Oh.« Sie legte ihre Hand vor den Mund. »War das frech?«, fragte sie.

»Wir sind doch unter uns«, entgegnete Theodor.

»Und wie ist Berlin im Winter?«

»Es war wirklich recht aufregend«, entgegnete Theodor. Dann berichtete er, dass er Gennat gesehen habe und dass dieser bekannt dafür sei, Selbstmorde kritisch zu hinterfragen.

»Er ist schon eine Größe. Stoewer redet ebenfalls ständig von ihm. Er bekommt rote Ohren, wenn er sich in Rage redet über alles, was mit der Kriminalpolizei in Berlin zusammenhängt.«

»Sogar Reporter berichten über seine Arbeit«, sagte Theodor. »Weißt du, dass es im Polizeipräsidium am Alex ein Kriminalmuseum gibt?«

»Ja. Wir, also unsere Abteilung, haben dafür sogar eine Einladung erhalten, es zu besichtigen. Von Ernst Gennat persönlich.«

»Ehrlich?« Theodor blieb staunend stehen.

»Aber dein Bruder, als Vertreter unseres Abteilungsleiters, hat sie einfach in den Papierkorb geworfen. Vor meinen Augen.«

Theodor wurde wütend. »Wieso das? Ihr solltet euch doch weiterbilden.«

»Deshalb hat Stoewer die Einladung ja auch wieder aus dem Papierkorb gefischt«, sagte Gisela und ging weiter. Da ihre Hand immer noch auf Theodors Arm ruhte, zog sie ihn sanft mit.

»Ihr fahrt doch?«, fragte Theodor.

»Ich weiß es nicht, jedenfalls tat Stoewer so, als würde er sich der Anweisung deines Bruders nicht einfach so beugen wollen. Schließlich kommt unser Abteilungsleiter, Polizeirat von Litz, morgen wieder aus dem Urlaub zurück.«

»Aber mein Bruder wird schäumen vor Wut …«

»Soll er doch …«

»Willst du etwa mit nach Berlin fahren?«, fragte Theodor und schob Giselas Hand sanft von seinem Arm.

»Wieso denn nicht?«, fragte sie.

»Könnte aber unangenehm werden«, sagte Theodor. Sein plötzlicher Stimmungswandel hatte zwei Gründe. Zum einen hätte er liebend gerne selbst das Kriminalmuseum besucht, zum anderen gönnte er Stoewer die Zeit mit Gisela nicht. »Na ja, ich könnte mir vorstellen, dass dort auch Mordwerkzeuge ausgestellt werden und Schädel und so«, erklärte er möglichst emotionslos.

»Du denkst, ich sei empfindlich?«, sagte Gisela schnippisch und lief einige Schritte rückwärts.

»Na ja, du bist eine Frau …«

»Theodor, also wirklich. Was glaubst du, was wir hier an Elend während des Krieges gesehen haben? Du weißt doch, dass ich freiwillig im Krankenhaus gearbeitet habe. Und Fotografien von Toten sehe ich nahezu täglich.«

»Ich wollte dich nicht kränken«, sagte Theodor. Auf keinen Fall wollte er seine Freundin verärgern. Seine persönlichen Befindlichkeiten musste er zurückstellen. »Ich habe etwas für dich.« Jetzt war der richtige Zeitpunkt, Gisela sein Mitbringsel aus Berlin zu überreichen. Er zog das kleine Päckchen aus seiner Manteltasche.

»Für mich?«, fragte Gisela und kam neugierig näher.

Hoffentlich erwartete sie nicht zu viel, dachte Theodor. »Es ist nichts Wertvolles.«

»Aber du hast an mich gedacht«, rief Gisela und nahm die kleine Schachtel mit der Schleife in ihre kleine Hand. »Darf ich es öffnen?«

»Nur zu«, sagte Theodor und grinste.

Mit wenigen gekonnten Handgriffen hatte sie die Schleife gelöst und den Deckel geöffnet. Der Anhänger funkelte trotz des bedeckten Himmels. »Oh, das Brandenburger Tor. Wie reizend«, sagte Gisela und drückte Theodor sanft einen Kuss auf die Wange. Verschämt blickte Theodor sich um, ob jemand die Zuwendung mitbekommen hatte. Doch lediglich die winterkahlen Bäume und einige Hecken am Wegesrand waren Zeugen dessen geworden.

»Es ist wirklich nur eine Kleinigkeit«, sagte Theodor verlegen. Während Gisela den Anhänger noch eine Weile bestaunte und ihn dann sorgsam in die Schachtel zurücklegte, überlegte Theodor, ob er Gisela wegen seiner Familienangelegenheit ins Vertrauen ziehen sollte. Zunächst gingen sie wortlos weiter in den Marlygarten.

»Im Sommer ist es hier so viel schöner«, sagte Gisela. »Und mein Vater wird alles noch viel schöner machen.«

»So?«

»Ja, er wird im Auftrag von Gartenoberinspektor Potente das Lennésche Gartenkonzept wieder zum Leben erwecken.«

»Du magst deinen Vater sehr, oder?«

»Ja. Schon. Ich weiß, dass dein Leben gerade nicht so einfach ist.«

»Ich habe doch neulich meine Mutter besucht.«

»Oh, wie schön. Geht es ihr denn gut?«

»Ja, aber sie hat Vaters Tod noch nicht überwunden.«

»Ich hörte davon …«

»Du musst aber nicht alles glauben, was die Leute erzählen«, sagte Theodor traurig.

»Nein, Theodor. Gerede schenke ich nur wenig Aufmerksamkeit. Ich mache mir lieber selbst ein Bild.«

»Du wärst eine gute Reporterin.«

»Wie kommst du darauf?« Gisela hielt immer noch die Schachtel mit dem Andenken aus Berlin in der Hand. Jetzt erst steckte sie diese in ihre Tasche.

»Nun, du bist ohne Vorurteile, und gut schreiben kannst du bestimmt auch …«

»Jedenfalls werde ich nicht mein Leben lang im Büro als Schreibkraft arbeiten«, platzte es aus Gisela heraus.

»So wie ich nicht als Postbote«, entgegnete Theodor selbstbewusst.

Trotz der Kälte ließen sich Gisela und Theodor auf einer Bank nieder. Theodor blickte sich um, ob sie niemand beobachtete, dann nahm er Giselas rechte Hand. »Gisela, wir kennen uns schon recht gut, und ich möchte dir gerne etwas anvertrauen.«

Erwartungsvoll sah ihn seine Freundin von der Seite an. Als auch Theodor seinen Kopf in ihre Richtung neigte und sie anblickte, nickte sie aufmunternd.

»Also. Es ist so. Meine Mutter hat mich gebeten, meine Schwester zu suchen.«

»Deine Schwester? Ich wusste nicht, dass es noch eine Schwester gibt.«

»Hm«, sagte Theodor. Wie hätte er ihr erklären sollen, dass er Agnes' Existenz völlig vergessen hatte? Zählte sein Unfall als Entschuldigung?

»Wie alt wäre sie denn heute?«, fragte Gisela mitfühlend.

»Etwas über dreißig Jahre alt. Dreiunddreißig, um genau zu sein.«

»Hast du denn eine Vorstellung, wie sie aussieht und wo sie leben könnte?« Theodor konnte kaum eine der Fragen beantworten, obwohl er sich selbst während seiner zahlreichen schlaflosen Nachtstunden das Gehirn zermartert hatte.

»Ich bin mir sicher, dass mein Bruder etwas weiß. Er hat doch bestimmt bei der Suche nach ihr mitgeholfen.«

»Sie ist verschwunden?«, fragte Gisela und legte ihre Hand auf seinen Oberschenkel. Theodor konnte nur wenig zur Erhellung der Umstände beitragen, und obwohl es sich um eine Familienangelegenheit handelte, erzählte er Gisela alles, was ihm seine Mutter gerade erst berichtet hatte. »Ich denke, du solltest noch einmal mit deiner Mutter reden«, sagte sie nachdenklich.

Theodor nickte.

»Ist es vorstellbar, dass dein Bruder den Aufenthaltsort deiner Schwester kennt?«, fragte Gisela.

Theodor blickte Gisela erstaunt an, antwortete jedoch nicht. Das Durcheinander in seinem Kopf war gewaltig.

»Es könnte doch nichts schaden, wenn ich bezüglich deines Bruders einmal die Augen offen halte.«

»Was versprichst du dir davon? Er wird uns ja kaum zu Agnes führen.«

»Könnte doch möglich sein?«, antwortete Gisela nachdenklich.

»Wenn ich nur wüsste, wo ich mit meiner Suche beginnen soll«, seufzte Theodor.

Sie saßen eine Weile stumm nebeneinander. »Es wird zu kalt, Gisela. Nicht, dass du dich erkältest.«

»Hm, es ist schon spät, lieber Theodor. Ich würde jetzt doch gerne nach meinem Vater sehen. Er ist ja heute ganz allein, weil meine Mutter und die Tante in aller Frühe abgereist sind. Auch wollte ich die Zeit nutzen, mit ihm über meine Zukunft zu sprechen. Jetzt redet uns meine Mutter nicht ständig dazwischen. Und unter der Woche haben wir ja kaum Zeit füreinander.«

»Oh. Das ist gut und so fürsorglich von dir«, sagte Theodor. »Soll ich dich nach Hause begleiten?«

»Das ist nicht nötig. Ich mache einen Abstecher in die

Hofgärtnerei, vielleicht ist mein Vater dort, und wenn nicht, dann bin ich von dort aus eins, zwei, drei zu Hause.«

Sie gaben einander zum Abschied die Hand. Beide wirkten nachdenklicher als zu Beginn ihres Zusammentreffens im Park von Schloss Charlottenhof. Gisela war bereits einige Schritte gelaufen, als sie sich noch einmal umdrehte. »Wann sehen wir uns wieder?«, rief sie.

»Morgen, nach deiner Arbeit? Vor der Buchhandlung?«

Gisela nickte, winkte ihm noch einmal zu und war auch schon aus dem Marlygarten verschwunden.

*

Dass er Gisela keine plausible Erklärung für die Vorgänge in seiner Familie geben konnte, ließ Theodor nachdenklich zurück. Wieso man die Suche nach seiner Schwester ergebnislos eingestellt hatte, blieb ihm ein Rätsel. Oder wusste sein Bruder eben doch mehr, als er zugab? Ihn konnte er nicht ohne Weiteres fragen. Theodor war weitergelaufen und fand sich an der Westseite der Friedenskirche wieder. Er würde nun zum Grünen Gitter laufen und von dort über den Luisenplatz in die Innenstadt. Da tippte ihm plötzlich jemand auf die Schulter.

»Drehen Sie sich bitte nicht um«, sagte die dunkle Stimme.

Theodor hoffte, dass er nicht gleich ein Messer in den Rücken gerammt bekam. Er atmete tief ein, um sich zu sammeln.

»Sie sind unser Postbote, nicht wahr?«, fragte die Stimme.

Theodor wusste nicht, ob er Ja oder Nein sagen sollte. Welche Auswirkung würde die eine oder die andere Antwort auf sein körperliches Wohlbefinden haben? Wenigstens hatte der Mann eben »bitte« gesagt. Und wenn es sich um einen höflichen Verbrecher handelte? Theodor antwortete wahrheitsgemäß.

»Und warum beobachten Sie meine Frau?«

Theodor drehte sich entgegen der Anweisung entgeistert um. Vor ihm stand ein Mann mit angeklebtem Oberlippenbart und einem viel zu großen Mantel. »Ihre Frau?«

»Dora Pagel.«

Theodor musste schlucken. Natürlich, vor ihm stand Alfred Pagel. Der Herr Pagel zumindest, mit dem er sich des Öfteren unterhalten hatte. Immer dann, wenn der Hausherr besserer Laune gewesen war.

»Ich dachte, Sie sind tot«, sagte Theodor.

»Nein, wie Sie sehen, bin ich lebendig.«

»Wer sagt mir denn, dass Sie Herr Pagel sind?«

»Sie erkennen doch meine Stimme.«

»Auch Stimmen kann man verstellen«, entgegnete Theodor. Er hoffte, mit diesem Geplänkel Zeit zu gewinnen, Zeit, die er zum Nachdenken benötigte. »Was ist das eigentlich für ein alberner Aufzug?«

»Mein Bruder, der ist im Krieg gefallen. Er war Theaterfriseur …«

»Sie beantworten meine Frage nicht«, sagte Theodor beherzt.

»Weil ich nicht erkannt werden will.« Er schaute Theodor durchdringend an. »Also, wieso laufen Sie meiner Frau hinterher?«

»Und wieso meinen Sie das? Verfolgen Sie denn Ihre Frau?«

»Ich sehe schon, Sie sind ein pfiffiges Kerlchen.« Herr Pagel lachte. »Also, lassen Sie uns Tacheles reden. Ich bin nicht tot, jemand hat sich offensichtlich in meiner Wohnung aufgehalten, der nun tot ist. Die Polizei hat nicht überprüft, wer der Mann ist, nehme ich an?«

»Ich weiß nur so viel, dass Ihre Frau den Mann identifiziert hat.«

»Und gesagt hat, das sei ich? Nun, es passt alles zu meinen Vermutungen.«

Theodor musste sich eingestehen, dass er Schwierigkeiten hatte, nachzuvollziehen, was an jenem Nachmittag im Hause der Pagels geschehen war. »Warum sind Sie nicht zur Polizei gegangen und haben alles aufgeklärt?«

»Weil ich erst Klarheit über meine Frau erlangen wollte, also über das, was sie treibt.«

»Sie meinen, sie betrügt Sie?«

»Das wäre wohl das kleinere Übel«, sagte Herr Pagel bitter.

»Wo wohnen Sie denn jetzt? Sie müssten sich doch ausweisen …«

»In einer kleinen Pension drüben in Nowawes. Da fragt keiner nach.«

»Nowawes? Wieso dort?«

»Warum nicht?«, antwortete Herr Pagel.

»Ich würde Ihnen dringend raten, zur Polizei zu gehen«, sagte Theodor.

»Sie haben immer noch nicht meine Frage beantwortet«, sagte Herr Pagel kühl.

»Welche Frage?«

»Warum sind Sie an meiner Frau interessiert?«

»An Ihrer Frau? Mit Sicherheit bin ich nicht an Ihrer Frau interessiert. Aber Sie haben mich da in etwas hineingezogen. Ich finde es sehr unfein von Ihnen, dass ich Ihnen Päckchen mit Diebesgut zustellen musste.«

Alfred Pagel sah Theodor durchdringend an. »Welche Päckchen?« Er schien seine Ahnungslosigkeit nicht zu spielen.

»Gehen Sie zur Polizei, oder nicht?«, fragte Theodor streng.

»Möglicherweise …«

»Sie weichen aus.«

Alfred Pagel schaute sich um. »Ich muss jetzt gehen.«

»Dann lassen Sie uns wenigstens noch einmal miteinander reden, damit ich verstehe, was hier passiert. Vielleicht sollten Sie sich einen Anwalt nehmen?«, schlug Theodor vor.

»Reden, eine gute Sache. Ich werde mit meiner Frau reden. Dann melde ich mich wieder bei Ihnen …«

»Wie und wo?«

»Das lassen Sie meine Sorge sein«, sagte Alfred Pagel. Ohne einen Gruß eilte er aus dem Park.

MONTAG – SIEBTER TAG

In ihrem Schreibbüro im Präsidium angekommen, hängte Gisela ihren Wintermantel an den Haken. Da flog die Tür schwungvoll auf und Martin Stoewer stürmte herein. Vor Schreck hörte Gisela auf, ihre Haare glatt zu streichen, die von ihrer Kappe etwas zerzaust waren.

»Wir fahren nach Berlin«, rief der Kriminalkommissar und strahlte dabei übers ganze Gesicht.

»Ich wünsche eine gute Fahrt«, entgegnete Gisela und war dabei, sich an ihrem Schreibtisch einzurichten.

»Sie kommen doch mit«, sagte Stoewer und nahm ihren Mantel wieder vom Haken. »Na?« Er hielt Gisela den Mantel so hin, dass sie nur noch hineinzuschlüpfen brauchte.

»Ich auch?«, fragte sie verwundert. Es war äußerst ungewöhnlich, dass sie als Schreibkraft mitdurfte.

»Ja, ja …«, antwortete Stoewer aufgeregt.

»Wer noch?« Hoffentlich nicht Theodors Bruder, dachte sie besorgt und suchte schon nach einer Ausrede, die Kollegen nicht begleiten zu müssen.

»Wir beide und ein junger Kollege, der gerade von der Polizeischule kommt und bei uns alle Abteilungen durchläuft.«

»Edwin?«

»Ja.«

»Aber wohin geht es denn überhaupt?«

»Ach, Fräulein Gisela. Zum Gennat natürlich.«

»Aber ich dachte …«

»Ich habe die Einladung Polizeirat von Litz gezeigt, der doch heute wieder im Dienst ist. Wissen Sie, was er gesagt hat?«

Gisela schüttelte den Kopf.

»›Selbstverständlich fahren Sie‹, hat er gesagt. Und gleich Gennats Sekretärin angerufen. Ist das nicht großartig? Kommen Sie schon, kommen Sie schon«, rief er und wollte aus dem Büro stürmen.

»Warten Sie, bitte. Ist es ausdrücklich erlaubt worden, dass auch ich …?«, fragte Gisela vorsichtig.

»Aber ja«, antwortete Martin Stoewer, während er Gisela durchdringend anschaute. »Machen Sie sich keine Sorgen, es ist wirklich alles geregelt«, ergänzte er. »Wir treffen uns unten im Hof am Wagen.« Dann eilte er zur Tür hinaus.

Gisela musste sich erst einmal sammeln, überlegte, ob sie noch etwas aus ihrer Schreibtischschublade für die Fahrt benötigte, packte schließlich ein Notizheft und einen Bleistift ein und lief ihrem Kollegen hinterher.

Im Hof traf sie nur kurze Zeit später auf Martin Stoewer, der sich am Wagen stehend mit dem Leiter des Fahrdienstes unterhielt. Neben ihm der junge Kollege, der ein wenig blass um die Nase wirkte. Sie gesellte sich zu ihm.

»Guten Tag, Fräulein Gisela«, sagte er leise.

»Guten Morgen, Edwin. Ist Ihnen heute nicht gut?«, fragte sie besorgt.

Er schaute sie an. »Meinen Sie, wir werden eine echte Leiche sehen?«

»Ich weiß es nicht, aber doch wohl eher nicht«, vermutete sie. So ganz sicher war sie sich dessen jedoch nicht.

»Los geht's«, rief Stoewer.

Gisela nahm hinten Platz, Stoewer auf dem Beifahrersitz. Neben ihr kauerte Edwin. Sie fuhren nach rechts auf die Breite Straße, am Schloss vorbei auf den Alten Markt und von dort stadtauswärts. Als sie die Glienicker Brücke hinter sich gelassen hatten, sagte der Fahrer: »Nun fahren wir auf der Reichsstraße eins, die uns direkt nach Berlin führt.«

Gisela genoss die Fahrt. Nur selten kam sie aus Potsdam raus. Seitdem ihr Vater mit seiner verantwortungsvollen Aufgabe betraut war, blieb nur wenig Zeit für Familienausflüge. Einige Male hatten sie in ihrer Kindheit den Lunapark in Halensee besucht, aber das lag eine ganze Weile zurück. Nach dem Krieg waren Berlinbesuche die Ausnahme geworden. Sie erinnerte sich an einen Ausflug mit ihren Eltern auf den Kurfürstendamm und zum Brandenburger Tor. Der Anhänger, sie musste sofort an den Anhänger denken, den Theodor ihr gestern geschenkt hatte und den sie in der Schachtel belassen und in ihrer Nachttischschublade verstaut hatte. Wenn sie wieder zurück war, würde sie in ihrem Schmuckkästchen nach einer passenden Kette suchen.

Sie ließen Wannsee und Zehlendorf hinter sich, passierten den Botanischen Garten und bogen in Schöneberg nach rechts Richtung Tempelhof ab. Am Tempelhofer Feld ging es nach links bis zum Halleschen Tor, dort fuhren sie nach rechts bis zur Kreuzung Prinzenstraße, in die sie nach links einbogen. Schließlich erreichten sie die Jannowitzbrücke, die über die Spree führte. Sie fuhren nur noch wenige hundert Meter, da tauchte links an der Alexanderstraße das berühmte große rote Backsteingebäude auf. Sie hatten das Polizeipräsidium erreicht.

»Da ist die Rote Burg«, schwärmte Stoewer. Der Fahrer bog in die Grunerstraße ein und lenkte das Automobil weiter in die Dircksenstraße. Nachdem die drei vor dem Haupteingang des Polizeipräsidiums ausgestiegen waren, ging Stoewer voran. Edwin folgte ihm auf den Fersen, nur Gisela blieb noch eine Weile stehen und sog die Großstadtatmosphäre in sich auf: Automobile, Wagen, Straßenbahnen, Motorräder erzeugten einen ganz ungewohnten Geräuschteppich. Und gleich hinter dem Präsidium reckten sich die Pfeiler der Hochbahn empor.

»Ssst«, pfiff Edwin und winkte Gisela zu sich. Stoewer war bereits im Gebäude verschwunden. Gisela beeilte sich. Als sie das Innere der Roten Burg erreicht hatte, wurde ihr ganz schwindelig. Die Größe des Gebäudes ließ sie vor Ehrfurcht staunen. Stoewer kam ihnen entgegen: »Wir müssen zum Morddezernat. Kriminalkommissar Ernst Gennat erwartet uns schon in seinem Büro.«

»Er wird persönlich mit uns reden?«, keuchte Edwin aufgeregt, als sie die Treppenstufen emporgingen.

»Was ich gehört habe, soll er ein sehr angenehmer Mensch sein«, versuchte Gisela ihn zu beruhigen.

»Gennat?«, keuchte Edwin.

»Ja«, antwortete Gisela und musste lächeln über die Unbeholfenheit des jungen Mannes. Sie liefen durch grau getünchte Gänge, an deren Wänden Schaukästen mit allerlei Fotografien hingen. Gisela hoffte, dass Edwin keinen Blick dafür hatte, denn im Vorbeigehen erkannte sie auf einigen der Fotografien entstellte Leichen, deren Identität man laut der Beschriftung noch ausfindig zu machen gedachte. Schließlich betraten sie das Morddezernat durch eine gläserne Flügeltür. Dort erwartete sie

Gennats Sekretärin, die ihnen den Weg zum Büro ihres Chefs wies. Gisela schätzte die mollige Gertrud Steiner auf Mitte vierzig.

Stoewer betrat als Erster das Büro, Edwin und Gisela folgten ihm. Sie war überrascht von der Ausstattung des Raumes. Ein grünes Sofa und zwei grüne Sessel hätte sie hier nicht erwartet. Im Potsdamer Präsidium sah kein Raum so aus. Und dann dieses Sammelsurium kurioser, aber auch wirklich furchtbarer Gegenstände. Etwas, von dem Gisela nicht glaubte, dass es das war, was sie vermutete, hatte auch Edwins Aufmerksamkeit erregt. Er begann zu würgen.

»Oh, junger Freund. Da müssen Sie aber noch Hornhaut auf der Seele bekommen«, sagte der kräftige Kriminalkommissar.

»Da, auf dem Regal. Ist es, ist es …«, stotterte Edwin.

»Ja, ein präparierter Frauenkopf«, bestätigte Gennat und zog genüsslich an seiner Zigarre.

Obwohl Gisela eigentlich das blanke Entsetzen hätte spüren müssen, regte sich nichts dergleichen in ihr. Stattdessen fragte sie sich, wie man eine solche Präparation vornahm. Theodor würde sich wundern, wenn er wüsste, wie unbeeindruckt sie das alles ließ.

Gennat hatte mittlerweile begonnen, einen Abriss über die einzelnen Abteilungen des Präsidiums zu geben. Mitten in einem Satz gab er den Anwesenden das Zeichen, sich zu setzen. Gisela nahm auf einem der Sessel Platz, Edwin bevorzugte einen Stuhl, den Gennats Sekretärin ihm anbot. Stoewer blieb wie Gennat selbst stehen.

»Wir haben Kuchen, möchten Sie ein wenig?«, fragte Frau Steiner und schnitt Gennat damit kurzerhand das Wort ab.

»Ja, ja, ja, Trudchen und Kaffee«, donnerte Gennat. Während dieser weiter seinen Vortrag hielt, über Zuständigkeiten und Strukturen, schaute sich Gisela im Zimmer um. An der Wand hing ein großer Stadtplan von Berlin, in den allerlei Nadeln eingesteckt waren. Vermutlich wurden so die Tatorte markiert. Draußen vor dem Fenster fuhr in Augenhöhe eine Bahn vorbei. Gisela ließ ihren Blick weiter wandern. Die Fotografien von abscheulichen Gesichtern von Männern und Frauen stießen sie ab, faszinierten sie jedoch auch auf eine unerklärliche Weise.

»Das sind unsere Mörder«, sagte Gennat, der sie offensichtlich beobachtet hatte. »Sie scheinen mir ein kluges Fräulein zu sein.«

Gisela stieg die Röte ins Gesicht.

»Sie sind eine Kriminalbeamtin? Das ist ungewöhnlich …«, wieder zog er an seiner Zigarre.

»Nein, das ist unsere Schreibkraft, Gisela Fink«, kam ihr Stoewer zuvor.

»Aus Ihnen könnte etwas werden«, sagte Gennat. »Ich sollte Sie mit Friederike Wieking bekannt machen, unserer Leiterin der Frauenhilfsstelle im Präsidium.«

Da Gisela eine derartige Aufmerksamkeit nicht gewohnt war, hoffte sie, dass man bald wieder von etwas anderem als von ihrer Person sprechen würde. Tatsächlich ließ Gennat es dabei bewenden.

»Ich plane etwas, das unsere Polizeiarbeit grundlegend verändern wird«, sagte er stolz. »Wir müssen die Morde aus der regulären Polizeiarbeit lösen und eine eigene Abteilung dafür einrichten. Ich habe es immerhin schon erreicht, dass wir hier ein besonderes Fahrzeug für die Kriminalpolizei angeschafft haben. Aber für unsere ganzen Koffer, die wir am Tatort benötigen, wird es allmählich zu klein«, seufzte er. »Wo bleibt der Kuchen?« Er blickte angestrengt zur Tür. »Also, bevor Sie sich später unser Kriminalmuseum ansehen, in das ich Sie leider nicht begleiten kann, denn wir haben noch sehr viel zu tun, möchte ich Ihnen noch ein wenig über neue Methoden berichten. Oder haben Sie Fragen?«

Trudchen Steiner kam mit Kaffee und Kuchen herein.

»Na, endlich.«

Während die Sekretärin die Tassen füllte, traute sich Gisela, das Wort zu ergreifen: »Ich habe gehört, dass Sie der Ansicht sind, dass viele Selbstmorde gar keine sind.«

»Ich sage doch, aus Ihnen wird einmal etwas. Ja, das stimmt. Wir bauen gerade eine Kartei auf, in der wir alle Selbstmorde dokumentieren. Wenn es Ähnlichkeiten bei der Tatausübung gibt, kommen wir vielleicht einem Mörder auf die Spur.«

Während Gisela eifrig mitschrieb, berichtete Gennat über die verschiedenen Wunden, die eine in den Körper eintretende Kugel erzeugte, und nannte die Lehre, die sich mit Waffen und dem Verhalten von Projektilen beschäftigte, Ballistik. Er erklärte auch, dass man anhand der Kugel feststellen konnte, ob sie aus der Waffe stammte, die man als Tatwaffe vermutete. Als Edwin und Stoewer sich bereits verabschiedet hatten und sich draußen von Frau Steiner den Weg zum Kriminalmuseum erklären ließen, blieb Gisela sitzen.

»Haben Sie noch etwas auf dem Herzen, Fräulein?«, fragte Gennat, der sich ein Stück Kuchen in den Mund schob und dabei sehr zufrieden aussah.

»Ja, ein Bekannter von mir möchte gerne zur Kriminalpolizei, aber er weiß nicht so recht, wie er das anstellen soll. Er hat ein gutes Abiturzeugnis, jedoch noch keine

Erfahrungen im Polizeidienst. Vielleicht möchte er auch studieren.«

»Ich habe eigentlich wenig Zeit, aber wenn er möchte, kann er sich bei Trudchen einen Termin geben lassen. Dann könnte ich einmal mit ihm sprechen. Vielleicht habe ich einige Ratschläge für seinen Lebensweg.«

»Oh, das würden Sie tun?«, fragte Gisela erfreut.

»Da ist aber noch etwas, das Ihnen keine Ruhe lässt«, stellte Gennat fest. Gisela versicherte sich mit einem Blick zur Tür, dass niemand mithören konnte. »Wir haben da einen Fall bei uns im Polizeipräsidium, der mir nicht aus dem Kopf geht. Ich habe ja nur die Berichte geschrieben, aber …« Sie hielt inne. Handelte es sich hier bereits um das Ausplaudern von Dienstgeheimnissen?

»Ja?«, fragte Gennat angespannt.

»Ich stehle Ihre Zeit, das wollte ich nicht …«

»Nur zu, reden Sie«, machte er ihr Mut.

»Also, kurz gefragt: Kann man herausfinden, wer eine Waffe benutzt hat?«

»Aber ja. Es gibt viele Anhaltspunkte. Bei einem Selbstmörder zum Beispiel, da gibt es Kriterien. Nicht nur die Fingerabdrücke …«

»Herr Gennat?« Trudchen Steiner stand in der Tür. »Ihr Termin.«

»Gut, gut, mein Termin.« Er ging zu einem Regal und holte ungeachtet dessen, dass seine Sekretärin ungeduldig stöhnte, ein Buch hervor und zeigte es Gisela. »Besorgen Sie sich das, oder Ihrem Freund.« Er legte es in ihre Hände. »Sie können sich draußen den Titel abschreiben.« Er wies ihr mit einem freundlichen Gruß den Weg aus seinem Büro. Gisela notierte den Buchtitel – »Praktischer Leitfaden für kriminalistische Tatbestandsaufnahme« von

Wilhelm Polzer – unter den strengen Blicken von Frau Steiner in ihr Notizheft. Als sie ihr das Buch reichte, nahm diese es mit einem Kopfnicken entgegen und legte es neben ihre Schreibmaschine.

»Ich bringe Sie jetzt zum Kriminalmuseum«, sagte die Sekretärin und hastete voran. Ihre Bewegungen wirkten angesichts ihrer Körperfülle ein wenig ungelenk. Nachdem Gisela Trudchen Steiner über Treppen und Korridore zum Kriminalmuseum gefolgt war, bedankte sie sich und war erleichtert, ihre Kollegen noch auf dem Flur wiederzutreffen.

Die Ausstellung war in mehrere Abteilungen unterteilt, die erste bezog sich auf Mord und Totschlag und stellte in den Vitrinen aus Holz einige Exponate zur Schau, die einem das Blut in den Adern gefrieren ließen. Die Pulver-, Geschoss- und Giftsammlung war dabei noch das Harmloseste. Spätestens bei den Nach- und Abbildungen der Verletzungen, die durch verschiedene Mordwaffen verursacht worden waren, wurde es Edwin richtig schlecht. Nur mit Mühe konnte er sich auf den Beinen halten. Gisela zog ihn von dem Schaukasten weg, konnte sich angewidert und gleichzeitig davon seltsam angezogen aber nicht beherrschen, schnell noch einen Seitenblick auf dessen Inhalt zu werfen. Die Sammlungsabteilung II beinhaltete Diebeswerkzeuge und Verstecke für gestohlenes Gut. Die Vitrinen der Abteilung III enthielten allerlei gefälschte Gegenstände wie Münzen und Urkunden, aber auch die Utensilien, die man dafür benötigte. Interessant fand Gisela vor allem die Abteilung, die verschiedene Handschriften ausstellte, die von Hochstaplern, Fälschern und anderen Verbrechern stammten. Sie hätte noch Stunden weiter durch die Räume schlendern mögen, doch gegen Mittag gab Stoewer das Zeichen zum Aufbruch.

*

Theodor hatte den Vormittag mit dem Inhalt einer Schachtel verbracht, die er bei seinem lange zurückliegenden Umzug aus seinem Elternhaus mitgenommen hatte. Er hatte gehofft, unter den alten Dokumenten und Briefen aus seiner Kindheit und Jugend einen Hinweis auf den Verbleib seiner Schwester zu finden. Doch noch nicht einmal die kleinste Erinnerung an sie enthielten sie. Kein Wunder, alles, was er aufbewahrt hatte, stammte aus den Jahren nach Agnes' Verschwinden. Lebte sie überhaupt noch?

Er saß in Gedanken versunken auf seinem Bett, als es an der Zimmertür klopfte.

»Ja, bitte!«, rief Theodor, verschloss eilig die Schachtel und legte ein Kissen darüber. Er wusste selbst nicht, warum er ein Geheimnis aus seinen Kindheitserinnerungen machte.

»Guten Tag, Herr Berwalt«, sagte seine Vermieterin aufgeregt. »An der Haustür steht ein Bote von der Hauptpost. Er will Sie sprechen.«

Unvermittelt begann Theodors Herz zu klopfen. Er warf sich einen Jumper über und ging zur Tür. Theodor kannte den jungen Mann nicht, der in der Kälte auf ihn wartete. Seine Uniformjacke wies ihn jedoch als Angehörigen der Reichspost aus.

»Ja, bitte?«, fragte Theodor. Er hatte schon das Schlimmste befürchtet, aber da weit und breit kein Polizist zu sehen war, konnte er schon einmal davon ausgehen, dass man ihn nicht wegen des vermeintlichen Diebstahls verhaften wollte, zumindest nicht hier und jetzt.

»Sie sind Theodor Berwalt?«, fragte der junge Mann schüchtern. Erst jetzt bemerkte Theodor, dass er vermutlich noch nicht einmal großjährig war.

»Ja, der bin ich«, antwortete Theodor.

»Ich habe eine Nachricht von Oberpostdirektor Hartung. Ab Mittwoch möchten Sie bitte wie gewohnt zum Dienst erscheinen.«

»Ja, ich …« Theodor wartete auf eine weitergehende Erklärung, doch offensichtlich hatte der junge Mann ihm nicht mehr zu sagen.

»Ich wünsche Ihnen einen schönen Tag«, sagte der Bote und wandte sich zum Gehen.

Theodor blieb wie versteinert in der Tür stehen. Diese wenigen Worte hatten für ihn so viel verändert. Als er die Straße hinauf- und hinunterblickte, sah alles aus wie immer. Jeder ging seinen gewohnten Gang. Hätte er vor wenigen Tagen angesichts dieser Nachricht noch gejubelt, so konnte er sich nun nicht recht freuen. Lag es daran, dass er generell gekränkt darüber war, dass man ihn überhaupt des Briefmardertums verdächtigt hatte? Oder doch vielmehr an der Einsicht, dass er nicht mehr zurückkehren wollte? Und überhaupt: Wie war es zu diesem Sinneswandel gekommen? Darin, dass den Boten nicht sein direkter Vorgesetzter, sondern der Oberpostdirektor geschickt hatte, bestand doch die eigentliche Ungeheuerlichkeit. Zu ihm als einfachen Postboten. Ob seine Mutter alte Kontakte zu den Freunden seines Vaters bemüht hatte?

»Ich habe etwas vergessen«, sagte der junge Mann, der plötzlich wieder vor ihm stand.

Theodor sah ihn überrascht an. »Ja?«

»Dies sollte ich Ihnen geben.« Er überreichte Theodor einen offiziell aussehenden Umschlag. Bevor Theodor etwas erwidern konnte, war der Bote, der in Richtung Nauener Straße davongelaufen war, außer Sichtweite. Mit eiskalten Händen öffnete er den Umschlag und zog ein hochoffizielles Schreiben daraus hervor. Er musste es mehrmals lesen. Schließlich kannte er den für ihn wichtigsten Satz schon beinahe auswendig: »Die oberste Postdirektion hat sich Ihrer Sache angenommen und keine Anhaltspunkte für ein Fehlverhalten Ihrerseits gefunden.«

Er war rehabilitiert! Ab Mittwoch durfte er wieder seinen Dienst antreten, so stand es schwarz auf weiß zu lesen. Er hatte also noch einen Tag, eigentlich anderthalb Tage. Die kostbare Zeit wollte er nutzen, um Anhaltspunkte darüber zu finden, was mit seiner Schwester geschehen war. Und natürlich war da noch die Angelegenheit mit dem doppelten Herrn Pagel. Ihm fiel die Filmankündigung wieder ein, die er am Alhambra in Berlin gelesen hatte. »Menschen und Masken«, soso, dachte er. Pagel hatte doch versprochen, sich wieder bei ihm zu melden. Ob er vielleicht schon bei der Polizei vorstellig geworden war? Sollte Theodor seinen Freund Kurt ins Vertrauen ziehen? Er wollte noch bis heute Abend warten, und wenn sich bis dahin der Mann, der vorgab, der echte Alfred Pagel zu sein, nicht mit ihm in Verbindung gesetzt hatte, dann würde Theodor sich an die Wache in der Charlottenstraße wenden.

*

Gisela blickte halb amüsiert, halb mitleidig auf den armen Edwin, der immer noch recht blass um die Nase neben ihr im Automobil saß. Er sollte sich noch einmal überlegen, ob dieser Beruf wirklich für ihn taugte. Auf der Rückfahrt von Berlin nach Potsdam hatten sie bisher nur wenig gesprochen. Nicht nur Edwin wirkte angespannt, auch Stoewer verhielt sich verhaltener als üblich. Seine Euphorie von heute Morgen hatte sich vollständig verflüchtigt. Aus welchem Grund, darauf konnte sich Gisela keinen Reim machen. Etwas schien ihn zu beschäftigen. Ob er nun bei Gennat etwas erfahren oder in den Vitrinen entdeckt hatte?

Als sie in ihrer Abteilung im Potsdamer Polizeipräsidium ankamen, wurde Stoewer sogleich in das Büro von Polizeirat von Litz beordert. Gisela goss sich zunächst einen Schluck Tee aus ihrer Isolierkanne ein und widmete sich dann den Notizen, die man ihr in ihrer Abwesenheit zum Abtippen hingelegt hatte. Nichts Aufregendes, Kleinkram. Eines dieser fertig ausgefüllten Formulare sollte zu Kriminalkommissar Berwalt gebracht werden, das verriet ihr die handschriftliche Notiz. Als Gisela fertig war, machte sie sich auf den Weg zu dessen Zimmer. Schon von Weitem erkannte sie, dass die Tür offen stand. Aus dem Innern drangen männliche Stimmen heraus auf den Korridor. Gisela schlich näher. Warum sie schlich, wusste sie selbst nicht so genau.

»Beeilung! Der Umschlag muss heute noch abgegeben werden. Und die Summe ist bekannt, also komm nicht auf dumme Gedanken! Nicht dass es so geht wie mit deinem Vorgänger«, hörte sie Walter Berwalt sagen.

In diesem Moment eilte ein Mann, den Gisela noch nie hier im Gebäude gesehen hatte, aus der Tür und an ihr vorbei den Korridor hinunter. Was sollte sie machen? Berwalt konnte sich denken, dass sie seine Anweisung an den

Boten mitgehört hatte, wenn sie sofort eintrat. Sie zählte langsam bis zwanzig und machte sich durch ein Räuspern bemerkbar, bevor sie sich anschickte, die letzten Schritte, die sie noch von dem Zimmer des Kriminalkommissars trennten, zurückzulegen.

»Ah, das Fräulein Fink. Was haben Sie denn für mich?«

Der süßliche Tonfall gefiel ihr nicht. Sie übergab ihm kommentarlos das von ihr ausgefüllte Formular. »Bitte«, schob sie aus Pflichtbewusstsein noch hinterher und wandte sich zum Gehen. Er würde sie nicht einfach so aus seinen Fängen lassen, da war sie sich sicher. Sie hatte die Tür beinahe erreicht, da hielt er sie zurück. Und das nicht nur mit Worten. Sie hatte nicht gehört, dass er aufgestanden und ihr gefolgt war. Sie drehte sich um, obwohl sie lieber geflüchtet wäre. Walter Berwalt und sie trennten nur noch Zentimeter.

»Nur damit wir uns richtig verstehen. Auch wenn ich nicht Ihr direkter Vorgesetzter bin, ich habe hier im Präsidium viel zu sagen, sehr viel.« Sie spürte seinen Atem in ihrem Gesicht. Sie roch Alkohol.

»Sie sind ein sehr wichtiger Mann, das weiß ich«, sagte Gisela. Sie bemühte sich, so unbeeindruckt wie nur möglich zu klingen. Offenbar gelang ihr das. Berwalt wich zurück und ging schließlich wieder zu seinem Schreibtisch zurück.

»Dann ist ja gut, dass Sie das wissen«, brummte er und machte eine scheuchende Handbewegung. »Und schließen Sie die Tür.«

Nichts lieber als das, dachte Gisela und folgte seiner Anweisung. Auf dem Korridor musste sie einige Male tief Luft holen, bevor sie die Kraft fand, zurück in ihr Büro zu gehen. Auf dem Weg dorthin vergewisserte sie sich bei Stoewer, ob sie pünktlich Feierabend machen durfte, was er ihr klaglos erlaubte. Der heutige Tag hatte es in sich.

*

Gisela war froh, dass heute kein so beißend kalter Wind wehte wie an den Vortagen, als sie durch die Straßen zu ihrem Treffpunkt mit Theodor in der Junkerstraße lief. Langsam wurde es dunkel. Seit sie die Breite Straße überquert hatte, beschlich sie das Gefühl, verfolgt zu werden. Doch immer wenn sie sich umdrehte, war niemand zu erkennen, dem sie dies zutraute. Sowieso waren nur wenige Menschen unterwegs, die meisten wollten schnell nach Hause. Auch in den Geschäftsstraßen traf sie kaum eine Menschenseele an. Ein alter Mann mit einem Handkarren kam ihr entgegen, und auf der anderen Straßenseite lief ein Wachtmeister einsam seine Runde. Vor der Buchhandlung entdeckte sie Theodor, der beide Hände in die Taschen seines Mantels geschoben hatte und von einem Bein auf das andere trat. Als sie ihn begrüßen wollte, murmelte er: »Geh du vor mir rein, ich komme gleich nach.«

Gisela wusste nicht, was das zu bedeuten hatte, aber offensichtlich hatte er seine Gründe für diesen kühlen Empfang. Sie tat, wie ihr geheißen, und begrüßte beim Hineingehen den Buchhändler, der vor seiner Registrierkasse saß und ein Gähnen zu unterdrücken versuchte.

»Guten Abend, wertes Fräulein. Sie suchen etwas Bestimmtes?«

»Nein, ich schaue mich nur um«, sagte Gisela. Es dauerte eine Weile, bis Theodor ins Geschäft trat. Auch jetzt beachtete er sie zunächst nicht weiter. Schließlich fragte er den Buchhändler etwas, der daraufhin mit seinem ausgestreckten Arm auf ein Regal im hinteren Bereich des Ladens zeigte. Wie Gisela bemerkte, lag dieses Regal so, dass man von draußen keinen Einblick hatte. Theodor war ein cleverer Mann, dachte sie anerkennend. Sie folgte ihm und tat so, als suche sie dort nach einem ganz bestimmten Buch. Als sie in seiner Nähe angekommen war, ließ sie ihre Tasche auf den Boden gleiten und hockte sich anschließend daneben, so als würde sie ihre Stiefel schnüren wollen.

»Guten Abend, Theodor. Warum so heimlich?«, flüsterte sie.

»Ich hatte den Eindruck, dass dir jemand gefolgt ist«, sagte er von oben.

Also hatte sie ihr Gefühl nicht getrogen. »Und?«, fragte sie.

»Da war ein Mann, aber ich weiß nicht, ob er dir wirklich hinterhergegangen ist.«

»Wo ist er jetzt?«

»Vorbei. Aber vielleicht wartet er draußen auf dich. Nach Hause nimmst du dir am besten eine Kraftdroschke.«

Gisela wusste nicht, was sie von dieser Vorsichtsmaßnahme halten sollte. Sie war keine ängstliche Person. Doch in ihrem Kopf spukten noch immer die Bilder aus dem Polizeimuseum, die vielen Tatwaffen, die seltsamen Gestalten der Unterwelt, und vermischten sich mit den realen Sorgen Theodors. Schließlich nickte sie.

»Wie geht es dir?«, fragte er leise.

»Gut«, antwortete Gisela. »Nur ein wenig müde.« Sie stand wieder auf, setzte sich auf einen in der Ecke stehenden Hocker und begann von ihrem Ausflug nach Berlin zu erzählen. Theodor tat zunächst so, als höre er ihr nicht zu. Als er jedoch um die Ecke schaute und merkte, dass der Buchhändler in seinen Unterlagen blätterte, ohne sich um die beiden zu kümmern, drehte er sich zu Gisela hin. Sie begann von den Exponaten zu erzählen, davon, dass es viele neue Ermittlungsmethoden gab, von Selbstmorden, die in Wirklichkeit Morde waren, und von Gennats einnehmender Persönlichkeit. »Und das beste«, sagte sie schüchtern. »Du darfst dich bei ihm melden, wenn du mehr wissen willst …«

Theodor ließ beinahe das Buch fallen, das er gerade aus dem Regal gefischt hatte.

»… über die beruflichen Möglichkeiten …«

»Du hast ihn auf mich angesprochen?«, fragte Theodor überrascht. Hoffentlich hatte sie seinen Namen außen vor gelassen.

»Nur allgemein über einen Bekannten«, entgegnete Gisela, erhob sich und wandte sich der gegenüberliegenden Regalwand zu. »Aber das mit den Selbstmorden, das beschäftigt mich«, raunte sie Theodor zu.

»Mich auch«, entgegnete Theodor. »Vor allem, da Herr Pagel noch lebt«, platzte es aus ihm heraus. Nun war es Gisela, der beinahe ein Buch aus der Hand glitt.

»Bitte? Ich höre wohl nicht richtig!«

»Doch«, flüsterte Theodor. »Ich habe ihn gestern nach unserem Zusammentreffen im Park persönlich zu Gesicht bekommen. Und mit ihm geredet, zumindest mit einem Mann, der vorgab, Alfred Pagel zu sein.«.

»Sie kommen zurecht?«, fragte der Buchhändler, der aus dem Nichts vor ihnen aufgetaucht war.

»Ja, danke«, entgegnete Gisela geistesgegenwärtig. »Dieser Herr hier hat doch tatsächlich dieses Buch schon gelesen, das ich mir … als Geschenk … für meinen Vater …« Ein Blick genügte, um zu erkennen, dass Gisela dieses Buch vermutlich nicht als Lektüre für sich selbst ausgesucht hatte.

»So?«, fragte der Buchhändler über den Rand seiner Brille hinweg. »Sie hätten gerne auch mich fragen können.«

»Es hat sich gerade so gefügt«, sagte Theodor.

»Ach, Sie kenne ich doch«, sagte der Buchhändler. »Sie sind unser Postbote.«

Das genau hatte Theodor vermeiden wollen, dass man ihn erkannte, aber was hatte er sich auch vorgestellt? Natürlich kannten ihn die Menschen aus dem Viertel.

»Auch wenn ich Sie in ziviler Kleidung erst gar nicht erkannt habe«, schob der Buchhändler hinterher. Da er seinen Kunden nun für vertrauenswürdig zu halten schien, ließ er die beiden in Ruhe. »Ich sperre aber bald zu«, sagte er, während er sich wieder hinter den Tresen setzte, um in seinen Unterlagen zu lesen.

»Hm«, murmelte Theodor.

»Also, was ist?«, fragte Gisela. »Ist Herr Pagel gar nicht tot? Aber wer war dann der Mann in der Wohnung?«

»Das gilt es herauszufinden. Deine Kollegen haben entweder aus Faulheit oder weil sie ebenfalls mehr wissen, die Ermittlungen offiziell eingestellt«, sagte Theodor leise.

»Das dachte ich auch, als ich die Akte am Samstag einsortiert habe.«

»Und warum hat Frau Pagel den Toten als ihren Mann identifiziert? Sie muss doch etwas wissen. Warum lädt man sie also nicht vor?«

Gisela hatte keine Antwort auf all diese Fragen.

»Ich würde ja gerne die ganze Akte sehen«, sagte Theodor aufgeregt.

»Ich kann dir noch mehr erzählen, aber das können wir unmöglich hier besprechen«, sagte Gisela.

»Wenn doch nur Sommer wäre, dann hätten wir viel mehr Möglichkeiten, uns auszutauschen. Bei einer Dampferfahrt, bei einem Spaziergang … Aber es ist so scheußlich kalt. – Ab Mittwoch darf ich wieder arbeiten.« Eigentlich hatte er ihr gleich zu Anfang von seiner Rehabilitierung berichten wollen.

»Oh, das ist schön«, freute sich Gisela. »Wie kam es dazu?«

Theodor berichtete von dem Besuch des Boten und von seiner Vermutung, seine Mutter könne etwas mit den Vorgängen zu tun haben.

»Das wäre ja wunderbar. Du musst sie unbedingt besuchen, Theodor. Vielleicht erfährst du etwas über deine Schwester, was uns weiterbringt.«

»Ja.« Theodor verspürte das Verlangen, seine Mutter wiederzusehen, aber gleichzeitig hatte er auch Angst vor unangenehmen Erinnerungen, die damit in Verbindung stehen könnten. Und vor seinem Bruder. Das letzte Mal war es gut gegangen und er war ihm in seinem Elternhaus nicht begegnet. Würde es sich beim nächsten Mal wieder so glücklich fügen?

»Du hast Angst vor deinem Bruder, stimmt's?«

Theodor nickte.

»Er macht aber auch merkwürdige Sachen«, murmelte Gisela.

Theodor räumte gerade das Buch ein und zeigte auf jenes, das Gisela immer noch in Händen hielt. »Willst du es kaufen?«

»Muss ich wohl …«, sagte sie lachend. »Vielleicht ist es sogar etwas für meinen Vater.«

»Das könnte gut sein.« Theodor legte den Kopf schief und las den Titel vor: »›Buch berühmter Männer. Große Männer der Technik, ihr Lebensdrang und ihr Lebenswerk‹ von Richard Henning. Könnte mir auch gefallen.«

»Dann schenke ich es dir«, sagte Gisela.

»Das wollte ich mit meiner Aussage aber nicht bezwecken«, entgegnete Theodor verlegen.

»Zu spät«, lachte Gisela und betrachtete die Abbildung einer Lokomotive und eines Kraftwerkes auf dem Einband.

Theodor konnte nicht aufhören, sie anzusehen. Dieses Mädchen begann immer mehr sein Herz zu erobern. Sie schwiegen eine Weile. »Du, was hat mein Bruder Seltsames getan?«, wollte er wissen.

»Was?«

»Du hast doch gerade eine derartige Bemerkung fallen lassen.«

»Ja«, antwortete Gisela und erzählte ihm von dem Geldboten, den sie aus seinem Zimmer hatte kommen sehen.

»Bist du sicher, dass es ein Geldbote war?«

»Die Worte deines Bruders lassen keinen anderen Schluss zu.«

»Bestimmt etwas Dienstliches«, sagte Theodor.

»Nein, Theodor. Nichts Dienstliches, das habe ich einfach im Gespür. Es geht um regelmäßige Geldlieferungen, da bin ich mir sicher. Nur an wen?«

»Du meinst«, er sprach noch leiser, »mein Bruder könnte irgendwelche dubiosen Geschäfte führen?«

Gisela tat ratlos. Im Eingangsbereich räusperte sich der Buchhändler. »Wir sollten gehen«, sagte sie und ging voraus. Nachdem sie das Buch bezahlt hatte, steckte sie es in ihre Tasche. Dabei bemerkte sie, dass sie ihre Isolierkanne im Büro vergessen hatte. Theodor folgte ihr in einigem Abstand. Er wünschte dem Buchhändler einen schönen Abend und gab an, demnächst noch einmal wiederzukommen, wenn die Frühjahrsnovitäten eingetroffen wären.

Zu gerne hätte er Gisela einen Kuss auf die Wange gehaucht. Es war niemand auf der Straße unterwegs, noch nicht einmal eine Droschke war zu sehen. Er hätte es wagen können, traute sich jedoch nicht.

»Sollen wir etwas für morgen ausmachen?«, fragte er Gisela.

»Du meinst, einen Treffpunkt?«, fragte sie verschämt.

Er nickte.

»Mein Vater fragte mich, ob ich morgen Abend Zeit habe. Ich weiß nicht, ob das geht.«

Theodor seufzte. Gisela wusste, dass er sie mochte. Ihr erging es nicht anders. »Wollen wir einen stillen Briefkasten einrichten?«, fragte sie. Sie hatte schon länger darüber nachgedacht, seitdem ihr beim Aufräumen in ihrem Zimmer ein Buch mit Geschichten in die Hände gefallen war, die sie in ihren Kindertagen gelesen hatte. In einer davon hatte ein solcher Briefkasten eine Rolle gespielt. Auch wenn sie keine Kinder mehr waren, so fand Gisela diese Vorstellung romantisch.

»Was ist das?«, fragte Theodor. Mit den Augen suchte er die Straße nach einer Kraftdroschke für Gisela ab.

»Eine Stelle, an der wir Nachrichten füreinander hinterlassen.«

»Oh!«

»Eine Mauer, ein Baum … Ja. Am Kanal unweit der

Waisenbrücke gibt es eine Kastanie mit einem Loch in einem Ast. Das habe ich entdeckt, als wir uns im Herbst dort getroffen haben.« Damals hatte sie nicht an die Möglichkeit gedacht, diese natürliche Höhlung für Nachrichten zu nutzen. Sie musste über ihren Einfall schmunzeln.

»Dahinein? Nicht, dass darin ein Siebenschläfer wohnt.«

»Oh«, sagte diesmal Gisela. »Dann natürlich nicht, das arme Tierchen wollen wir nicht in seinem Winterschlaf stören. Aber eine feine Idee wäre es schon …«

»Abgemacht«, sagte Theodor.

In diesem Augenblick kam eine Autodroschke angefahren. Theodor winkte sie herbei.

*

Gisela war in die Droschke eingestiegen und gab dem Fuhrherren nicht das Haus in der Lennéstraße als Adresse an, sondern das Polizeipräsidium in der Priesterstraße.

»Was wollen Fräulein denn dort? Um diese Uhrzeit?«

»Ich arbeite dort«, antwortete sie knapp. Es dauerte nur wenige Minuten, bis das Automobil wieder zum Stehen kam.

»Warten Sie bitte hier? Ich möchte nur etwas aus meinem Büro holen.«

»Sie wissen, dass das Warten kostet?«

»Ja, selbstverständlich.« Gisela stieg aus und eilte zum Eingang. An der Pforte musste sie klingeln. Der Wachhabende öffnete. »Ich habe nur etwas oben im Büro vergessen«, rief Gisela ihm zu und sauste die Treppe hinauf. Nur spärlich war der Korridor beleuchtet. Sie lauschte, bevor sie in ihr Büro ging, nur um vorbereitet zu sein. Stoewer hatte ihr erzählt, dass Berwalt regelmäßig bis in die Abendstunden im Präsidium weilte. Neben der Schreibmaschine stand die Isolierkanne. Gisela wollte sie in ihre Tasche stecken und bemerkte dabei, dass sie Theodor das ›Buch berühmter Männer‹ nicht überreicht hatte, obwohl sie es ihm doch versprochen hatte. Sie klemmte die Kanne unter ihren Arm und wandte sich zum Gehen, als sie ein anderer Gedanke daran hinderte. Sie stellte Tasche und Isolierkanne ab und holte einer Eingebung folgend den Schlüssel für den Aktenschrank aus ihrer Schublade. Auch wenn man von außen nichts hatte erkennen können, so bemerkte sie gleich, dass sich jemand daran zu schaffen gemacht hatte. Die Akten standen in einer anderen Reihenfolge. Und die Akte Pagel fehlte gleich ganz. Zur Sicherheit suchte sie alles noch einmal durch, auch den Stapel der noch nicht abgeschlossenen Fälle – nichts. Die Akte war weg. Jemand hatte sie entnommen. Gisela fand es zunächst nicht ungewöhnlich, dass man sie noch einmal hervorgeholt hatte, merkwürdig fand sie nur den Zeitpunkt und dass dies in ihrer Abwesenheit geschehen war. Jeder, der hier in der Abteilung arbeitete, wusste allerdings, wo sie den Schlüssel für den Aktenschrank aufbewahrte. Vielleicht hatten sich neue Anhaltspunkte für Ermittlungen ergeben? Hatte Martin Stoewer heute in Berlin etwas erfahren, das ihn dazu veranlasst hatte, die Akte herauszusuchen? Sie war versucht, in seinem Büro nachzusehen, ob dort die Akte lag, doch sie verwarf den Gedanken wieder. In ihrer Abteilung war es ruhig. Wie von einer inneren Mechanik angetrieben, tat sie etwas, das sie nur als Leichtsinnigkeit bewerten konnte. Doch sie musste es einfach tun.

Gisela war sich dessen bewusst, dass sie sich auf sehr dünnem Eis bewegte, als sie auf Zehenspitzen den Korridor zu Walter Berwalts Büro entlangschlich. Das Futter ihres Mantels raschelte leise bei jedem Schritt. Hinter der angelehnten Zimmertür hörte sie ihn reden. Ob er telefonierte oder jemand bei ihm war?

Sie traute Berwalt alles zu. Vielleicht wusste er schon längst von ihrer Anwesenheit im Gebäude? Und er rechnete damit, dass sie sich hier herumtrieb? Sie wollte den Rückzug antreten, als er drinnen laut und aufgeregt polterte: »Sie wollen mir nicht im Ernst vorschreiben, wie wir hier unsere Arbeit zu machen haben!«

Da keine weitere Stimme zu hören war, musste Gisela davon ausgehen, dass Berwalt telefonierte. Sie schlich näher.

»Nein, wir werden das nicht in den Bericht mit aufnehmen, weil es Unfug ist. Natürlich hat sich Pagel erschossen. Die Waffe lag unter ihm.« Er knallte den Hörer auf die Gabel. Mit klopfendem Herzen hielt sich Gisela mit einer Hand an der Wand fest. Wenn Berwalt jetzt zur Tür hinausstürmte, war sie verloren. Sie lauschte. Doch außer dem Klirren von Glas drangen keine Geräusche zu ihr. Eine Flasche kullerte über den Boden und schlug von innen gegen die Tür von Berwalts Büro. Theodors Bruder trank Alkohol während der Dienstzeit, schoss es Gisela durch den Kopf. Sie beeilte sich, wegzukommen. Alkoholisierte Männer waren ihr ein Graus. Außerdem verloren sie alle Hemmungen, wer weiß, was Berwalt dann noch einfiel, wenn er sie hier entdeckte. Sie holte eilig ihre Tasche aus ihrem Schreibbüro und vergaß dieses Mal die Isolierkanne nicht. Im Treppenhaus begegnete ihr der Kreisarzt des Polizeipräsidiums.

»Ist der noch da?«, brummte Dr. August Schnellwind. Offensichtlich dachte er, Gisela sei im Bilde.

»Wer?«, fragte sie unschuldig. Sie ahnte, dass er es war, mit dem Berwalt eben telefoniert hatte.

»Na, Polizeiinspektor Berwalt«, donnerte er. Gisela wusste, dass seine Wut nicht ihr galt. »Entschuldigen Sie, Fräulein …«

»Ich weiß es nicht. Ich habe nur in der Abteilung II meine Isolierkanne geholt, die ich eben vergessen hatte.«

»Ah, Sie arbeiten gar nicht für ihn?«

»Nein, nur ab und an. Aber seine Schreibkraft bin ich nicht.«

»Schön, schön. Wenn er glaubt, er kommt damit durch, hat er sich geirrt. Ich verstehe meine Arbeit. Der Schuss … die Wunde …«, brummte er, während er an Gisela vorbeilief. Plötzlich machte er auf dem Absatz kehrt. »Wissen Sie etwas? Ich begleite Sie zum Ausgang und werde alles morgen mit Polizeipräsident von Zitzewitz besprechen.«

Ob das eine gute Idee war? Wusste denn der Kreisarzt nicht von Walter Berwalts gutem Verhältnis zum obersten Chef? Oder war alles nur ein Bluff, um jegliche Kritik an ihm schon im Vorfeld abzuwenden und anderen Angst einzuflößen? Gisela hatte Vertrauen zu dem Mann gefasst, der trotz seines Ärgers mit einem Lächeln auf den Lippen neben ihr herging. Sie nahm sich ein Herz und sagte: »Ich bin durch meine Schreibtätigkeit mit den Geschehnissen im Haus am Kanal vertraut. Und gerade erst haben wir Kommissar Gennat in Berlin besucht.«

Dr. Schnellwind blieb stehen und musterte Gisela. Sein freundlicher Blick bewegte sie dazu weiterzureden. »Ich erfuhr dort einiges über Waffen und frage mich, ob man die Waffe untersucht hat, denn in der Akte fand ich darüber nichts.«

»Sie sind recht keck, wertes Fräulein«, sagte der Kreisarzt. Um seine Mundwinkel spielte ein Lächeln. »Die Unterlagen sind noch bei mir und da bleiben sie vorerst auch.«

»Haben Sie Fingerabdrücke gefunden?«, fragte Gisela weiter.

»Ja. Nicht ich selbst, aber Kriminalkommissar Wuttke. Sogar einige sehr schöne.« Er musterte Gisela. »Ich meine, Fingerabdrücke. Warum fragen Sie?«

»Ich möchte verstehen, was ich schreibe …«, wich sie aus und hoffte, dass sie damit ihr Interesse heruntergespielt hatte. Dr. Schnellwind wirkte zufrieden, und da sie ohnehin gerade am Ausgang angelangt waren, verabschiedeten sie sich höflich voneinander.

Vor der Tür wartete tatsächlich noch die Kraftdroschke. Es würde nicht billig werden, da Gisela den Fuhrherrn länger hatte warten lassen als beabsichtigt. Aber alles hatte seinen Preis, auch die neuesten Erkenntnisse. Die Waffe schien der Schlüssel zu sein, um dem Geschehen im Haus am Kanal auf den Grund zu kommen. Und wieso lebte Alfred Pagel noch? Und wer war dann der Tote?

Als die Droschke vor ihrem Haus in der Lennéstraße hielt und Gisela zum Bezahlen ihre Geldbörse zückte, berührten ihre Finger wieder das Buch für Theodor. Zu gerne würde sie sich jetzt mit ihm austauschen.

*

Während Theodor noch eine Weile der Kraftdroschke hinterherschaute, die Gisela hoffentlich wohlbehalten nach Hause bringen würde, fragte er sich, was er mit dem Rest des Abends anfangen sollte. Nachdenklich lief er ziellos durch die Straßen. Es gab so vieles, worüber er sich den Kopf zerbrach. Er spürte tief in seinem Herzen, dass er das Schicksal seiner Schwester aufklären musste. Nicht nur seiner Mutter zuliebe, sondern auch, um selbst mit der Vergangenheit abzuschließen. Denn er wollte bereit sein für Neues. Wenn er sich doch nur an die Vorgänge in seiner Familie erinnern könnte. Nicht ganz abwegig war der Gedanke, dass seine Schwester gar nicht mehr lebte. Aber dann hätte jemand ihre Beerdigung veranlassen müssen und es würde darüber Unterlagen geben. Nur an welchem Ort? Wie sollte er mit den wenigen Anhaltspunkten seine Schwester ausfindig machen? Theodor würde beim Einwohner-Meldeamt nachfragen, auch wenn er immer noch lieber einen Bogen ums Polizeipräsidium machte. Vielleicht konnte ihm Gisela weiterhelfen, wenn sie jemanden kannte, der sich mit Vermisstensachen beschäftigte. Aber durfte er sie in die Familienangelegenheit hineinziehen? Die Jahre waren verstrichen, ohne dass sich jemand aus der Familie für Agnes interessiert hatte. Also warum gerade jetzt, da Theodor sich vordringlich um seine eigenen Belange zu kümmern hatte? Doch war Agnes' Schicksal nicht ein Teil dieser Belange? Trotzdem, die Sache mit den Päckchen und dem Mord beschäftigten ihn. Er war überzeugt davon, dass alles miteinander verwoben war. Welche Rolle spielte dieser Mann, der ihn im Park angesprochen hatte? Handelte es sich bei diesem wirklich um den Kaufmann Alfred Pagel? Oder war er doch nur ein Schauspieler? Schließlich wimmelte es in der Gegend von Schauspielern, die sich angesichts der angespannten

Wirtschaftslage ein Zubrot verdienen mussten. Aber aus welchem Motiv heraus sollte sich jemand ihm gegenüber als Alfred Pagel vorstellen? Theodors Kopf begann zu schmerzen. Ihm wurde plötzlich elend. Als er am Restaurant »Zum Goldenen Becher« in der Schlossstraße vorbeikam, wurde ihm bewusst, dass er seit Ewigkeiten nichts mehr gegessen hatte. Außerdem fragte er sich, wieso er eigentlich hier war. Das Schloss lag gar nicht auf seinem Nachhauseweg. Im Gegenteil. Hätte er ins Holländische Viertel laufen wollen, hätte er an der Nauener Straße nach links und nicht nach rechts abbiegen müssen. Er musste sogar die Brücke über den Kanal überquert haben, ohne es bemerkt zu haben.

Nun, da er hier gelandet war, konnte er auch etwas essen. Zwar wollte er sein Geld zusammenhalten, doch essen musste der Mensch schließlich. Er stieg die Stufen zum Eingang des Restaurants hinauf und ließ sich an einen freien Platz am Fenster führen. Da man hier gutbürgerlich kochte, bestellte er sich zu seiner Mahlzeit eine Potsdamer Stange. Das Bier schmeckte ihm gut und entfaltete schon bald seine beruhigende Wirkung. Während Theodor das Essen beendete und seine zweite Stange trank, ging ihm die Frage nicht aus dem Kopf, was Alfred Pagel oder der Mann, der sich für diesen ausgab, seit gestern unternommen hatte. War er bereits zur Polizei gegangen? Hatte er sich einen Anwalt gesucht? Wo, hatte Pagel gesagt, hatte er Unterschlupf gefunden? In einer Pension in Nowawes. Wie sollte Theodor ihn dort ausfindig machen? Gaststätten gab es einige, aber um unterzutauchen würde Pagel sich nicht in eines der besseren Häuser einmieten. Und wenn er in einem Privatzimmer wohnte, war es schier unmöglich, ihn aufzutreiben. Es sei denn, der Zufall würde ihm zu Hilfe kommen. Konnte Theodor überhaupt sicher sein, dass er Alfred Pagel wiedererkennen würde? Trug er noch dieselbe Verkleidung wie am Sonntag oder hatte er sich eine andere Scharade ausgedacht? Trotzdem wollte er es versuchen und sich ein Bild von den Vorgängen in Nowawes machen. Plötzlich fühlte sich Theodor putzmunter und unternehmungslustig, und das trotz der zwei Gläser Bier, die er getrunken hatte. Was erwartete ihn schon in seinem kleinen Zimmer in der Mittelstraße? Und jeden Abend mit Frau Rogge zusammenzusitzen entsprach nicht unbedingt seinen Vorstellungen. Er winkte den Kellner herbei und zahlte.

Draußen waren die Straßen menschenleer, die Kälte hatte die Stadt wieder im Griff. Theodor lief über den ehemaligen Paradeplatz am Stadtschloss vorbei, das traurig wie ein dunkler Klotz dalag. Seit Wilhelm II. abgedankt hatte, befand es sich in Staatsbesitz. Heute waren nur einige städtische Behörden in einem Teil der Zimmer untergebracht. Jetzt, um diese Zeit, arbeitete niemand mehr dort. Theodor wollte unbedingt bald die Gelegenheit wahrnehmen, die der Öffentlichkeit zugänglichen Räumlichkeiten im ersten Stock sowie im Westflügel zu besichtigen. Die Geschichte seiner Heimatstadt interessierte ihn. Bislang hatte er sich viel zu wenig mit ihr auseinandergesetzt. Er lief mit einem wohligen Gefühl im Magen auf die Kaiser-Wilhelm-Brücke zu, dachte an Gisela und hoffte, dass sie gut zu Hause angekommen war. Er beneidete sie ein wenig um ihre harmonische Familie. Seine eigene Familie dagegen war vollkommen zerbrochen. Spätestens seit Vaters Tod. Der Gedanke an ein mögliches Verbrechen, das man zu verschweigen versuchte, nagte an ihm. Obwohl, wenn er so recht überlegte, existierten gleich mehrere Ungereimtheiten. Da waren der geheimnisvolle Tod des Vaters, das Verschwinden der Schwester sowie dieser ominöse Kellerfund in der Nachkriegszeit.

Die Brücke jagte ihm keine Angst mehr ein. Gleich dahinter bog er nach links in die Babelsberger Straße ab. Sein Ziel war der Ortskern von Nowawes. Die Straße führte auf der Rückseite des Güterbahnhofs, an dem es noch betriebsam zuging, und den Eisenbahnwerkstätten entlang. Keine schöne Gegend, schon gar nicht so spät am Abend. Aus einem alten Gebäude, das am Rande des Betriebsgeländes stand, drangen Stimmen und erklang Musik. Als Theodor näher kam, entdeckte er über dem Eingang ein verschmutztes Schild. Er musste mehrmals hinsehen, bis er es entziffern konnte. »Schwarzer Schwan« stand darauf. Unter keinen Umständen würde er sich hineinwagen. Er war schon an der Kaschemme vorbeigelaufen, als hinter ihm Schreie erklangen. Als er sich umdrehte, sah er dort eine Person aus der Tür auf die Straße torkeln. Theodor blieb unschlüssig stehen. Sollte er der Person helfen? Doch nachdem sich der Torkelnde gefangen hatte, stimmte er ein Liedchen an und lief pfeifend in die Richtung, aus der Theodor gerade gekommen war.

Theodor marschierte weiter, vorbei an der Post, dem Oberlinhaus, dem Rathaus. Schließlich musste er einsehen, dass es ihn nicht weiterbringen würde, hier herumzulaufen. Er beschloss, zum Bahnhof Nowawes zu gehen, der gleich ums Eck lag. Auch wenn er nur eine Station fahren musste, es war besser, als noch so spät durch die Dunkelheit zu laufen. Ihn hatte immer wieder das Gefühl beschlichen, verfolgt zu werden. Wieder einmal. Ob Pagel ihn verfolgte? Und mit dem Gefühl im Rücken, dass ihm jemand auf den Fersen war, wollte er nicht noch einmal am »Schwarzen Schwan« vorbeilaufen. Denn er hatte mittlerweile eins und eins zusammengezählt.

DIENSTAG – ACHTER TAG

Heute Morgen hatte es Gisela besonders eilig. Denn sie wollte vor ihren Kollegen ins Büro kommen. Geschlafen hatte sie in der Nacht kaum. Zu ereignisreich war der gestrige Tag verlaufen, zu sehr spürte sie, dass etwas in der Luft lag, etwas, das mit Theodors Bruder zu tun hatte. Aber auch das seltsame Verhalten von Martin Stoewer bereitete ihr Kopfzerbrechen. Bislang hatte sie ihn immer für einen integren Kollegen gehalten, aber was wäre, wenn er diesen netten Kollegen nur mimte und selbst etwas auf dem Kerbholz hatte? Wem konnte sie in ihrer Dienststelle vorbehaltlos trauen?

Nur wenige Fenster in den Häusern in der Lennéstraße waren erleuchtet, als sie ihren Weg durch die Dunkelheit antrat. Sorgsam achtete sie darauf, wohin sie trat. Von der Luisenstraße bog sie auf den Weg über den Holzplatz ein, der geradewegs zur Breiten Straße führte. Von dort konnte sie bereits die Umrisse der Garnisonkirche sehen. Der Verkehr nahm allmählich zu. Ab und an tauchten helle Scheinwerfer auf, die sich auf sie zubewegten. Aber kein Vergleich mit dem quirligen Leben in der Hauptstadt gestern. Als sie die Priesterstraße erreicht hatte, blickte sie an der Fassade des Polizeipräsidiums empor, nur in wenigen Zimmern brannte bereits Licht. Dieser Umstand nährte ihre Hoffnung, dass sie ungestört auf die Suche nach der verschwundenen Akte gehen konnte. Sie ging am Wachhabenden vorbei in ihr Büro. Nachdem sie das Licht eingeschaltet, ihren Mantel an den Haken gehängt, die Isolierkanne neben ihre Schreibmaschine gestellt und ihre Brotdose in der Schublade hatte verschwinden lassen, überprüfte sie, ob die Akte Pagel wiederaufgetaucht war. Nach dem, was Theodor ihr gestern über Alfred Pagel erzählt hatte, sahen die Dinge ganz anders aus. Doch die Akte blieb verschwunden. Sie wollte gerade all ihren Mut zusammennehmen, um in Martin Stoewers Büro danach zu suchen, als leise ihre Bürotür aufgestoßen wurde. Verstohlen schlich ihr Kollege herein.

»Guten Morgen, Fräulein Gisela.«

»Guten Morgen, Kriminalkommissar Stoewer.«

»Wollen wir diese allzu förmliche Anrede nicht endlich sein lassen?«, fragte Stoewer.

»Gut, aber …«, sagte Gisela. Er schlug ihr doch nicht etwa die allzu vertraute Anrede mit Du vor?

»Meinetwegen können Sie mich Herr Stoewer nennen, wenn die anderen dabei sind. Aber Martin und Gisela unter uns …«, er stutzte. »Trete ich Ihnen, dir zu nahe?«

Was sollte Gisela darauf erwidern? Sie setzte sich lieber erst einmal.

»Seien Sie, sei du bitte unbesorgt. Ich hege keine unlauteren Absichten. Ich meine nur, dass die Zusammenarbeit um einiges einfacher sein würde …« Er ließ Gisela gar keine Wahl. Offensichtlich hatte er es eilig, etwas mit ihr zu besprechen, bevor die Vorgesetzten im Präsidium eintrafen. So fuhr er gleich fort: »Hör zu. Ich habe mich gestern mit Kriminalkommissar Gennat unterhalten. Es betrifft die Sache mit den Schmuckstücken.«

Gisela wurde hellhörig und zeigte auf den Stuhl, der in der Ecke des Raumes stand. »Setzen Sie sich doch.« Ihr kam das Du noch nicht so leicht über die Lippen.

»Nein, ich will stehen bleiben, falls jemand hereinkommt.« Er beugte sich zu ihr. »Also. Es ist so. In Berlin …« Er brach ab. Draußen auf dem Korridor waren schwere Schritte zu hören. Jemand lief vorbei. Gisela wollte schon erleichtert aufatmen, da kamen die Schritte zurück. Die Tür flog auf. Es war ihr Abteilungsleiter, Polizeirat von Litz.

»Alle zum Polizeipräsidenten«, rief er und machte auf dem Absatz kehrt. Dann drehte er sich noch einmal um. »Sie nicht, Fräulein Fink, Sie nicht.« Dann stürmte er wieder auf den Gang.

»Das scheint nichts Gutes zu bedeuten«, sagte Gisela mitfühlend.

»Kann, muss aber nicht«, entgegnete Martin Stoewer. Er ging zur Tür. »Ich muss dir später unbedingt erzählen, was ich gestern herausgefunden habe.« Er nahm die Türklinke in die Hand.

»Und was mache ich heute Morgen?«, fragte Gisela befremdet. »Ich habe gar nichts zu tun.«

»Oh«, entgegnete Martin Stoewer. »Schau doch mal auf meinem Schreibtisch nach. Da liegt eine Liste mit wichtigen Telefonnummern. Die könntest du tippen und dann in unserer Abteilung verteilen.«

Telefonnummern, dachte Gisela, nachdem Stoewer den Raum verlassen hatte. Vielleicht fand sich ja die eine oder andere Übereinstimmung mit den Ziffern auf Walter Berwalts Liste. Sie musste Theodor doch irgendwie helfen, auch wenn sie nicht besonders zuversichtlich war, dass sie etwas von Belang herausbekommen würde.

*

Theodor hatte länger geschlafen, als er vorgehabt hatte. Das lag vor allem daran, dass er noch lange wachgelegen und nachgedacht hatte. Er musste auf der Hut sein, wenn er es mit einer Bande Krimineller zu tun hatte. Von ihnen las man allenthalben in der Zeitung. Und dass sie nun in Potsdam Fuß fassten, beunruhigte ihn. Als Maria Rogge mit einem duftenden Kaffee in der Tür stand, hatte er sich auch gerade erst fertig angezogen. Er bedankte sich. Sie war wie eine Mutter zu ihm. Mit einem Lächeln auf den Lippen erzählte er ihr, dass er ab morgen wieder arbeiten würde.

Sie schaute auf. »Etwas stimmt doch nicht mit Ihnen«, sagte sie leise. »Immer wenn Sie kurz davor sind, mir zu erzählen, warum Sie keine Post mehr austragen, wechseln Sie das Thema.«

»Ich weiß. Es ist mir unangenehm, weil ich mir nichts zuschulden habe kommen lassen und man mich trotzdem beurlaubt hat.«

»Gab es Ermittlungen gegen Sie?«, fragte seine Vermieterin unverhohlen. Genau das hatte Theodor befürchtet, dass sie ihn nicht mehr für vertrauenswürdig hielt.

»Ja.« Er wollte bei der Wahrheit bleiben. »Aber ich bin unschuldig.« Er sah sie an, vermied es jedoch, ihr direkt in die Augen zu schauen. Gleich würde sie antworten, dass so alle Verbrecher argumentieren würden. Doch sie schwieg und musterte ihn nur. »Ich habe den Verdacht, dass es eine Intrige gegen mich gibt.« Jetzt war es raus. Wenn sie jemanden kannte, der eine hohe Funktion bei der Post innehatte, dann war es endgültig vorbei mit seiner Anstellung. Diese Anschuldigung wog schwer.

»Wer könnte denn etwas gegen Sie haben?«, fragte sie und nahm auf dem Stuhl neben der Tür Platz.

»Oh, Verzeihung, ich hätte Ihnen schon längst den Stuhl anbieten sollen.«

»Gebrechlich bin ich ja nicht«, entgegnete Maria Rogge schmunzelnd. »Ich kann nur besser nachdenken, wenn ich sitze. Ich weiß auch nicht, warum das so ist. Aber gut, dass man Sie offensichtlich rehabilitiert hat.«

»Ich hoffe, dass es alle so sehen …«, sagte Theodor verunsichert.

»Sie meinen, jemand hätte es lieber, wenn Sie nicht mehr dort arbeiten? Aber warum?«

»Ja«, sagte Theodor und setzte sich auf seine Bettkante. »Das muss ich herausfinden.«

»Manches sollte man auch ruhen lassen«, entgegnete sie und seufzte. Theodor war sich beinahe sicher, dass sie nur am Rande ihn meinte. Diese Frau hatte es in ihrem Leben auch nicht leicht gehabt. Er stellte fest, dass er sich nie gefragt hatte, wie alt Maria Rogge eigentlich war. Als er sie jetzt genauer ansah, kam er zu der Überzeugung, dass sie noch keine vierzig Jahre alt sein konnte. Er sollte sich von seinen kindlichen Gefühlen ihr gegenüber verabschieden. In ihr einen Muttersatz zu sehen, war lächerlich.

»Sie beschäftigt noch etwas anderes«, sagte Maria Rogge.

Hatte Theodor sie zu lange angestarrt? »Ja. Eher etwas Allgemeines …«

»Nur zu«, ermunterte ihn seine Gesprächspartnerin.

»Meinen Sie, man kann sich so verkleiden, dass man nicht erkannt wird oder für jemand anderes gehalten wird?«

»Sie wollen sich verkleiden?«, fragte sie im Spaß. Doch als sie merkte, dass es Theodor mit seiner Frage ernst war, antwortete sie ruhig: »Kennt man eine Person gut, weil man mit ihr verwandt oder verheiratet ist, dann gelingt das wohl nur für eine ganz kurze Zeit. Aber einen Fremden kann man bestimmt eine Weile in die Irre leiten.«

War Herr Pagel also nun Herr Pagel oder nicht? Wer war der Tote und wer der Lebende? Theodor kannte den Herrn zu wenig, um sich wirklich sicher zu sein.

»Sie waren noch klein«, sagte Maria Rogge, »als im Nebenhaus hier in der Mittelstraße Wilhelm Voigt seinen Interimsrock kaufte.«

»Wilhelm Voigt?« Theodor wusste zunächst nicht, von wem sie sprach.

»Der Hauptmann von Köpenick«, ergänzte Maria Rogge. »1906 hat er sich hier in der Altuniformhandlung von Bertold Remlinger einen dunklen Rock gekauft. Und in der Vernickelungsanstalt von Wilhelm Finke in der Kreuzstraße seine Sporen. Ein paar Tage später hat er dann in Köpenick den Bürgermeister festgesetzt und die Stadtkasse mit über dreitausend Mark beschlagnahmt. Remlinger und Finke waren übrigens maßgeblich an seiner Enttarnung beteiligt.«

»Ja, Menschen kommen auf komische Ideen, wenn sie Geld benötigen«, antwortete Theodor.

»Nach dem Krieg waren solche Hochstapeleien an der Tagesordnung. Beamte, die sich einen anderen Rang anhefteten, einfache Leute, die sich ein Amt anmaßten, oder Staatsangestellte, die ihr Amt missbrauchten.«

»Amtsanmaßung also …«, murmelte Theodor ganz leise. Ihn beschlich eine ungeheuerliche Vermutung und die hing weniger mit den aktuellen Vorgängen im Hauptpostamt zusammen. Und auch nur am Rande mit Alfred Pagel, obwohl er eigentlich mit seiner Frage auf ihn abgezielt hatte. Dennoch wollte er zunächst endlich mit einem Offiziellen über seine Begegnung mit Alfred Pagel reden, bevor ihm zum Vorwurf gemacht werden konnte, dass er wichtige Informationen in einem Mordfall, der offiziell keiner war, vorenthielt. Es war alles schrecklich verwirrend.

Nachdem sich Maria Rogge zum Einkaufen verabschiedet hatte, zog sich Theodor Mantel und Schuhe an und machte sich auf den Weg zur Polizeiwache in der Charlottenstraße. Er wollte Kurt um Rat fragen.

Theodor lief die Nauener Straße hinunter, als ihm eine Straßenbahn entgegenkam, die bis zur Alleestraße fuhr. Sollte er nicht lieber zu seiner Mutter fahren, um mit ihr über alles zu sprechen, das ihm auf dem Herzen lag? Doch die Geschichte mit Pagel hatte Vorrang, nicht dass er sich mitschuldig an weiteren Verbrechen machte oder der Nichtaufklärung eines vergangenen. Wie kam er darauf, dass es noch weitere Verbrechen geben konnte? Er schüttelte über seinen Einfall den Kopf und bog in Sichtweite des Wilhelmplatzes in die Charlottenstraße ein. Das Polizeirevier hatte er bald erreicht. Den einzigen dort sitzenden Wachtmeister fragte er nach Kurt.

»Der hatte Nachtdienst und kommt erst heute Abend wieder.«

Theodor hätte es sich anders gewünscht. Zu Kurt nach Hause wollte er nicht gehen, er benötigte bestimmt seinen Schlaf.

»Kann ich Ihnen weiterhelfen?«, fragte Kurts Kollege, der um einige Jahre älter war als Theodor.

»Nein, danke.«

»Möchten Sie ein Verbrechen anzeigen?«

»Nein, nein, es geht nur um eine Auskunft.« Hätte er sein Anliegen vorgetragen, hätte der Wachtmeister ihn unverzüglich zum Polizeipräsidium geschickt, und genau das wollte Theodor vermeiden. Seinem Bruder wollte er nicht begegnen, auch wenn es nahezu unvermeidlich schien. Denn er konnte sein Wissen nicht mehr lange für sich behalten, ohne Konsequenzen fürchten zu müssen. Nun hatte er zwei Möglichkeiten, wie er den heutigen Tag, den letzten freien Tag, bevor er wieder seinen Dienst antreten musste, verbringen konnte. Entweder er beobachtete die Wohnung der Pagels, was ihm wenig aussichtsreich schien. Oder er besuchte seine Mutter. Er entschied sich dazu, Letzteres in Angriff zu nehmen.

*

Gisela hatte gerade die letzten Buchstaben getippt, als sie merkte, dass das Farbband immer schwächer wurde und nur noch für wenige Papierbögen ausreichte. Sie suchte in ihrer Schreibtischschublade nach Ersatz, doch offensichtlich hatte sie das letzte Band in Gebrauch. Sie war sich sicher, dass sie mindestens ein weiteres Farbband in der Schublade aufbewahrt hatte, als sie dieses vor einer Weile entnommen hatte. Täuschte sie sich oder hatte jemand sich in ihrer Abwesenheit an ihrem Vorrat bedient? Viele Schreibmaschinen hatte das Präsidium noch gar nicht angeschafft. Wer kam also infrage? Ein Dieb im Polizeipräsidium? Sie musste schmunzeln, dennoch fand sie es unverschämt, dass jemand sich an ihrer Schublade zu schaffen gemacht hatte. Erst die verschwundene Akte, jetzt das. Ob es einen Zusammenhang gab? Sie wischte den Gedanken beiseite. Draußen verdunkelte sich der Himmel. Gleich würde es wieder zu schneien beginnen. Sie sollte sich sputen. Da alle ihre Vorgesetzten immer noch nicht vom Polizeipräsidenten zurückgekehrt waren, hätte sie eigentlich warten müssen. So einfach durfte sie sich nicht von ihrem Arbeitsplatz entfernen. In Stoewers Büro traf sie auf Edwin. Sie richtete ihm aus, dass sie im Schreibwarenladen ein Farbband besorgen würde.

»Gibt es denn in der Beschaffungsstelle keines mehr?«, fragte Edwin.

Stimmt, dort musste sie zuerst nachfragen. Obwohl sie gerne frische Luft geschnappt hätte. Andere wären angesichts des Wetters lieber im Gebäude geblieben, doch Gisela hielt es manchmal nur mit Mühe hier aus.

»Wenn ich in ein paar Minuten nicht zurück bin, dann bin ich doch zum Geschäft unterwegs. Würdest du das bitte Martin Stoewer ausrichten, falls er nach mir fragt?«

Edwin nickte und widmete sich wieder seiner Lektüre, einem Lehrbuch für Polizisten. Damit sie nicht zweimal gehen musste, lief sie zurück in ihr Büro und zog den Mantel an. Handschuhe und Kappe verstaute sie in ihrer Tasche, die sie gleich mitnahm. Gisela hatte Glück. An der Tür der Beschaffungsstelle hing ein Zettel: »Wegen Krankheit geschlossen«. Den Jauchzer, den sie auf der Zunge hatte, konnte sie nur dadurch unterdrücken, dass sie ihre Hand feste auf die Lippen presste.

Als sie an dem Wachhabenden vorbeiging, sprach dieser gerade mit einem Besucher. »Nein, Herr Berwalt ist heute Vormittag nicht im Präsidium zugegen«, konnte sie noch aufschnappen. Da schloss sich auch schon die Eingangstür hinter ihr. Draußen atmete sie tief ein und wieder aus. Die Luft war feuchter geworden. Sie schaute in den Himmel. Es braute sich etwas zusammen. Sie schlug den Kragen ihres Mantels hoch. Dann huschte sie über die wenig befahrene Breite Straße und nahm den Weg in die Innenstadt. Die Plantage wirkte heute noch trostloser als an den Tagen zuvor. Der Schnee auf den

Gehwegen hatte sich grau gefärbt. Während sie noch an ihre ersten Begegnungen mit Theodor dachte und in ihrem Innern ein wärmendes Gefühl verspürte, hatte sie die Charlottenstraße erreicht. Das Schreibmaschinenspezialgeschäft jedoch hatte geschlossen. Sie kannte ein weiteres in der Jägerstraße. So kam sie am Polizeirevier vorbei. Als sie die Straße weiter hinaufschaute, war ihr für einen Moment so, als sähe sie dort Theodor. Doch es kam ihr wie ein zu großer Zufall vor, die Entfernung und ihre Sehnsucht nach ihm spielten ihrem Sinneseindruck bestimmt einen Streich. Zum Glück hatte das Geschäft für Schreibmaschinen- und Bürobedarf in der Jägerstraße geöffnet. Sie kaufte dort zwei neue Farbbänder und ließ sich dafür eine Quittung geben. Der ganze Einkauf hatte keine zwei Minuten gedauert. Sie lief zurück zur Charlottenstraße, kreuzte sie und ging geradeaus weiter. Nachdem sie das Ende der Hoditzstraße erreicht hatte, überquerte sie den Kanal über die Ladenbergbrücke. Vielleicht war der Mann eben ja doch Theodor gewesen und hatte ihr eine Nachricht im Astloch hinterlassen? Doch als sie in der Kastanie nachschaute, musste sie enttäuscht feststellen, dass sich in der natürlichen kleinen Höhlung im Baum kein Zettel verbarg. Aber auch kein Tierchen, dessen Winterruhe sie störte. Plötzlich hörte Gisela auf der anderen Straßenseite laute Rufe. Mit Vehemenz redete ein Mann auf eine Frau ein, die offensichtlich gerade aus ihrem Haus gekommen war. Jetzt erkannte Gisela die Frau. Dora Pagel versuchte den Mann abzuwehren, doch diesem gelang es, ihr Handgelenk zu ergreifen.

»Au, du tust mir weh!«, rief Dora Pagel. Dann blickte sie sich um. Gisela deutete dies als einen Hilferuf und rannte los. Sie eilte über die Waisenbrücke und näherte sich mit gemäßigtem Tempo den beiden Streitenden.

»Lassen Sie die Frau in Ruhe!«, sagte sie. Ihre Worte klangen ruhig, aber bestimmt. Der Mann sah Gisela an und ließ augenblicklich von Dora Pagel ab.

»Das war nicht das letzte Wort«, rief er, drohte Dora Pagel mit dem ausgestreckten Zeigefinger und ging in Richtung Ladenbergbrücke davon.

»Danke«, seufzte Dora Pagel, die ganz bleich im Gesicht war.

»Geht es Ihnen gut?«, fragte Gisela. »Brauchen Sie Hilfe?«

»Hilfe?«, murmelte sie. »Nein …« Sie strich an den Ärmeln ihres Mantels entlang, so als wolle sie groben Schmutz entfernen. Ihre Hände zitterten ein wenig.

Gisela fragte sich, ob Frau Pagel eben erst zurückgekehrt war oder das Haus verlassen hatte. Sie hatte jedenfalls keine Einkaufstaschen dabei.

»Möchten Sie hereinkommen?«, fragte die junge Witwe.

Obwohl sich Gisela diese Gelegenheit nicht entgehen lassen wollte, zögerte sie mit einer Antwort. Denn wie sollte sie ihren Vorgesetzten ihr ungewöhnlich langes Fernbleiben erklären? Nicht nur das, sie hatte sich ja bereits ohne offizielle Weisung vom Dienst entfernt. Als Entschuldigung für ihre Verspätung würde ihr schon etwas einfallen.

»Ja, gerne, es ist doch sehr kalt«, sagte Gisela. Dora Pagel schien keinen Argwohn zu hegen. Vermutlich konnte sie sich nicht vorstellen, dass sie vom Tod ihres Gatten wusste und diesen ergründen wollte. Wenn es überhaupt ihr Ehemann war, der hier verstorben war. Deshalb beobachtete Gisela Dora Pagels Verhalten beim Eintreten in ihre Wohnung auch sehr genau. Von Theodor kannte sie die Stelle, an der der Tote gelegen hatte. Wäre es ihr eigener Ehemann gewesen oder ein ihr Nahestehender, so überlegte Gisela, dann hätte sie bestimmt Schwierigkeiten, an der Stelle den Boden mit den Füßen zu berühren. Doch offensichtlich war Dora Pagel weniger zart besaitet. Gisela erkannte lediglich einen Anflug von Abscheu im Gesicht der Witwe, als ihr Blick auf den Ort des Verbrechens fiel. Dora Pagel legte ihren Mantel ab und ging zu der Ecke des geräumigen Zimmers, in der ein Herd stand. Mit einer Handbewegung bot sie Gisela an, Platz zu nehmen. Das Biedermeiersofa hatte bereits bessere Tage gesehen, doch es wirkte sauber. Gisela behielt ihren Mantel an, streifte nur ihre Handschuhe ab, um nicht den Eindruck zu erwecken, sie habe vor, länger zu bleiben. Sie schaute sich im Zimmer um. Hinter einer weiteren Tür vermutete sie das von Theodor beschriebene Arbeitszimmer. Als Dora Pagel mit einer Kanne Kaffee zurückkam, fragte sie: »Möchten Sie nicht ablegen? Sonst frieren Sie nachher noch mehr.« Sie wartete nicht, bis Gisela antwortete, sondern ging zu einer Vitrine und entnahm ihr zwei Tassen.

»Danke«, sagte Gisela. »Aber ich kann nicht lange bleiben, ich muss zurück zur Arbeit.«

»Oh, ich halte Sie von der Arbeit ab?«, sagte Dora Pagel und schenkte Kaffee ein. Der Duft war köstlich. »Echter Kaffee«, sagte Dora Pagel stolz, während sie sich auf einen Stuhl Gisela gleich gegenübersetzte.

»Kannten Sie den Mann von eben?«, fragte Gisela vorsichtig.

»Ja … mein Bruder«, antwortete Dora Pagel. Gisela wusste, dass dies eine Lüge war. Jedenfalls hatte sie in den Akten, die sie getippt hatte, nichts von einem Bruder gelesen.

»Ist er öfter so grob zu Ihnen?«, fragte Gisela weiter.

»Manchmal«, räumte Dora Pagel ein. Sie blieb kurz angebunden.

Gisela verstand, dass es sinnlos war, weiter zu fragen. Sollte sie ansprechen, dass sie vom Tod ihres Mannes Kenntnis hatte? Nein, das könnte sie verunsichern. Oder etwa nicht? Woher könnte Gisela vom Polizeieinsatz wissen, ohne sich selbst zu verraten? Die Presse hatte keine Namen veröffentlicht. Da entdeckte sie an der Wand einige Fotos, eines davon war ein Hochzeitsfoto. Es zeigte Dora Pagel in jungen Jahren und einen Mann, der keine Ähnlichkeit mit dem Mann aufwies, dessen Foto der Akte beigefügt war und den Dora Pagel als ihren Ehemann identifiziert hatte. Gisela wusste, dass der Tod die Gesichtszüge eines Menschen veränderte: Auf dem Hochzeitsfoto stand ein anderer Mann neben Dora Pagel.

»Sie leben allein hier?«, fragte Gisela unbekümmert, während sie ihre Tasse leerte. »Oder ist Ihr Mann verreist, dass sich Ihr Bruder so aufführt?«

Dora Pagels Fassade begann zu bröckeln. Um ihre Nasenwurzel zeigte sich ein leichtes Zucken.

»Oh, Verzeihung, ich wollte Ihnen nicht zu nahetreten. Ich dachte, nur, ich …« Gisela stellte ihre Tasse ab und erhob sich. Sie war eindeutig zu weit gegangen. Sie durfte nicht den Anschein erwecken, sich in die Familienangelegenheiten fremder Menschen einzumischen.

»Danke, dass Sie sich Sorgen machen«, entgegnete Dora Pagel. Sie hatte sich wieder gefangen. »Aber ich komme gut zurecht.« Sie stand ebenfalls auf und geleitete Gisela zur Tür.

»Noch einmal danke«, sagte sie und streckte Gisela ihre Hand entgegen, während sie mit der anderen die Tür öffnete. Kalte Luft aus dem Korridor schlug ihnen entgegen.

»Keine Ursache«, sagte Gisela und ergriff Dora Pagels kalte Hand.

»Auf Wiedersehen. Nun kenne ich noch nicht einmal Ihren Namen«, sagte plötzlich die Witwe.

Was sollte Gisela antworten? Konnte man irgendwo in Erfahrung bringen, wo sie arbeitete, wenn man nach ihrem Namen forschte? Im Adressbuch der Stadt war nur der Name ihrer Eltern verzeichnet. Oder war sie ebenfalls eingetragen, seit sie großjährig war? Sie wusste es gar nicht. Aber wenn es dort eine Berufsbezeichnung gab, dann stand da höchstens Stenotypistin, keinesfalls aber ihr Arbeitgeber.

»Gisela Fink«, antwortete sie, mit einem unguten Gefühl zwar. Aber was blieb ihr anderes übrig.

»Ich bin Dora Pagel. Vielleicht treffen wir uns noch einmal wieder.« In ihrer Stimme verbarg sich tatsächlich so etwas wie eine leise Hoffnung. Die Frau fühlte sich einsam, das spürte Gisela mit einem Mal ganz deutlich. Sie nickte. »Ja, gerne. Auf Wiedersehen, Frau Pagel, und alles Gute.«

Dora Pagel antwortete nicht mehr. Hinter Gisela schloss sich leise die Tür. Dora Pagel war nicht verwitwet, schoss es Gisela durch den Kopf. Sonst hätte sie ihren Mann erwähnt. Und der Mann, mit dem sie eben auf der Straße gestritten hatte, war sicher nicht ihr Bruder. Aber wer war er dann?

*

Als Theodor in der Alleestraße aus der Straßenbahn stieg, begann es wieder zu schneien. Die Flocken, die ihm ins Gesicht wehten, tauten sofort und hinterließen feuchte Tropfen auf seiner Haut. Er legte sich Fragen zurecht, die er seiner Mutter stellen wollte, wobei seine innere Unruhe sich von Sekunde zu Sekunde verstärkte. Was war damals nach dem Krieg passiert? Was hatte es mit dem Tod seines Vaters auf sich? Und was mit dem Verschwinden seiner Schwester? Viele Familien hatten während des vergangenen Jahrzehnts Schlimmes durchmachen müssen. Brüder, Söhne, Väter waren im Krieg gefallen oder schwer verwundet nach Hause zurückgekehrt. Er kannte Männer, die nicht mehr sprachen, Männer, die sich seltsame Verhaltensweisen angewöhnt hatten, oder Männer, die nicht mehr sie selbst waren. Theodor hatte dazugehört, zu jenen Männern, in deren Seele der Krieg tiefe Wunden hinterlassen hatte. Auch er hatte sich verändert. Seine Ängste hatten sein Leben bestimmt, bis er Gisela begegnete. Sie half ihm, damit klarzukommen. Wenn er sich bewusst machte, wie gut er die vergangenen Tage überstanden hatte, war er beinahe stolz auf sich. Er hatte einfach keine Zeit gehabt, sich Gedanken über seine Ängste zu machen. In seinem Kopf war nur Platz für den Toten, seine eigene Suspendierung und die Erfüllung der Bitte seiner Mutter. Wieso konnte er sich nicht mehr an seine große Schwester erinnern? Welche Augenfarbe hatte sie? Wie hatte sich ihre Stimme angehört? Hatten sie zusammen gespielt? Da, plötzlich, brach sich ein Bild Bahn: der alte Kirschbaum im Garten. Agnes in einem hellen wehenden Kleid. Sie spielte Verstecken, mit ihm, ihrem kleinen Bruder. Theodor verbarg sich hinter einem kleinen Schuppen. Doch Agnes fand ihn nicht. Später am Tag war er es, der sie suchte. Sie war weg und kam erst irgendwann spät in der Nacht wieder, zusammen mit Walter. Agnes hatte nie wieder mit ihm so unbeschwert herumgealbert wie an jenem Nachmittag. Was war in dieser Nacht geschehen?

Theodor hatte den Eingang des elterlichen Hauses erreicht und wischte sich mit dem Handschuh die Feuchtigkeit aus dem Gesicht. Aus der Ferne näherte sich langsam ein Automobil, das offensichtlich wegen des Schnees auf der Straße vorsichtig fuhr. Erst in letzter Minute erkannte Theodor schemenhaft die Person hinter dem Lenkrad. Es war sein Bruder. Und neben ihm saß seine Mutter. Theodor flüchtete hinter einen Ilexstrauch, der auf einer Seite von frischem Schnee bedeckt war. Er begann zu zittern, aber nicht vor Kälte. Seine Atemwege drohten sich zu verkrampfen. Er durfte jetzt keinen Anfall bekommen. Theodor drückte sich mit dem Rücken gegen die Hauswand und wartete darauf, dass sich seine Atmung normalisierte. Der Wagen hatte mittlerweile am Straßenrand angehalten. Er beobachtete, wie Walter seiner Mutter aus dem Auto half, sie stützte, damit sie nicht fiel, und zum Hauseingang geleitete. Dort angekommen, ließ er sie los. Theodor hielt den Atem an. Hatte sein Bruder ihn entdeckt? Doch nichts geschah. Walter verabschiedete sich von seiner Mutter mit einem förmlichen Abschiedsgruß, während er auf dem Absatz kehrtmachte. Noch nicht einmal ins Haus begleitete er sie. Derweil suchte seine Mutter etwas in ihrer Manteltasche. Auffällig lange. Erst als der Motor des Automobils aufheulte, zog sie einen Schlüssel hervor.

»Du kannst rauskommen, mein Junge«, rief sie.

Theodor konnte es kaum fassen: Seine Mutter überraschte ihn immer wieder. Er räusperte sich und trat aus seinem Versteck hervor.

»Mutter, entschuldige …«

»Ich weiß, warum du das machst. Glaube nicht, dass ich es nicht merke, wenn eines meiner Kinder in der Nähe ist.« Sie schloss die Haustür auf. »Nun komm. Es wird kalt und wir haben beide schon Schneemützen auf.«

War das seine Mutter, die traurige Witwe? Sie sprach wie damals, als er seine Arme nicht von ihrem warmen, lieblich duftenden Körper lösen konnte. Als sie zusammen Kirschkernweitspucken spielten und sein Bruder darüber nur die Stirn krauszog. Jetzt, genau jetzt, fühlte er plötzlich, dass er seine Mutter nie hätte so lange alleinlassen dürfen.

»Du brauchtest den Abstand, um zu dir zu kommen«, sagte sie, während sie die Tür zu ihrer Wohnung aufschloss und ihn hineinbat.

»Was hast du gesagt, Mutter?« Er hatte die Worte sehr wohl verstanden, aber er konnte kaum glauben, dass sie seinen Gedanken erraten hatte. Er nahm ihren Mantel in Empfang, klopfte die Schneeflocken ab, die noch nicht getaut waren, und hängte ihn auf. Anschließend öffnete er die Kommode und entnahm ihre Hausschuhe, die er vor ihren winzigen Füßen auf den Boden stellte, sodass sie nur noch hineinzuschlüpfen brauchte. Dann schnürte er seine Schuhe auf und zog ebenfalls seine Hausschuhe an. Fast war alles so wie früher, aber nur fast.

»Machst du uns Tee?«, fragte seine Mutter und ließ sich auf die Couch in der Zimmerecke fallen.

Erneut übermannten ihn wohlige Erinnerungen. Wie oft hatte er seiner Mutter Tee bereitet, während sein Bruder und sein Vater am Tisch gesessen, Zigarre geraucht und sich über die neuesten Nachrichten aus Politik und

Wirtschaft unterhalten hatten. Damals hatten sie das ganze Haus bewohnt. In der kleinen Küche nebenan brannte das Ofenfeuer glücklicherweise noch. Seine Mutter konnte nicht allzu lange weggewesen sein. Er schob zwei Holzscheite nach und wartete, bis das Wasser im Kessel zu kochen begann.

»Du hast immer noch deinen Mantel an«, rief seine Mutter von drüben.

Theodor musste lachen. Er schüttete zunächst jedoch Wasser über die Teeblätter, die er in eine Kanne gegeben hatte, anschließend zog er seinen Mantel aus und hängte ihn in den Flur.

Seine Mutter saß ruhig und in Gedanken versunken auf dem Sofa, als er mit einem Tablett zurück ins Wohnzimmer kam. Er stellte alles auf den kleinen Tisch, goss den Tee in zwei Tassen, die er auf zwei Untertassen gestellt hatte, und reichte eine davon seiner Mutter. Dann zündete er die Flamme im Stövchen an, stellte die Kanne darauf und setzte sich schließlich aufs Sofa. Das Polster gab nach.

»Ich arbeite ab morgen wieder, Mutter«, sagte er. Der Tee war noch zu heiß, als dass er ihn trinken konnte.

»Ich weiß«, antwortete seine Mutter und pustete in ihre Tasse.

»Du warst es?«

»Ja, mein Sohn. So kann man mit dir nicht umspringen.«

»Danke. Es tut mir so leid, Mutter …«

»Nun hör auf, Theo, du hast doch nie etwas getan, was mich verärgert hätte.«

Theo, so hatte ihn seit Kindertagen niemand mehr genannt. Er atmete tief ein.

»Theo«, plötzlich war da ein seltsamer Unterton in ihrer

Stimme. »Dein Bruder hat mich heute zum Grab deines Vaters begleitet.«

Nichts Ungewöhnliches, dachte Theodor. Doch er kannte seine Mutter gut genug und wusste, dass das nicht alles war, was sie zu berichten hatte.

»Während wir am Grab standen, meinte Walter, ich solle endlich einsehen, dass auch Agnes nicht mehr lebt.«

»Könnte es nicht wahr sein, dass Agnes tot ist?«, fragte Theodor.

»Sie ist nicht tot«, sagte seine Mutter voller Überzeugung.

»Wieso sprach er mit dir gerade jetzt über Agnes? Weiß er, dass du nach ihr suchst?«

»Er wird es sich wohl denken«, antwortete seine Mutter. »Ich habe neulich Agnes erwähnt, ganz beiläufig. Walter erschrak, als er ihren Namen hörte. Theodor, dein Bruder ist zu allem fähig.«

»Was meinst du, Mutter?«

»Er sagte, dass man Agnes damals tot aufgefunden habe. Und ich wolle das nur nicht akzeptieren.«

Theodor hielt den Atem an. Konnte es möglich sein, dass seine Mutter den Tod der eigenen Tochter verdrängt hatte?

»Dann gab mir Walter diese Tabletten hier.« Sie griff nach einem Gläschen mit Schraubverschluss, das neben der Leselampe auf dem Tisch stand, und reichte es Theodor. »Zur Beruhigung«, sagte sie und lachte dabei.

Theodor schaute sich das Etikett genauer an. »Das klingt nicht gut.«

»Eben«, antwortete seine Mutter. »Deshalb habe ich die Tabletten auch ausgetauscht. Es sind einfache Zuckerbonbons. Willst du eins?« Sie nahm ihm das Gefäß wieder ab und stellte es zurück.

»Er will dich ruhigstellen?« Theodor konnte es nicht fassen.

»Er hält mich für alt und wirr im Kopf.«

Theodor schüttelte den Kopf. »Ich glaube, er wünscht sich, dass du wirr im Kopf seist.«

Seine Mutter tätschelte seinen Oberarm. »So ist es. Seit er mich vorhin zum Friedhof mitgenommen hat, weiß ich, dass er etwas plant. Und ich weiß, dass Agnes irgendwo lebt. Und er weiß, wo.«

Sie griff mechanisch nach ihrer Teetasse und nippte daran. »Kalt«, sagte sie und stellte die Tasse wieder zurück auf den Tisch.

»Ich schenke dir nach.« Theodor nahm die Kanne vom Stövchen, doch die Flamme war verloschen. Mit dem Handrücken prüfte er die Temperatur der Wandung und goss die dampfende Flüssigkeit in die Tasse seiner Mutter.

»Doch, Agnes lebt, und dein Bruder weiß auch, was damals geschehen ist. Als du im Krankenhaus lagst, muss etwas vorgefallen sein.«

Plötzlich begann Theodors Hand zu zittern. Eilig stellte er die Teetasse auf den Tisch, dabei klapperte die Untertasse. Er musste an die Erinnerung denken, die ihn vorhin erst heimgesucht hatte.

»Gibt es Anhaltspunkte, die uns weiterhelfen könnten? Oder Personen?«, fragte Theodor.

»Ja.« Theodors Mutter schaute auf. Ihre Augen blitzten. »Agnes hatte eine Freundin, Ilse. Sie hat inzwischen in das Hutgeschäft in der Brandenburger eingeheiratet. Deuser heißt der Inhaber.«

»Dann könnte ich sie dort antreffen?«

Theodors Mutter nickte. »Ich könnte mir vorstellen, dass Agnes mit ihr ihre Sorgen geteilt hat.«

»Du meinst, Agnes hatte vor ihrem Verschwinden Sorgen?«

»Ja, das hatte ich dir neulich bereits berichtet. Das lebenslustige Mädchen, das sie einst war, gab es nicht mehr.«

Diese plötzliche Veränderung in Agnes' Verhalten musste einen triftigen Grund haben. An jenem Abend musste etwas vorgefallen sein und Walter wusste auch, was.

»Und du hast keine Vermutung, warum sie sich so verändert hat?«

Seine Mutter blieb stumm. Doch sie ahnte etwas, das sie ihm gegenüber nicht erwähnen wollte.

»Wir müssen auf der Hut vor Walter sein«, sagte seine Mutter entschlossen.

»Lass ihn doch in dem Glauben, dass du Agnes' Tod akzeptierst«, riet Theodor.

Seine Mutter sah ihn ungläubig an. »Du meinst, damit er sich in Sicherheit wiegt? Und du suchst nach ihr?«, fragte sie mit einem flehenden Tonfall. Theodor wollte seine Mutter indes nicht schonen, auch wenn er nicht weiter über Agnes sprechen konnte, so interessierte ihn brennend, wie die Banderolen und Postsäcke in den Keller der Villa geraten waren. Er erhoffte sich davon neue Erkenntnisse in Bezug auf sein persönliches berufliches Schicksal. Doch als er seine Mutter von der Seite anblickte, merkte er, dass ihr die Augen zugefallen waren. Obwohl es sich nicht gehörte, konnte er nicht anders: Er verließ das Wohnzimmer und lief über den Flur zu einer Tür, hinter der sich das Reich seines Bruders verbarg. Er hatte damals geholfen, die beiden Räume in eine eigenständige Wohnung für Walter umzubauen. Selbst wenn er abgeschlossen hatte, so hoffte er, dass seine Mutter im Besitz eines Schlüssels war. Tatsächlich ließ sich die Tür nicht öffnen. Aber wo würde seine Mutter einen Zweitschlüssel aufbewahren? Es gab nur noch eine Möglichkeit: die Tür zur Terrasse. Theodor überzeugte sich davon, dass seine Mutter noch schlief, zog leise seine Schnürschuhe an, nahm ihren Haustürschlüssel an sich, der auf der Kommode im Flur lag, und verließ das Haus durch die vordere Tür.

Draußen schneite es heftig, dennoch hatte er seinen Mantel drinnen hängen lassen. Er huschte auf die Rückseite des Gebäudes und stieg die Steinstufen zur Terrasse empor. Glücklicherweise war die Terrasse jedoch von einem Dach geschützt, sodass der Wind den Schnee nicht dorthin geweht hatte und seine Fußspuren später nicht sichtbar waren. Er wusste noch von früher, wie er die Terrassentür mit nur einem einzigen Handgriff öffnen konnte. Mühelos hebelte er die Tür auf. Er zog seine Schuhe aus, um keine feuchten Spuren zu hinterlassen, und lief auf Socken über das Parkett. Sein Bruder hatte zwei Räume für sich, die er überraschenderweise schön eingerichtet hatte. Die meisten Kunstwerke und Statuetten hatte Theodor noch nie zuvor gesehen, sein Bruder musste sie erst nach seinem Auszug angeschafft haben. Oder waren sie bis dahin in einem Depot zwischengelagert gewesen? Darüber wollte er später nachdenken. Er hatte anderes im Sinn, wusste allerdings nicht, wonach er eigentlich suchte. Er beschloss, sich eingehender mit dem Schreibtisch seines Bruders zu beschäftigen, der unter einem Fenster stand. Die Schubladen ließen sich öffnen. Warum sollte er auch hier zu Hause alles abschließen, wenn doch die Zimmertür verschlossen war? In einer der Schubladen fand Theodor ein Heft, in dem Zahlenkolonnen notiert waren. Summen? Was hatte es damit auf sich? Theodor setzte sich auf den Stuhl und versuchte, sich einen Reim darauf zu machen.

*

Wäre Giselas Besuch bei Dora Pagel nicht so überraschend gekommen, hätte sie möglicherweise eine andere Strategie verfolgt, ihr andere Fragen gestellt. Aber manchmal war es gut, wenn die Dinge zufällig geschahen und man sich nicht durch eine allzu ausführliche Vorbereitung jeglicher Unvoreingenommenheit beraubte. Der Besuch bei Dora Pagel hatte Gisela immerhin in ihrem Eindruck bestärkt, dass der Tote nicht ihr Ehemann sein konnte und sie, Dora Pagel, deshalb auch nicht verwitwet war. Dass sie etwas mit einem Mann ihres Alters zu schaffen hatte, der sie ganz offensichtlich bedrohte, wusste sie nun ebenfalls. Wenn sie recht überlegte, ließen ihre Beobachtungen nur einen Schluss zu: Die beiden Streithähne waren einst oder immer noch ein Paar. Vielleicht war der Mann ein Arbeitskollege aus der Filmfabrik? Die dicken Schneeflocken behinderten die Sicht, und obwohl es vom Kanal nicht weit zum Polizeipräsidium war, sah Gisela aus wie ein Schneemann, als sie die Priesterstraße erreicht hatte. Was sollte sie sagen, wenn sie jemand auf ihr langes Wegbleiben ansprechen würde? Vor dem Eingang klopfte sie sich, so gut es ging, den Schnee von der Kleidung. Unaufhörlich fielen die Flocken vom Himmel. In der Halle herrschte reger Betrieb, der Wachhabende wurde regelrecht von Menschen belagert, die Auskünfte verlangten. Ganz Potsdam schien im Polizeipräsidium vorstellig zu werden. Zu Beginn des neuen Jahres hatten die Menschen offensichtlich viel Zeit für Melde-, Gewerbe- und Passangelegenheiten. Da die Verkehrspolizei sowie die Gesundheits- und Veterinärpolizei ebenfalls im Haus untergebracht waren, gab es reichlich zu tun. Nachdem Gisela an der Menschenmenge vorbeigeschlüpft war, erreichte sie die ruhigeren Bereiches des Gebäudes. Sie tupfte sich beim Treppensteigen die Feuchtigkeit mit einem Taschentuch aus dem Gesicht, verschwand eilig in den Toilettenräumen, um sich neuen Lippenstift aufzulegen und betrat nur wenige Minuten später ihr Schreibbüro. Niemand war ihr auf dem Korridor begegnet und auch in ihrem Zimmer erwartete sie keine böse Überraschung. Offensichtlich hatte niemand ihr Verschwinden zur Kenntnis genommen. Nachdem sie ihren Mantel und die feuchte Kappe aufgehängt und die neuen Farbbänder in der Schublade verstaut hatte, widmete sich Gisela der Telefonliste. Viele der Nummern stimmten mit denen auf der Abschrift von Walter Berwalts Liste überein. Nur zwei nicht. Gisela malte um diese beiden Nummern mit einem Bleistift einen Kringel. Draußen wurde es plötzlich hektisch. Schritte hallten über den Korridor, Türen wurden aufgerissen. So auch ihre. Martin Stoewer stürmte aufgeregt herein.

»Da bist du ja. Du erzählst mir später, wo du so lange warst. Außer mir weiß es keiner«, er holte kaum Luft. »Aber nun müssen wir los. Es gibt einen weiteren Toten. Du hältst hier die Stellung.« Er wandte sich zum Gehen.

»Wo?«, fragte Gisela neugierig.

»Am Kanal«, rief Stoewer und rannte los. Er vergaß, die Tür zu schließen. Bevor Gisela das eben Gesagte verarbeiten konnte, stand Edwin vor ihr. Er hatte sich leise angepirscht und stand etwas ängstlich im Türrahmen. »Ich soll mit«, sagte er leise.

»Ja, dann mal vite, vite!«, sagte Gisela und machte eine scheuchende Handbewegung.

»Aber die Leiche«, stöhnte Edwin, während er davonschlich.

»Beeil dich!«, rief Gisela ihm noch hinterher, nachdem sie aufgestanden war, um die Tür zum Korridor zu schließen. Sie hielt es nicht lange in ihrem Büro aus. Jetzt, da die ganze Abteilung unterwegs zum Tatort war, rannte sie mit dem Notizzettel in der Hand in Martin Stoewers Büro. Sie nahm den Hörer des Telefons ab, doch dann fiel ihr ein, dass sie die Nummern der Dame am Empfang würde durchgeben müssen. Und das war eindeutig zu riskant. Nicht nur, dass man ihre Stimme erkennen und sich fragen würde, wie sie zu diesen Nummern kam, die sonst vielleicht immer nur Walter Berwalt anrief. Wenn er es vom Präsidium aus tat. Sie musste jedoch unbedingt herausfinden, zu wem die Anschlüsse hinter den Buchstaben »L« und »H« gehörten.

*

Theodor war nach einigem Nachdenken zu der Überzeugung gekommen, dass die Zahlen in dem Heft, das er im Schreibtisch seines Bruders entdeckt hatte, Geldsummen sein mussten. Neben manchen standen Abkürzungen oder lediglich einzelne Buchstaben. Selbst wenn man bedachte, dass man noch im Dezember mit Billionen und Billiarden rechnete, so schienen ihm die Summen recht hoch zu sein. Er konnte sich beim besten Willen nicht vorstellen, dass Walter so viel verdiente. Es gab einige wiederkehrende Beträge, von denen er annahm, dass es sich dabei um Walters Beamtengehalt handelte. Generell jedoch war schwer zu unterscheiden, ob es sich bei den Zahlen um Einnahmen oder Ausgaben handelte. Sein Bruder führte offensichtlich penibel Buch über seine Finanzen, war dabei jedoch bemüht, für Außenstehende die Transaktionen möglichst nebulös zu gestalten. Rechnete er damit, dass sich jemand diese Listen anschaute? Am häufigsten tauchten die Kürzel »H« und »L« auf. Theodor würde dem nachgehen, aber jetzt sollte er von hier verschwinden. Da er die Terrassentür von außen nicht fest verschließen konnte und nicht riskieren wollte, dass man einen Einbruch vermutete, wenn diese offen stand, blieb ihm nur die Möglichkeit, den Rückzug über das Innere des Hauses anzutreten. Mit einem Schlüssel, der neben der Zimmertür hing, offensichtlich ein Zweitschlüssel, öffnete Theodor die Tür zum Korridor. Behalten konnte er ihn nicht, um von außen zuzusperren, deshalb hängte er ihn zurück und zog die Tür lediglich zu. Er hoffte, dass Walter später nicht bemerkte, dass nicht abgeschlossen war. Vielleicht würde er auch annehmen, er selbst habe am Morgen versäumt, den Schlüssel im Schloss umzudrehen.

Als er den Flur erreichte, wurde seine Mutter gerade wach. »Theodor?«, rief sie.

Er ging mit seinen Schuhen in der Hand ins Wohnzimmer zurück.

»Du willst gehen?«, fragt seine Mutter verschlafen. So müde sah sie jetzt sehr alt aus.

»Ja, Mutter. Es wird Zeit. Hast du denn jemanden, der dir Essen zubereitet? Du machst das doch nicht selbst, oder?«

»Ich koche noch oft, aber heute bin ich zu müde. Ich werde mir eine Suppe heiß machen. Stellst du mir den Topf bitte auf den Herd?«

»Wo steht er denn?«

»Auf dem Sims des Küchenfensters.« Theodor brachte seine Schuhe zurück in den Flur und erfüllte seiner Mutter anschließend ihren Wunsch. Sie blieb währenddessen auf dem Sofa sitzen. Er umarmte sie vorsichtig und verabschiedete sich.

»Du kümmerst dich?«, fragte seine Mutter, als er gerade die Wohnungstür von außen schließen wollte.

»Du meinst, um Agnes?«

Sie nickte stumm.

Bevor Theodor endgültig das Haus verließ, klingelte er bei der Nachbarin, mit der sich seine Mutter laut ihrer Aussage angefreundet hatte, und bat sie, später einmal nach ihr zu sehen. »Sie wirkt so müde«, sagte Theodor.

»Ihre Mutter ist tapfer«, sagte die Majorswitwe. »Schön, dass Sie nun wieder öfter nach ihr schauen.«

Als Theodor auf die Straße trat, war es Nachmittag geworden. Die Schneeflocken tanzten immer noch. Er nahm die nächste Straßenbahn, stieg allerdings nicht in der Nähe seiner Wohnung in der Mittelstraße aus, sondern erst an der Haltestelle am Wilhelmplatz. Er hatte vorhin plötzlich so große Sehnsucht nach Gisela verspürt und hoffte, in dem vereinbarten Baumversteck am Kanal eine Nachricht von ihr vorzufinden. Ob sie heute Abend vielleicht doch Zeit für ihn hatte? Er schlenderte an den Häuserreihen entlang und achtete zunächst nicht auf seine Umgebung. So viele Gedanken wirbelten in seinem Kopf durcheinander. Plötzlich jedoch erregte ein Tumult auf der anderen Seite des Kanals seine Aufmerksamkeit. Er überquerte die Straße, auf der nur wenig Verkehr herrschte, und stellte sich an das Geländer, das den Kanal zur Straße hin absicherte. In nicht einmal zehn Metern Entfernung waren Polizisten dabei, einen menschlichen Körper zu inspizieren, der mit dem Kopf nach unten am Rande des zugefrorenen Kanals lag. Er fragte sich, wie lange der Mensch dort wohl schon gelegen hatte. Es konnten gut und gerne ein paar Tage sein, denn dachte man sich die vielen Menschen weg, dann würde man kaum auf die Idee kommen, dort hinzuschauen. Überhaupt war der Körper nur von seiner Seite aus zu erkennen. Er zuckte zusammen, als ihm jemand von hinten auf die Schulter klopfte.

»Oh, Herr Heinrich, Sie haben mich aber erschreckt«, sagte Theodor, als er den Mann erkannte.

»Das wollte ich nicht«, stammelte dieser. Er hielt seinen Zeichenblock in der Hand. »Ich habe ihn gefunden. Ich dachte, das Schneetreiben würde irgendwann aufhören, und da mir die Decke auf den Kopf fiel, kam ich hierher, um zu skizzieren. Dann sah ich ihn.«

»Sie meinen den Mann dort?«

Otto Heinrich nickte.

»Ist er tot?«

»Davon können Sie ausgehen«, antwortete Kanal-Otto. »Wir haben uns doch neulich schon miteinander unterhalten, nicht wahr?«

»Ja. Waren Sie in den letzten Tagen öfter hier?«, wollte Theodor wissen.

»Sie meinen, ob ich etwas beobachtet habe?« Er schmunzelte. »Das hätte mich die Polizei fragen sollen und nicht unser Postbote. Wie darf ich Ihr Interesse deuten?«, fragte er weiter. Es klang beinahe misstrauisch.

»Na ja, man macht sich seine Gedanken. Es ist schließlich nicht der erste Tote hier am Kanal in diesem Jahr.« Theodor äugte zum nahe gelegenen Haus der Pagels.

Sie schwiegen eine Weile und beobachteten währenddessen die Polizisten, die nun versuchten, den leblosen Körper zu bergen. Immer mehr Schaulustige kamen herbei, die sein Freund Kurt vom Ort des Geschehens fernzuhalten versuchte.

»Weiß man, wer es ist?«, fragte Theodor.

Kanal-Otto zuckte mit den Schultern. »Offensichtlich werde ich nicht mehr benötigt«, sagte er mit Blick auf die Polizei. »Ich geh heim.« Er klemmte den Zeichenblock unter seinen Arm und zog davon.

Ein Toter im Hausflur, ein Toter im Kanal, wenn es da keinen Zusammenhang gab. Bevor die Polizisten ihn entdeckten, machte Theodor, dass er davonkam. Doch er konnte nicht gehen, ohne in das Baumversteck geschaut zu haben. Leider griff seine Hand ins Leere. Sollte er einen Zettel hinterlegen? Was sollte er darauf schreiben? Da fiel ihm auf, dass er gar nichts zu schreiben bei sich hatte. Um nicht an dem Fundort der Leiche vorbeizukommen, entschied er sich, die Straße Am Kanal bis zur Kreuzung Waisenstraße entlangzulaufen und von dort aus den Heimweg in nordöstlicher Richtung anzutreten. Dabei kam er unweigerlich am Haus der Pagels vorbei. Es schien ihm so, als bewege sich hinter der Fensterscheibe die Gardine. Als er die Brandenburger Straße überquerte, um in die Jägerstraße einzubiegen, begann der Schnee in Regen überzugehen. Er hoffte, seine Wohnung zu erreichen, bevor die Straßen spiegelglatt wurden.

*

Gisela biss in ihr Butterbrot, das sie sich von zu Hause mitgebracht hatte. Wer wusste schon, ob sie später zum

Essen kommen würde, wenn erst Protokolle verfasst und Formulare ausgefüllt werden mussten. Mit einer Hand zog sie die abgeschriebene Liste von Walter Berwalt aus ihrer Tasche, in der sie diese nach der Rückkehr aus Martin Stoewers Büro verstaut hatte. Wie sollte sie nur herausfinden, was es mit den ominösen Ziffern auf sich hatte? Konnte sie wirklich davon ausgehen, dass sich dahinter Fernsprechteilnehmer verbargen? Vielleicht handelte es sich um etwas anderes? Wie konnte man geheime Nummern tarnen, wenn nicht als Rufnummern? Sie biss erneut in ihr Butterbrot und wartete auf die Rückkehr der Kollegen. Draußen wurde es allmählich dämmrig. Erst jetzt hörte sie Schritte auf dem Gang, es kam Bewegung in ihre Abteilung. Türen knallten, was Gisela recht ungewöhnlich fand. Es herrschte zwar manchmal ein rauer Kasernenton im Polizeipräsidium, aber dass Türen lautstark ins Schloss geworfen wurden, stellte eher die Ausnahme dar. Sie rechnete damit, dass sie gleich mit Arbeit überhäuft würde, doch niemand kam, niemand bat sie, ein Gespräch stenografisch zu dokumentieren, niemand kam, um ihr Notizzettel zu reichen, damit sie diese in die Formblätter übertrug.

Schließlich, nach einer kleinen Ewigkeit, während der sie einfach nur dagesessen und geträumt hatte, öffnete sich leise und ohne Vorwarnung ihre Tür. Martin Stoewer trat mit hängenden Schultern ein.

»Was ist geschehen?«, fragte Gisela. Noch immer vermied sie das Du.

Martin sagte nichts, zog nur den Stuhl zu Gisela heran. »Es wurde ein Toter im Stadtkanal gefunden.«

»Ja, das weiß ich, das ist aber auch alles. Wer?«

»Wir wissen es nicht. Wir können auch nicht sagen, seit wann er dort liegt. Die Kälte hat ihn konserviert.«

»Wieso wisst ihr nicht, wer es ist?«

»Er hatte keine Papiere bei sich und sein Gesicht ist entstellt, so als habe es jemand absichtlich so zugerichtet.«

»Oh«, entfuhr es Gisela. Sie musste sogleich an den bemitleidenswerten Edwin denken. »Der arme Edwin …«

»Ja, Edwin hat es nicht verkraftet.«

»Oh, der Ärmste.«

»Na ja, für den Beruf braucht es mehr als Beziehungen und gute Noten.«

Gisela schüttelte den Kopf. Sie kannte jemanden, der hervorragend für diese Stelle geeignet wäre. Dem man jedoch immer wieder Steine in den Weg legte.

»Hör zu«, wurde Martin Stoewer plötzlich vertraulich. »Hier im Präsidium stimmt etwas nicht. Ich denke, man will etwas vertuschen. Wir dürfen den Todesfall nicht weiter bearbeiten.«

»Wie? Wer denn dann?« Gisela war außer sich.

»Walter Berwalt hat den Fall zur Chefsache erklärt. Niemand aus unserer Abteilung wird involviert sein.«

»Das verstehe ich nicht. Dann ist der Tote eine wichtige Persönlichkeit?«, schlussfolgerte Gisela. »Nicht etwa ein Politiker, vielleicht unser Ex-Bürgermeister?«

»Was? Nein. Ich hätte ihn wiedererkannt.«

»In dem Zustand?«

»Ja, auch in dem Zustand. Seine Kleidung war irgendwie merkwürdig. Altertümlich.«

»Dann können wir wohl nur abwarten«, seufzte Gisela und begann ihre Tasche zu packen.

»Pass auf. Wir lassen das nicht auf uns sitzen.«

»Hm?«

»Unser Polizeirat ist mit von der Partie.«

»Ich verstehe nicht, du sagtest doch …«

»Also: Du hast morgen und vielleicht auch für den Rest der Woche frei.«

»Ja, aber … Du meinst, weil wir nichts zu tun haben?«

»Nein, ganz im Gegenteil. Ich habe unserem Polizeirat berichtet, wie engagiert du immer bist. Pass auf. Du versuchst, mit den Menschen, die in diesem Abschnitt am Kanal wohnen, ins Gespräch zu kommen. Versuche, alles herauszubekommen, was irgendwie wichtig sein könnte. Beobachtungen, Ungewöhnliches …«

»Soll ich auch mit Frau Pagel sprechen? Die kommt mir nämlich ganz besonders verdächtig vor.«

»Ja, genau darum wollte ich dich bitten. Es darf nur niemand erfahren, dass du im Polizeipräsidium arbeitest. Und ich und der Polizeirat werden versuchen, unseren bekannten Kriminellen ein wenig auf den Zahn zu fühlen. Außerdem wird uns der Kreisarzt über seine Ergebnisse unterrichten.«

»Aber das kann ihm Ärger einbringen.«

»Er hat ohnehin schon einen Hass auf Walter Berwalt. Aber andersherum ist es ebenso.«

»Ah. Gibt es Gründe dafür?«

»Oh ja, Gisela. Der Kreisarzt und noch einige unserer Leute wie Kriminalkommissar Wuttke und ich, wir sind bestrebt, Gerichtsmedizin und Kriminalistik in die Moderne zu überführen. Die Potsdamer Kriminalpolizei gibt sich doch zu oft noch mit den Aussagen von Zeugen und dem zufrieden, was vordergründig wahr zu sein scheint. Einige der Herren trauern den alten Zeiten nach, den Zeiten vor dem Krieg. Aber vielleicht existieren für ihren Widerwillen gegenüber der neuen Zeit noch andere Gründe.«

»Welche Gründe meinst du?«

»Lass uns zu dem zurückkehren, was uns aktuell beschäftigt. Der Maler, der immer am Kanal steht …«

»Du meinst Kanal-Otto?«

»Ja, der. Der hat den Toten gefunden, aber niemand hielt es für notwendig, ihn zu befragen.«

»Ich glaube, Theodor kennt ihn gut …« Jetzt war es raus. Gisela wollte das Gespräch in eine andere Richtung lenken, doch Martin hakte nach.

»Doch nicht Theodor Berwalt?«

Gisela errötete.

»Ach, der Bruder von unserem Polizeiinspektor? Der Postbote und du?«

Gisela hätte sich am liebsten verkrochen.

»Ihr seid … verlobt?«

»Nein, das nicht. Wir sind befreundet.« Auch wenn die Zeiten den Frauen ganz andere Möglichkeiten einräumten als früher, so herrschten doch in der Gesellschaft noch viele veraltete Ansichten über das Leben junger Menschen, vor allem jenseits der Hauptstadt.

»Das meinte ich gar nicht«, sagte Martin Stoewer. »Wie gut steht er sich denn mit seinem Bruder?«, fragte er nach einer Pause, statt direkt zu erklären, was er wirklich zum Ausdruck bringen wollte.

»Du meinst, er würde verraten, dass wir weiterermitteln, obwohl wir es nicht dürfen und ihr sogar eure Schreibkraft dazu anstiftet?« Gisela lächelte verschmitzt, denn sie hatte schon längst Gefallen an der Vorstellung gefunden, sich als Ermittlerin im Verborgenen zu betätigen. Martin Stoewer quittierte ihr Lächeln mit einem Grinsen. »Mach dir da mal keine Sorgen. Er leidet sehr unter seinem Bruder. Theodor wird schweigen«, bekräftigte sie.

»Gut, gut. Vielleicht kann er uns ja seine Beobachtungen, die er während seiner Zustellrunden macht, ebenfalls mitteilen? Oder …« Er kratzte sich am Kinn. »Ich habe gehört, dass man ihn suspendiert hat?«

»Ja, jedoch darf er ab morgen wieder arbeiten.«

»Hat sich die Sache mit den Diebstählen bei der Post also aufgeklärt?«

»Ich weiß es gar nicht. Ob man intern ermittelt und jemanden zur Verantwortung gezogen hat. Theodor war es jedenfalls nicht«, sagte sie.

»Ab morgen, also … Gut. Könntest du ihn fragen, ob er uns hilft?«

»Das werde ich gerne tun, wenn ich ihn das nächste Mal sehe.« Gisela überlegte fieberhaft, wie sie ihn am schnellsten erreichen konnte. Die Idee mit der Baumhöhle war ja eher etwas für Romantiker, aber nicht für Kriminalisten. Selbstverständlich kannte sie seine Adresse, kannte sogar den Namen seiner Vermieterin. Aber sie sorgte sich um das Gerede der Leute, wenn sie ihn aufsuchte. Es war noch einmal etwas ganz anderes, ihn zu Hause zu besuchen, als mit ihm spazieren zu gehen oder in der Buchhandlung über Bücher zu sprechen. Gisela blieb nichts anderes übrig, als Martin Stoewer um Rat zu fragen.

»Das ist doch ganz einfach«, sagte dieser, nachdem Gisela ihre Bedenken geschildert hatte. »Ich rufe bei seiner Vermieterin an und gebe mich als Freund aus, der ihn sprechen möchte. Und wenn er nicht da sein sollte, lasse ich ihm ausrichten … ja, was?« Er sah Gisela hilfesuchend an.

»Mir fällt schon etwas ein. Wichtig wäre es, dass ihr miteinander sprecht und ich mich nicht einmische.«

»Du meinst, dass man dir später nicht nachsagen kann,

du würdest mit einem Verdächtigen kollaborieren?« Sie merkte, dass sie ihren Kollegen gerade gekränkt hatte.

»Nein, ja, vielleicht«, gab er kleinlaut zu. »Immerhin ist er der Bruder des Polizeiinspektors. Und es gibt eine Akte über ihn wegen des Verdachts des Diebstahls.«

»Die Akte. Kann man die nicht verschwinden lassen, so wie die Akte Pagel?«, fragte Gisela mürrisch. Natürlich war das ein ungeheuerlicher Vorschlag.

»Wie, die Akte Pagel ist verschwunden?«, fragte Martin Stoewer entsetzt.

»Ja, aus meinem Schrank.« Gisela zeigte darauf.

»Seltsam. Hier geht doch etwas vor …« Er kratzte sich wieder am Kinn. »Also, wo würdet ihr euch treffen, du und Theodor Berwalt?«, er flüsterte dessen Namen.

»Vor der Buchhandlung in der Junkerstraße.«

»Gut …«. Martin Stoewer wollte etwas erwidern, da stürmte Edwin herein. Was sollte er nur von ihnen denken? Man sah Gisela und Martin Stoewer mehr als deutlich an, dass sie etwas ausheckten, so, wie sie ihre Köpfe zusammensteckten. Doch Edwin rannte zum Fenster, ohne genauer hinzusehen. »Haben Sie gesehen, was da draußen los ist?«, fragte er außer sich.

Gisela und Martin Stoewer sprangen auf. Sie erwarteten das Schlimmste, als sie aus dem Fenster blickten. Zunächst konnten sie jedoch nichts erkennen. Edwin riss das Fenster auf und rief: »Spiegelglatt ist es auf der Straße, spiegelglatt. Wie soll ich jetzt nach Hause kommen?« Er drehte sich um und schaute die beiden mit einem Ausdruck der Hilflosigkeit an.

MITTWOCH – NEUNTER TAG

Den vorigen Abend hatte Theodor lesend in seinem Zimmer in der Mittelstraße verbracht. Doch die Sätze waren immer wieder zu Fragmenten geworden, die Buchstaben hatten sich aufgelöst. Er musste schließlich seine Lektüre beiseitelegen. Zu viel spukte in seinem Kopf herum. Ein Toter in Pagels Wohnung, ein weiterer Toter nur wenige Tage später unweit des Hauses im zugefrorenen Kanal, die Spelunke in Nowawes, der doppelte Pagel, das Päckchen mit den Schmuckstücken, die Diebstähle bei der Post und dann noch seine verschollene Schwester. Er sollte sich schleunigst beim Einwohnermeldeamt erkundigen. Auch wenn dieses im Polizeipräsidium untergebracht war, musste er ja nicht zwingend seinem Bruder über den Weg laufen.

In der Nacht hatte es offensichtlich getaut, die Straßen waren dennoch rutschig, als sich Theodor in aller Früh auf den Weg zur Hauptpost begab. Er hatte nur schnell einen Kaffee getrunken, essen konnte er ohnehin nichts. Als er nach dem Lichtschalter im Hausflur tastete, öffnete sich auf einmal Frau Rogges Zimmertür. »Das ist für Sie«, sagte sie und überreichte ihm ein in Papier eingeschlagenes Päckchen. »Etwas zur Stärkung für Ihren ersten Arbeitstag …« Noch im Morgenmantel drehte sie sich eilig wieder um und verschloss ihre Tür, kaum dass Theodor sich bedankt hatte.

Er kam als einer der ersten in den Arbeitsräumen der Postboten an. Er hatte sich vorgenommen, nichts auf mögliche Sticheleien seiner Kollegen zu geben. Die anderen taten allerdings auch so, als wäre nichts weiter vorgefallen. Zunächst hatte Theodor gehofft, er sei auch unter den Kollegen rehabilitiert, doch die Stimmung hatte sich gewandelt. Man redete höflich mit ihm, allerdings nur das Nötigste, und vermied jeglichen Augenkontakt. Theodor hatte die Briefe und Päckchen gerade sortiert und wollte seine Zustellrunde beginnen, als er auf dem Gang jemanden singen hörte. Singen war streng verboten. Das jedoch war gerade nicht das Ungeheuerliche. Die Melodie und den Text erkannte Theodor sofort. Das Lied von der »Krummen Lanke« hatte er neulich abends vor der Spelunke in Nowawes gehört. Wenn er genau nachdachte, konnte es sich bei dem heutigen Sänger durchaus um die Person handeln, die man aus dem »Schwarzen Schwan« geworfen hatte, genau in dem Moment, als Theodor daran vorbeigegangen war. Theodor schulterte seine schwere Tasche, lauschte, doch der Sänger entfernte sich. Zu gerne wäre Theodor der Sache auf den Grund gegangen, doch die Arbeit ging vor, und er konnte es sich nicht leisten, erneut Unmut auf sich zu ziehen.

Theodor hatte gerade das Gebäude durch den Seiteneingang verlassen und den Posthof erreicht, als ihm ein junger Bursche in Postuniform entgegenkam. Ihre Blicke begegneten sich. Da erkannte Theodor ein Veilchen um das linke Auge des Burschen.

»Glotz nicht so«, sagte dieser barsch und rempelte Theodor an, während er sich an ihm vorbeidrängelte. Noch in der Tür begann er wieder zu singen. Er war es wirklich, der Bursche, der aus dem »Schwarzen Schwan« gestolpert war. Einer seiner Kollegen trieb sich abends in einer solchen Spelunke herum?

Pflichtbewusst brachte Theodor seine erste Zustellrunde nach der Suspendierung hinter sich. Er hatte sich gedanklich auf die Fragen seiner Kunden vorbereitet, wo er während der vergangenen Tage gewesen war. Doch er hatte keine Postsachen, die persönlich zugestellt werden mussten bei sich, und auf der Straße begegnete ihm auch niemand, der ihn hätte ansprechen können. So hatte Theodor viel Zeit zum Nachdenken. Allerdings kam er bei keinem der vielen Probleme auf eine Lösung, jedenfalls jetzt nicht. Seine Posttasche war schnell geleert. So kam es, dass er den Bereich der Straße Am Kanal, in dem nicht nur die Wohnung der Pagels lag, sondern auch der Nachrichtenbaum der Winterkälte trotzte, früher erreichte als üblich. Er hatte nämlich ein Anliegen. Gestern am späten Abend hatte Frau Rogge ihn zu sich in ihre Stube gerufen. Ein Anrufer warte am anderen Ende des Telefons auf ihn, hatte sie gesagt. Theodors Herz hatte sogleich schneller zu schlagen begonnen, denn ein Anruf bedeutete meist nichts Gutes. Hoffentlich hatte es nicht mit seiner Mutter zu tun, deren Zustand ihm Sorge bereitete, als er sie gestern verlassen hatte. Doch aus dem Hörer erklang die Stimme Martin Stoewers, der Kriminalkommissar, in dessen Abteilung Gisela arbeitete. Dieser hatte Theodor mit knappen Worten zu erklären versucht, dass er heute Gisela treffen sollte. Warum und wieso Martin Stoewer diese Begegnung arrangierte, das hatte Theodor nicht vollständig begriffen. Was jedoch weniger an seiner Begriffsstutzigkeit lag, sondern vielmehr daran, dass der Kriminalkommissar in Rätseln gesprochen hatte. Dass es um etwas Wichtiges, zugleich Geheimes ging, das lag auf der Hand. So hatte sich Theodor an den Nachrichtenbaum erinnert und Stoewer davon erzählt. Mit einem Zettel, den er vor einigen Minuten im Schutze eines nahen Hauseinganges ausgefüllt und mehrfach gefaltet hatte, lief Theodor deshalb nun geradewegs dorthin. In der Nachricht stand zu lesen: »Eine Stunde früher als üblich im Buchladen.«

Für die Pagels hatte er heute keine Post. Hätte er beim Sortieren ein Päckchen vorgefunden, wäre er damit gleich zur Polizei gelaufen. Allerdings nicht zum Polizeipräsidium, sondern zur Wache in der Charlottenstraße. Sein Versäumnis von neulich war ihm eine Lehre. Auf dem Rückweg zu seiner Dienststelle traf er in der Nähe der Nauener Brücke seinen Freund, Wachtmeister Kurt Steinke.

»Hallo, Theodor. Ich freue mich, dich zu sehen.«

»Hallo, Kurt. Denk daran, keine privaten Unterhaltungen«, sagte Theodor. Er war wirklich übervorsichtig und wollte so wenig Aufsehen erregen wie möglich.

»Schon gut. Ich gehe ein Stück mit dir.«

»Ich dachte, du hast Nachtdienst?«, fragte Theodor.

»Dienst getauscht«, antwortete Kurt knapp. »Und du? Fertig mit deiner Runde, nehme ich an.«

»Ja, das bin ich. Ich muss dir etwas sagen, was ich schon eine Weile mit mir herumtrage …« Er wollte seinem Freund gerade von der Begegnung mit Alfred Pagel oder dem Mann, der sich für diesen ausgab, erzählen, da fiel ihm ein, dass er dies besser mit Kriminalkommissar Stoewer besprechen sollte. Wenn Kurt davon erfuhr, sprach er möglicherweise mit den Falschen darüber und gefährdete die geheime Aktion seiner Freundin. Ihm gelang es, blitzschnell gedanklich umzuschwenken: »Kennst du eine Gaststätte namens ›Schwarzer Schwan‹ in Nowawes?«

»Ja, was hast du damit zu schaffen?«, fragte Kurt argwöhnisch. Sie standen an der östlichen Ecke des Wilhelm-Platzes und wollten die Straßenseite wechseln.

»Ich habe davor möglicherweise neulich einen Postkollegen gesehen«, sagte Theodor wahrheitsgemäß, während sie den Verkehr beobachteten.

»Wo treibst du dich denn herum?«, fragte Kurt zögerlich.

»Es war ein Zufall, ich bin herumgelaufen …«

»Was möchtest du denn nun damit zum Ausdruck bringen?« Kurt beobachtete den Verkehr. Es ergab sich noch keine Lücke.

»Nun, ich möchte niemanden verdächtigen, aber wir suchen ja immer noch die Person …« Er ging eindeutig zu weit. Das war eine interne Angelegenheit der Post.

»Du meinst wegen der Diebstähle bei euch?«, fragte Kurt. An ihnen trabte ein Pferdegespann vorbei. »Ein Bierchen wäre jetzt nett.« Kurt deutete auf die Schrift an der Kutsche.

»Ja«, antwortete Theodor. Er kam mit Kurt heute irgendwie nicht weiter. Auf der anderen Straßenseite entdeckte er Oberbriefträger Neuber, der vor der Tür des Hauptpostamtes stand und einem jungen Burschen etwas erklärte, einem Burschen, der in seine Postuniform noch hineinwachsen musste. »Ich sehe zu, dass ich rübergehe und man mich hier nicht stehen sieht«, sagte Theodor. Doch Kurt hörte ihm schon nicht mehr zu. Auf dem Platz hatte er irgendetwas entdeckt, das seine wachtmeisterliche Aufmerksamkeit erforderte. Theodor huschte über die Straße und vermied es, in Rufweite seines Vorgesetzten zu kommen. Nach einer Konfrontation mit ihm stand ihm wirklich nicht der Sinn. Nachdem er das Gebäude über den Seiteneingang betreten hatte, zog er sich um, räumte seinen Arbeitsplatz auf und verließ ungeduldig die Hauptpost. Was mochte ihm Gisela nur zu berichten haben?

*

Als Gisela vor die Tür in der Lennéstraße trat, fühlte sich die Luft viel milder an. Nichts erinnerte mehr an den Wetterspuk von gestern Abend. Vor lauter Aufregung wegen der glatten Straßen hatten Martin und sie nicht weiter über Theodor gesprochen. Schließlich hatte Martin Stoewer für Gisela eine Kraftdroschke bestellt, deren Fahrer sie sicher nach Hause brachte. Als sie aus dem Automobil stieg, wäre sie beinahe ausgerutscht, konnte sich jedoch gerade noch am Dach des Wagens festhalten. Vor dem Haus hatte jemand Asche gestreut, sodass sie sicheren Trittes den Eingang erreichte. Um ihren Vater nicht zu beunruhigen, tat sie heute Morgen so, als ginge sie wie gewohnt zur Arbeit. Obwohl sie sich ihm gern anvertraut hätte. Aber er hatte genug mit seinen Gartenbauplänen zu tun, sodass sie beide mit ihren Gedanken woanders waren und nur wenig miteinander sprachen. Ihre Mutter, die ihr an der Nasenspitze angesehen hätte, dass etwas nicht stimmte, konnte ihr glücklicherweise gerade keine Fragen stellen. Gisela war froh darüber.

Gisela fühlte sich unsicher, ob sie der ungewohnten Aufgabe, die man ihr aufgetragen hatte, gerecht werden konnte. Erwartete man zu viel von ihr? Vor allem würde sie eine Rolle spielen müssen. Und noch immer war sie, was diese Rolle anging, zu keinem endgültigen Schluss gekommen. Während sie die Waisenbrücke über den

Kanal überquerte, überlegte sie hin und her. Sie konnte die Bewohner der Straße kaum direkt nach irgendwelchen Beobachtungen befragen, die im Zusammenhang mit den beiden aufgefundenen Leichen standen. Sie musste es geschickter anstellen. Wenigstens einen anderen Namen hatte sie sich bereits ausgedacht, falls jemand misstrauisch werden würde und mit der Polizei über sie sprach. Gertrud Meiser wollte sie sich nennen: ein Vorname mit demselben Anfangsbuchstaben und ein anderer Vogel als Nachname. Aber wie sollte sie das Vertrauen der Leute gewinnen? Sie lief an Pagels Wohnung vorbei, da entdeckte sie an einem der Nachbarhäuser das kleine Schild »Konfitürenverkauf«. Das war es! Einen Block und einen Stift hatte sie dabei. Es würde funktionieren. Sie war eine Konfitürenverkäuferin.

Sie klingelte oder klopfte an einer Haustür nach der anderen und stellte sich, wenn jemand öffnete, als Gertrud Meiser vor, die aus Werder stammte und Konfitüren verkaufen wollte. Sie würde heute die Bestellungen aufnehmen und die Ware würde später ein Mitarbeiter der Fabrik vorbeibringen. Natürlich konnte sie nicht direkt nachfragen, ob jemand etwas gesehen oder gehört hatte, was ihnen in Bezug auf die beiden Todesfälle weiterhelfen konnte. Gisela gegenüber schienen die meisten keinen Argwohn zu hegen. Allerdings gaben sich die Anwohner jedoch jedes Mal recht reserviert, wenn sie das Gespräch auf die Vorgänge lenkte, von denen sie angab, in der Zeitung gelesen zu haben. Offensichtlich behagte es niemandem, dass ihre Nachbarschaft durch die Zeitungen in einem schlechten Licht erschien. Weshalb man lieber schwieg und gar nichts mehr sagte. Nun verfügte Gisela bereits über eine stattliche Bestellliste, aber an sachdienliche Informationen war sie noch nicht gelangt. Die Begegnung mit einer jungen Frau, die als Zeitungsausträgerin arbeitete, war schließlich ergiebiger. Gisela hatte sie gerade auf die so freundlich erscheinende Wohngegend angesprochen, da sprudelte es aus der Frau heraus: »Zwei Tote in einer Woche. Ich weiß nicht, ob ich hier noch länger wohnen möchte. Ich möchte nicht am frühen Morgen über eine Leiche stolpern«, sagte die Zeitungsausträgerin und verzog das Gesicht.

»Aber das passiert doch sicher nicht noch einmal«, entgegnete Gisela bestürzt.

»Ich weiß es nicht. Wissen Sie …«, sie begann zu flüstern, obwohl im Hausflur niemand mithörte, »die Frau Pagel, die ist mir ebenfalls nicht ganz geheuer. Sie wohnt einige Häuser weiter und ständig kommen morgens fremde Männer aus ihrem Haus.«

»Meinen Sie, sie ist so eine? Sie wissen schon?«, flüsterte Gisela.

»Nein, na ja, ich weiß nicht. Meist ist es auch ein und derselbe Mann. Allerdings«, sie überlegte. »Seit Herr Pagel tot ist, habe ich diesen Mann nur noch einmal gesehen. Doch, neulich, da stritt sie mit ihm. Auf der Straße. Ich hatte mich gerade zum Schlafen hingelegt, weil ich ja nachts nicht so viel schlafe«, sagte sie entschuldigend. »Da hörte ich draußen diesen Radau. Ich lief zum Fenster.«

Gisela zuckte zusammen. Hoffentlich erkannte die Zeitungsausträgerin sie nicht wieder.

»Ich habe die beiden gesehen und bei mir gedacht, dass die Frau Pagel es ganz schön wild treibt. Ich hab mir das aber nicht lange angeschaut, sondern mich schnell wieder hingelegt. In aller Öffentlichkeit so zu streiten, das gehört sich einfach nicht.« Sie blickte auf ihre Uhr und sagte: »Oh je, ich würde mich gerne noch etwas ausruhen.«

Gisela nahm dies als Zeichen aufzubrechen. »Ich komme ein anderes Mal wieder«, sagte sie, doch da schloss sich die Wohnungstür bereits. Entmutigt beschloss sie, die Befragung abzubrechen, nachdem sie noch an einigen weiteren Türen ohne Erfolg geklopft hatte. Immerhin wusste sie jetzt recht genau, wer in diesem Straßenabschnitt wohnte und wer sich für gewöhnlich vormittags zu Hause aufhielt. Vielleicht konnte Martin Stoewer damit etwas anfangen. Zu gerne hätte sie sich jetzt mit Theodor ausgetauscht. Wehmütig dachte sie an ihn. Mittlerweile war es Mittag geworden und er hatte seine Zustellrunde bestimmt schon beendet. Vermutlich hatte sie ihn verpasst, als sie in einem der Häuser war. Giselas Blick fiel auf die Kastanie mit der Höhlung, die sie als Nachrichtenbaum auserkoren hatten. Die Aussicht darauf, darin eine Notiz von Theodor vorzufinden, lockte sie, auch wenn die Wahrscheinlichkeit, dass er etwas für sie hinterlassen hatte, als recht gering einzustufen war. Er hatte heute an seinem ersten Arbeitstag nach seiner Suspendierung sicherlich ganz andere Dinge im Kopf. Umso mehr freute sich Gisela, dass ihre Finger tatsächlich einen Zettel in der Baumhöhle ertasteten. Als sie das zusammengefaltete Stück Papier mit klammen Fingern auseinandergefaltet hatte, begann ihr Herz zu hüpfen. Hoffentlich war es kein schlechtes Zeichen, dass Theodor sich mit ihr eine Stunde früher als sonst treffen wollte. Man hatte ihn doch nicht erneut beurlaubt?

Dass Theodor allerdings an sie gedacht hatte, erfüllte sie mit einem Gefühl des Glückes. Und es bestärkte sie in ihrem Vorhaben. Bewusst hatte sie nämlich das Haus der Pagels bisher ausgelassen. Dort konnte sie nicht als Konfitürenverkäuferin auftreten. Dennoch wollte sie die Gelegenheit zu einem Gespräch mit Dora Pagel nicht verstreichen lassen. Aber wie sollte sie ihren Besuch begründen? Noch grübelnd, stand sie schließlich vor Dora Pagels Tür. Sie klingelte. Drinnen hörte sie Stimmen. Offensichtlich war Dora Pagel nicht allein. Sie drückte ihr Ohr gegen die Tür, um zu lauschen. Sie deutete die Vorgänge im Innern richtig und stellte sich noch rechtzeitig wieder aufrecht hin, bevor die Tür sich einen Spalt breit öffnete.

»Sie wünschen?«, fragte eine Männerstimme.

Gisela hatte nicht damit gerechnet, dass ihr ein Mann öffnen würde. »Ich, ich wollte mit Frau Pagel sprechen.«

»In welcher Angelegenheit?«, fragte der Mann mürrisch. Er versuchte, besonders verbindlich zu wirken.«

»Ich wollte Frau Pagel etwas fragen.«

»Sie ist leider nicht zu Hause. Wer sind Sie denn?«, fragte der Mann. Für Giselas Dafürhalten war er eine Spur zu neugierig. Sie antwortete ihm nicht, sondern machte auf dem Absatz kehrt. »Ich komme ein andermal wieder.«

Hinter ihr fiel die Tür ins Schloss. Da sie nicht wusste, ob man durch das Fenster beobachtete, ob sie das Gebäude auch wirklich verließ, vermied sie es, zurückzugehen und noch einmal zu lauschen. Mit einem unguten Gefühl trat sie hinaus. Auch wenn sie keinen triftigen Grund dafür sah, so wollte sie Martin Stoewer schnellstmöglich über Pagels Herrenbesuch unterrichten. Theodor hatte neulich ebenfalls so etwas angedeutet.

*

Vor Ungeduld hatte es Theodor nur schwer ausgehalten und so traf er noch weit vor der vereinbarten Zeit vor der Buchhandlung ein. Da von Gisela weit und breit nichts zu sehen war, entschloss er sich zu einem Abstecher in die parallel verlaufende Brandenburger Straße. Das Hutgeschäft der Familie Deuser fand er rasch. Die junge Frau, die ihn begrüßte, musste Ilse sein. Sie schien ebenso alt zu sein, wie Agnes heute wäre. Theodor hielt sich nicht mit einer langen Vorrede auf, sondern erklärte sein Anliegen ohne Umschweife. Ilse, die adrett zurechtgemachte junge Frau, erinnerte sich noch gut an seine Schwester, konnte ihm jedoch nichts Erhellendes mitteilen, das Aufschluss über die damaligen Geschehnisse oder gar ihren heutigen Aufenthaltsort gab. Sie versprach jedoch, sich bei ihm zu melden, sollte ihr noch etwas einfallen, das ihm weiterhelfen würde. Nachdenklich verließ Theodor den Laden. Während er auf die Buchhandlung zusteuerte, beschlich ihn die Vermutung, dass ihm Ilse möglicherweise nicht alles, was sie über die Vorfälle der Vorkriegsjahre wusste, erzählt hatte, weil er ein Mann war. Er nahm sich vor, Gisela um ein Gespräch mit der Hutmacherin zu ersuchen. Nun war er jedoch erst einmal gespannt darauf, was Gisela ihm berichten würde. Je länger er über das Telefongespräch mit Kriminalkommissar Stoewer nachdachte, desto mehr beschlich ihn die Erkenntnis, dass dieser etwas plante, von dem gewisse Personen im Polizeipräsidium nichts wissen durften. Nicht verwunderlich, dass er gegenüber Theodor mit seinen Angaben derart vage geblieben war. Aber welche Rolle spielte Gisela dabei? Während er sich in der Umgebung umblickte, bemerkte er ein Winken hinter der Schaufensterscheibe. Zunächst sah er nur die dahinter ausgelegten Bücher, doch dann erkannte er, dass der Buchhändler ihm winkte. Theodor interpretierte dies als Aufforderung hereinzukommen. Bevor er das Geschäft betrat, hielt er erneut nach Gisela Ausschau.

»Guten Abend«, sagte der Buchhändler freundlich. »Sie ist hinten.« Er deutete mit seinem Kopf zu einer Tür, deren Existenz Theodor bei seinen früheren Besuchen entgangen war. Ein schwerer Vorhang hing an der einen Seite. Offensichtlich hatte dieser den Eingang verdeckt. »Gehen Sie nur hinein«, sagte der Buchhändler, als Theodor immer noch wie angewurzelt zwischen den Buchregalen stehen blieb. Allmählich löste sich seine Starre und er drückte die Türklinke hinunter. Er blickte in den kleinen Raum, in dem einige Pakete lagerten, Verpackungsmaterial sowie Aktenordner, die in einem halbhohen Regal Platz gefunden hatten. In einer Ecke des fensterlosen Zimmers stand Gisela. Sie hielt ihre Handschuhe in der Hand und hatte ihren Mantel aufgeknöpft. Darunter kam ein gestricktes Jumperkleid zum Vorschein. Sie sah wunderschön aus. Aber er war nicht hier, um sie anzuschauen.

»Guten Abend, Theodor«, sagte sie mit einer weichen Stimme, die ihm den Atem stocken ließ.

»Guten Abend, Gisela«, presste er hervor.

Sie merkte, wie verlegen er war. »Du fragst dich bestimmt, was das alles zu bedeuten hat. Ulrich Meller ist eingeweiht.«

»Wer ist Ulrich Meller?«

»Der Buchhändler. Er ist mit Kriminalkommissar Stoewer befreundet. Wir können uns ab sofort immer hier treffen. Wenn du dich auf den Weg hierher machst, solltest du unbedingt überprüfen, ob dich dabei jemand beobachtet.«

»Du meinst, Kriminelle?«

»Nein, eher das Gegenteil. Kommissare, Polizisten …«

»Aber ich kenne doch kaum jemanden, wenn er keine Uniform trägt, schon gleich dreimal nicht.«

»Das ist wahr«, seufzte Gisela. »Ich bringe dir morgen eine Fotografie mit, auf der die meisten unserer Beamten und Angestellten zu erkennen sind. Neulich, bei dieser Versammlung …«

»Gisela, ich verstehe immer noch nicht ganz, was eigentlich los ist.«

Sie erklärte es ihm mit knappen verständlichen Worten.

»Ach, deshalb hat dein Herr Stoewer so in Rätseln gesprochen.«

»Ja, er hat dich bestimmt aus seinem Büro aus angerufen und konnte nicht ausschließen, dass jemand mithörte. Also, pass auf. Stoewer hat mir heute Mittag Folgendes erzählt: Unser Kreisarzt hat Fingerabdrücke von dem ersten Toten am Kanal genommen.«

»Von dem Mann, den ich in der Wohnung der Pagels gefunden habe?«

»Ja, Theodor. Und diese Fingerabdrücke finden sich in unserer Fingerabdruckkartei. Die ist zwar nur einen Bruchteil so groß wie die der Berliner Kollegen …«

»Und?«

»Martin hat …«

»Welcher Martin?«

»Martin Stoewer …«

»Ihr seid beim Du?«, fragte Theodor.

»Ja, aber das hat nichts zu bedeuten. Es arbeitet sich leichter, weißt du?« Diese Erklärung, mochte sie noch so schlüssig sein, beruhigte Theodor allerdings nicht gänzlich. Er dachte sofort, dass Stoewer Gisela mehr bieten könne als er, zumindest zum jetzigen Zeitpunkt.

»Theodor! Du hörst mir ja gar nicht zu«, rief Gisela.

»Oh, entschuldige bitte …«

»Also, die Fingerabdrücke des ersten Toten gehören zu Günter Koschmieder, genannt Kralle.«

»Ein Verbrecher, nehme ich an. Bei dem Namen.« Theodor musste schmunzeln. Der Ehrenkodex der Verbrechergruppen trug seltsame Blüten. »Und er war das Mitglied einer Bande, die im ›Schwarzen Schwan‹ in Nowawes ihr Hauptquartier hat?«

»Woher … Woher weißt du das?«

»Die Tätowierung in seinem Nacken …«

»Oh ja, Theodor … Du hast mit allem recht. Aus dir würde ein guter Kriminalbeamter werden …« Sie schaute ihn mit ihren blauen Augen an.

»Meinst du?«, fragte er verlegen.

Sie nickte. »Stell dir vor, er, Koschmieder, war sogar der Anführer dieser Bande.«

»Und nun fehlt ein Glied in der Kette?«, überlegte Theodor. »Das wichtigste, der Bandenchef.«

»Ja, es wird Unruhe geben …«

»Und möglicherweise auch Gewalt«, entgegnete Theodor. »Sie werden sich bald mit neuen Verbrechen hervortun.«

»Aber dafür müssen sie erst einmal einen neuen Bandenchef auswählen.«

»Nicht unbedingt, Gisela. Wenn der Mord von einem anderen Ringverein verübt wurde oder wenn mehrere sich um die Führung streiten …«

»Kann das Blutvergießen bedeuten?«

»Ja.«

»Du bist erstaunlich gut informiert, Theodor.«

»Du weißt, dass ich viel lese …«

»Ja, das weiß ich.« Gisela war bewusst, warum er diese Tatsache so betonte. Sie hatte schon öfter den Eindruck gehabt, dass er mit seinem Beruf als Postbote nicht wirklich zufrieden war.

»Und der zweite Tote? Der aus dem Kanal? Auch ein Bandenmitglied?«, fragte Theodor.

»Nein, Theodor, zumindest haben wir seine Fingerabdrücke nicht in den Karteien. Was merkwürdig ist, meint unser Kreisarzt. Über der Oberlippe hat der Tote eine Art Ausschlag. Möglicherweise hat er sich dort rasiert und es kam an der Stelle zu einer Reaktion.«

Theodor schoss gleich eine Theorie durch den Kopf. »Was hatte der Tote an?«

»Einen alten Rock, ein bisschen antiquiert …«

»Dann kann ich mir denken, wer der Tote ist«, sagte Theodor zu Giselas Verwunderung.

»Wer?«

»Der echte Alfred Pagel, also der Mann, der mich im Park angesprochen hat. Und der Ausschlag über der Lippe kommt von irgendeinem Bartkleber.«

»Oh, das muss Stoewer unbedingt dem Kreisarzt mitteilen.«

»Ist der wirklich vertrauenswürdig?«

»Wer?

»Der Arzt, ich meine, wegen meines Bruders.«

»Ich weiß schon, was du meinst.« Gisela lächelte Theodor an. »Ich werde nicht sagen, dass ich diese Information von dir habe, einverstanden?«

»Weiß Stoewer eigentlich von meiner Begegnung mit Alfred Pagel?«

»Nein, bisher habe ich es ihm noch nicht erzählt.«

»Sag es ihm ruhig, dann kann er seine eigenen Schlüsse daraus ziehen.«

»Eine gute Idee. Ich bitte ihn aber, dich aus dem Bericht

herauszuhalten, deinen Namen nicht zu nennen. Wer weiß, was dein Bruder vorhat. Wenn er diese Information hat, meint er vielleicht, etwas gegen dich in der Hand zu haben, und kann dir das Leben schwermachen.«

»Der Kreisarzt wird seine Ergebnisse aber doch nicht für sich behalten können«, gab Theodor zu bedenken.

»Nein, aber er redet immer erst mit uns. Weil er deinen Bruder auch nicht für ganz aufrichtig hält, um es einmal vorsichtig zu formulieren.«

Theodors Mund umspielte ein Lächeln. Er fühlte sich zum ersten Mal seinem Bruder gewachsen. Es tat ihm gut zu erfahren, dass noch mehr Menschen begannen, seinem Bruder zu misstrauen.

»Frau Pagel hatte heute Morgen übrigens Männerbesuch«, sagte Gisela und riss Theodor aus seinen Überlegungen.

»So?«

»Ja, ein seltsamer Mann. Das kommt wohl öfter vor, das mit den Männerbesuchen, wie ich hörte …«, sagte Gisela.

»Wir sollten herausfinden, mit wem sie sich da trifft. Ein Liebhaber?«

»Ich weiß nicht, für einen Liebhaber war er mir zu … abweisend. Er hatte schon etwas Brutales an sich. Der Mann neulich, den sie als ihren Bruder ausgab, der war es nicht …«

»Welcher Bruder?« Theodor wartete ab, bis Gisela ihm auch diesen Sachverhalt erklärt hatte. Dann sagte er: »Wenn der Mann in der Wohnung der Pagels ein Verbrecher ist, warum hat ihn dann Dora Pagel als ihren Mann identifiziert? Er trug einen Rock, den ich an Alfred Pagel vorher schon öfter gesehen hatte. Jetzt sehe ich ihn wieder genau vor mir, höre seine Stimme … Und der Mann, mit dem ich im Park gesprochen habe, der klang ganz anders. Ich glaube«, Theodor hielt sich am Regal fest. »Ich habe nie mit dem echten Alfred Pagel gesprochen, wenn ich meine Päckchen übergeben habe. Nur wenn ich andere Sendungen für ihn hatte, dann war er es.«

»Das heißt, dass dieser Verbrecher sich für Alfred Pagel ausgegeben hat, um die Päckchen an sich zu nehmen«, schlussfolgerte Gisela.

»Wusste der wirkliche Alfred Pagel davon?«

»Eher nicht!«, war Gisela überzeugt.

»Du hast recht, Gisela, das wäre unsinnig.«

»Aber Dora«, sagte Gisela lauter, als sie es beabsichtigt hatte.

Just in dem Moment öffnete sich die Tür und Ulrich Meller trat herein. »Pst, wir haben Kundschaft.« Er schloss die Tür hinter sich, riss von einer Rolle etwas Packpapier ab und verließ den Raum gleich wieder, ohne noch etwas zu sagen. Theodor und Gisela sahen einander an.

»Nun kommen wir zu der alles entscheidenden Frage: Wer hat wen umgebracht?«, fragte Theodor.

»Alfred Pagel den Koschmieder, weil er ihm auf die Schliche gekommen ist?«

»Hätte er ihn dann im Haus liegen gelassen?«, fragte Theodor.

»Wohl eher nicht.«

»Vielleicht kam es ihm jedoch auch gelegen, dass man ihn für tot erklärte?«

»Das wird kompliziert«, seufzte Gisela. »Und der Mann im Kanal? Wer war das denn nun?«

»Wenn meine Theorie mit dem falschen Schnurrbart stimmt, dann war es vermutlich der echte Alfred Pagel, also der, mit dem ich im Park gesprochen habe.«

»Dann hätte er dir gegenüber die Wahrheit gesagt? Und wer hat ihn umgebracht?«

»Du meinst also, er wurde getötet? Kein Unfall?«, fragte Theodor. Hätte sein Tod verhindert werden können, wenn Pagel nur gleich zur Polizei gegangen wäre? Er hätte ihn drängen sollen, das zu tun, dachte Theodor.

»Unser Kreisarzt ist sich noch nicht ganz sicher«, antwortete Gisela. Dein Bruder drängt darauf, dass man die Untersuchung abschließt und es als Unfall deklariert.«

»Und der Arzt zweifelt daran?«

»Ja, ihm sind Würgemale am Hals aufgefallen. Wenn das stimmt, dann hat der Mörder sehr große Hände.«

Theodor wollte gerade etwas erwidern, da öffnete sich die Tür erneut. »Ich würde jetzt gerne zusperren und heute einmal früher Feierabend machen«, sagte Ulrich Meller. »Bei der Kälte kommt doch niemand mehr. Und meine Abrechnung habe ich ebenfalls schon lange fertig.« Als Gisela durch die offen stehende Tür lugte, entdeckte sie ein Telefon, das an der Wand gegenüber hing.

»Könnte ich einmal zwei Nummern anrufen?«, fragte sie. Der Blick, den sie Ulrich Meller zuwarf, ließ keine andere Antwort zu als ein Ja.

So bittend konnte Gisela also auch schauen, dachte Theodor. »Ich warte hier«, sagte er, dem es Unwohlsein bereitete, sich in den hell erleuchteten Verkaufsraum zu stellen.

»Sie können gleich sowieso den Hinterausgang nehmen«, sagte der Buchhändler an Theodor gewandt und ließ die beiden allein.

Während Gisela aus ihrer Tasche einen zerknüllten Zettel hervorholte und zum Telefonhörer griff, blieb Theodor im Türrahmen stehen. Er war gespannt, was Gisela vorhatte. Sie wählte die erste Nummer. Jene Nummer, der der Buchstabe »L« zugeordnet war.

»Meier«, meldete sich eine Frauenstimme. Gisela legte schnell auf.

»Wer?«, fragte Theodor leise.

»Gleich«, zischte Gisela und wählte die zweite Nummer, die mit dem Buchstaben »H«. Doch es nahm niemand ab.

»Ich versuche es ein anderes Mal«, sagte Gisela.

»Was sind das für Nummern?«, wollte Theodor wissen.

»Die habe ich vom Schreibtisch deines Bruders«, flüsterte sie.

»Du spionierst ihm nach?«, fragte Theodor.

Gisela nickte. »Ich habe alle zuordnen können, dank der offiziellen Telefonliste. Aber diese beiden hier nicht.« Sie zeigte Theodor den Zettel. Er traute seinen Augen kaum. Die Buchstaben kamen ihm gleich bekannt vor. Es ging um Geld, und endlich bekamen diese Zahlungen auch einen Empfänger, zumindest theoretisch.

»Die erste mit dem Buchstaben ›L‹ scheint ein privater Anschluss zu sein. Es meldete sich eine Frau Meier.«

»Vielleicht hast du dich verhört und es ist die Meierei.«

»Oh, das könnte sein, vor lauter Aufregung. Ich mache so etwas ja auch nicht täglich.«

»Aber was sollte er mit der Meierei zu tun haben? Hast du mal überlegt, ob dieselbe Nummer auch in Berlin vergeben ist?«

»Oh, das wäre möglich. Aber dann brauche ich ein Amt.« Sie sprach so laut, dass der Buchhändler es hören konnte.

»Machen Sie nur, Fräulein, Martin hat mir gesagt, Sie dürfen alles.« Er sah von seinen Unterlagen auf, die auf der Kassentheke lagen. Sein Blick verriet sein Wohlwollen.

Gisela ließ sich die Verbindung am Telefon herstellen. Es klingelte, dann hob jemand ab. »Bar zur fröhlichen Ameise.« Gisela ließ den Hörer auf die Gabel fallen. Sie japste nach Luft.

»Die mit ›L‹ gehört zu einer Bar mit einem unglaublich albernen Namen«, flüsterte sie Theodor zu.

DONNERSTAG – ZEHNTER TAG

Kaum hatte ihr Vater das Haus verlassen, da klingelte es an der Wohnungstür. Gisela war bereits seit über einer Stunde vollständig angekleidet und wartete auf weitere Instruktionen von Martin Stoewer. Ihrem Vater hatte sie erzählt, dass sie wegen Arbeitsmangels gerade wenig zu tun habe und ihre Überstunden verringern sollte.

»Du bist doch hoffentlich nicht von der Personalabbauverordnung betroffen?«, hatte er sorgenvoll gefragt.

»Nein«, hatte Gisela wahrheitsgemäß geantwortet. Doch wenn von Zitzewitz herausbekam, dass sie und Stoewer entgegen der Anweisungen tätig wurden, war es bestimmt bald vorbei mit ihrer Anstellung beim Polizeipräsidium.

»Wir wollten uns neulich schon über deine Zukunft unterhalten. Wir sollten Mutters Abwesenheit dazu nutzen«, hatte ihr Vater noch bemerkt, bevor die Wohnungstür hinter ihm zugefallen war.

Nun stand Martin Stoewer vor ihr. Er wirkte gehetzt. »Darf ich hereinkommen?«

»Ja, bitte.« Gisela ließ ihn eintreten. Sie wollte ihm den Weg ins Wohnzimmer weisen, doch er fing gleich im Flur an zu reden: »Ich muss mich beeilen und gleich meinen Dienst antreten. Ich habe eine wichtige Aufgabe für dich.« Er zog einen Umschlag hinter seinem Rücken hervor. »Hier drin sind wichtige Beweise. Fingerabdrücke von den beiden Toten. Außerdem Fotos von dem Schmuck, der in dem Päckchen verschickt wurde. Das alles überreichst du bitte dem Kollegen Gebhard von der Berliner Polizei.« Er holte Luft.

»Aber wie und wo?« Gisela verstand nicht.

»Ihr trefft euch in einer Stunde am Anleger bei der Pfaueninsel. Er kommt mit dem Wagen aus Berlin.« Martin Stoewer wischte einige kleine Schweißperlen von seiner Stirn.

»Aber wie soll ich denn da hinkommen?«

»Ich habe dir eine Kraftdroschke bestellt. Die sollte in wenigen Minuten hier sein.« Martin drückte ihr den Umschlag in die Hand. »Und wenn es neue Informationen gibt, dann sprechen wir heute Nachmittag noch einmal miteinander.«

»Wann und wo?«, fragte Gisela Martin, der bereits die Türklinke hinunterdrückte.

»Ich komme einfach nach Dienstschluss bei dir vorbei.«

»Und wenn dir jemand folgt?«

Martin Stoewer öffnete die Tür. »Unserer Schreibkraft darf ich zu Hause ja noch einen Besuch abstatten.« Seine Entschlossenheit beeindruckte Gisela. Außerdem meinte sie, aus seinen Worten Zuversicht herauszuhören, die Morde bald aufklären zu können. Sie hoffte, mit ihrer Einschätzung richtigzuliegen.

Kaum war Martin verschwunden, zog Gisela Mantel und Winterstiefel an, nahm Kappe und Handschuhe von der Kommode und steckte den Umschlag in ihre Tasche. Sie lief vor das Haus, um die Kraftdroschke abzupassen, doch diese kam nicht. Kein einziger Wagen befuhr die Lennéstraße. Irgendetwas musste schiefgelaufen sein. Endlich hörte sie das Geräusch eines heranfahrenden Automobils. Doch es war nur Luftschiffkapitän Tiede, der seinen Wagen vor ihrem Haus wendete. Als er Gisela so allein in der Kälte stehen sah, hielt er an und stieg aus.

»Fräulein Fink, heute so spät zur Arbeit?«, rief er über die Straße.

»Überstundenabbau«, erklärte sie lapidar. Zwar hatte sie sich neulich mit Herrn Tiede nett unterhalten, aber die Wahrheit über ihre neue Arbeit konnte sie ihm nicht verraten. Zu viel stand auf dem Spiel, vor allem für Martin Stoewer. Jedes Wort konnte eines zu viel sein, denn Gisela hielt es für sehr wahrscheinlich, dass der ehemalige Luftschiffkapitän Beziehungen zu den höchsten Potsdamer Kreisen unterhielt. Zu seinen Bekannten zählten sicher Personen wie der Polizeipräsident. Glücklicherweise näherte sich nun die herbeigesehnte Kraftdroschke. So musste sie nichts weiter hinzufügen.

»Auf Wiedersehen«, rief sie über die Straße und winkte dem heranfahrenden Fahrzeug. Als es anhielt, war Herr Tiede wieder in sein Fahrzeug eingestiegen.

»Zum Anleger gegenüber der Pfaueninsel«, rief Gisela dem Fahrzeugführer zu und ließ sich in das Automobil helfen.

»Ich weiß«, sagte der Fahrer, stieg ein und wendete die Kraftdroschke. »Ich nehme an, Sie wissen, dass dort zurzeit kein Schiff anlegt.« Natürlich wusste Gisela das. Die Havel war weitgehend zugefroren, auch wenn es gestern etwas milder gewesen war. Heute fror Gisela dafür umso mehr, was vor allem daran lag, dass sie so lange auf der Straße gewartet hatte.

»Entschuldigen Sie bitte, dass ich etwas spät bin, aber der Motor wollte partout nicht anspringen«, erklärte der Fahrer, während er die Lennéstraße verließ und auf das Brandenburger Tor zufuhr. Am Ende der Hohenzollernstraße bog er nach rechts in die Kaiser-Wilhelm-Straße ein. Vorbei am Nauener Tor ging es weiter Richtung Osten.

Schließlich erreichten sie die Berliner Vorstadt, fuhren durch einige Nebenstraßen, dann auf die Neue Königstraße, die zur Glienicker Brücke führte. Gisela wunderte sich über die merkwürdige Wegstrecke, die der Fahrer wählte, und konnte deshalb das Panorama zu beiden Seiten der Brücke kaum genießen. Ob der Fahrer Instruktionen erhalten hatte, bestimmte Wege zu meiden? Oder wollte er sichergehen, dass ihnen niemand folgte? Jetzt, hinter der Brücke, befanden sie sich bereits in Berlin. In Wannsee verließ der Fahrer die Reichsstraße eins und fuhr durch ein Waldgebiet zum Havelufer. Nebelschwaden zogen ihnen entgegen. Auf dem Platz vor dem Anleger stand ein einsames Auto. Ein Mann lehnte an der Seitentür und blickte in ihre Richtung. Die Glut einer Zigarette, die ab und an aufleuchtete, war der einzige Farbpunkt, den Gisela in dem Grau außerhalb der Kraftdroschke ausmachen konnte.

»Ich habe Anweisung, zu warten, bis Sie wieder zu mir steigen. Bezahlt ist alles«, sagte Giselas Fahrer, während er langsam auf das stehende Fahrzeug zurollte. Giselas Herz begann schneller zu schlagen. Hoffentlich handelte es sich bei dem Mann im Nebel wirklich um Kriminalkommissar Gebhard. Kaum war Gisela ausgestiegen, kam ihr der Mann bereits entgegengelaufen. Seine Zigarette hatte er achtlos weggeworfen. Trotz der feuchten Luft erkannte sie sein Gesicht und erinnerte sich daran, ihn während ihres Besuchs im Berliner Polizeipräsidium gesehen zu haben. Erleichtert atmete sie auf. In diesen Zeiten wusste man manchmal nicht, was als Nächstes geschah und wem man in die Hände fiel.

»Fräulein Fink, ich soll Sie herzlich von Kommissar Gennat grüßen.« Er streckte ihr seine Hand entgegen. »Mögen Sie zu mir in den Wagen steigen?« Er hatte ihre

Hand gar nicht erst losgelassen und führte sie galant zu der Seitentür des Automobils. Gisela fühlte sich beinahe wie eine Diva und ließ sich in den Sitz fallen. Kommissar Gebhard schloss hinter ihr die Wagentür und ging um das Fahrzeug herum. Dem Fahrer der Droschke gab er ein Zeichen des Grußes. Kaum hatte er hinter dem Lenkrad Platz genommen, hielt ihm Gisela auch schon den Umschlag entgegen, den Martin Stoewer ihr überreicht hatte.

»Ah, Fingerabdrücke und …« Gebhard öffnete den Umschlag und zog die Papiere heraus. »Eine Fotografie der Schmuckstücke. Sehr gut. Wissen Sie, Fräulein Fink, wir ermitteln gegen eine Bande, die Premierengäste bestiehlt, in Lichtspieltheatern und in der Oper etwa. Vor ein paar Tagen erst wurden sämtliche Ehrengäste im Lichtspieltheater am Zoo beraubt, als sie sich den Film ›Die Finanzen des Großherzogs‹ von Murnau anschauten. Und in der Kroll-Oper … Ach, die Liste lässt sich beinahe endlos erweitern. Aber nie konnten wir bei unseren üblichen Verdächtigen Teile des Diebesguts sicherstellen. Vielleicht haben wir bisher an der falschen Stelle gesucht. Möglicherweise gelangt die Ware auf einem Weg aus Berlin heraus, den wir bisher gar nicht näher ins Kalkül gezogen haben.«

»Sie meinen, man schickt Päckchen an unbescholtene Bürger und nimmt sie dort in Empfang?«, kombinierte Gisela blitzschnell.

»Ja. Ihr Kollege, Kriminalkommissar Stoewer, hat mich am Montag auf diese Idee gebracht. Und dieses Mal ist etwas schiefgegangen. Hätte der Postbote das Päckchen abgegeben, dann würden wir den Inhalt und die Methode der Bande nach wie vor nicht kennen.«

»Ich verstehe es auch nicht so ganz. Der Tote in der Wohnung …«

»Wir können uns in Ihre Ermittlungen nicht einmischen. Aber wenn ich Kriminalkommissar Stoewer richtig verstanden habe, dann zweifelt er an der Identität des Toten.«

»Nicht nur er«, sagte Gisela.

Gebhard ging über diese Bemerkung hinweg. »Ich habe Ihren Kollegen schon gewarnt, durch die Blume, er soll aufpassen …«

»Wie meinen Sie das?«

»Dass möglicherweise die Eskalation eines Bandenkrieges bevorsteht.«

»Ach so, ja …«, entgegnete Gisela. Sie hatte schon vermutet, der Berliner Kommissar habe erfahren, dass Martin Stoewer hier eigenmächtig ermittelte und gegen die Anweisung von ganz oben handelte. Wie hatte Martin ihn überhaupt dazu gebracht, hierher an diesen einsamen Ort zu kommen?

»Ein freundliches Angebot Ihres Kollegen übrigens, dass Sie mir entgegengekommen sind. Ich muss gestehen, unter Ihren Kollegen sind einige Personen, denen ich nur ungern begegne. Alte Geschichten, ganz alte …« Er sprach nicht weiter.

Der Nebel verdichtete sich immer mehr. Gisela konnte kaum erkennen, ob die Kraftdroschke noch auf sie wartete. Außerdem begann sie zu frösteln. Sie sehnte das Ende des Winters herbei.

*

Die Arbeit begann Theodor schrecklich zu langweilen. Er fühlte sich unterfordert. Je schneller er fertig wurde, desto besser. So konnte er weiter in Ruhe über die Mordfälle nachdenken und endlich den Weg zum Einwohnermeldeamt antreten. Heute hatte er das Glück, dass er nicht bis zur Ecke an der Waisenstraße laufen musste, sondern einige Häuser davor bereits den Rückweg antreten konnte. Das hieß, er hatte heute keine Post beim Haus der Pagels einzuwerfen. Auf dem Rückweg zur Hauptpost kam ihm wieder Kurt Steinke entgegen.

»Weißt du, was ich herausgefunden habe?«, fragte dieser aufgeregt.

»Guten Tag, Kurt«, sagte Theodor lächelnd, als beide auf dem Trottoir in der Nähe der Einmündung der Hoditzstraße zusammentrafen.

»Äh, ja. Guten Tag, Theodor. Einer deiner Kollegen, einer der Postboten, ist mit einem der Bürobeamten im Polizeipräsidium verschwägert.«

»Ja und?«, fragte Theodor enttäuscht.

»Der Mann arbeitet im Betrugsdezernat.«

»Ja und?«, fragte Theodor wieder.

»Warum bist du nur so schwer von Begriff heute?«

Theodor hatte wirklich gerade keine Ahnung, worauf Kurt hinauswollte. Vielleicht lag es daran, dass er die ganze Zeit darüber nachdachte, ob er noch zum Nachrichtenbaum laufen sollte, falls Gisela ihren für heute Nachmittag fest vereinbarten Termin nicht würde einhalten können.

»Theodor, es könnte doch sein, dass dieser junge Mann hinter den Briefdiebstählen steckt und deshalb nicht ermittelt wird, weil er Fürsprecher im Präsidium hat.«

»Das aus deinem Mund, Kurt? Wo bleibt deine Loyalität deinen Kollegen gegenüber?«, fragte Theodor.

»Glaubst du, wir Wachtmeister finden alles in Ordnung, was die Herren im Präsidium veranstalten? Es ist doch kein Geheimnis, dass dort gemauschelt wird.«

Theodor musterte seinen Freund. »Kein Geheimnis?«, fragte er erstaunt.

»Na ja, nichts davon dringt wirklich an die Öffentlichkeit, aber wir … Du hast recht. Ich muss mit meinen Worten aufpassen. Ich wollte dir helfen«, sagte er kleinlaut.

»Das hast du auch. Vielen Dank. Vielleicht sollte ich mit meiner Mutter darüber reden, damit sie dem Geheimen Oberpostrat Bissing einen Hinweis gibt?«, überlegte Theodor laut.

»Ja, aber lass mich dabei bitte aus dem Spiel«, flehte Kurt. »Oje, oje. Was habe ich nur gesagt …«

»Deine Vermutungen bleiben unter uns, Kurt, versprochen.« Theodor hätte seinem Freund am liebsten auf die Schulter geklopft, um ihm zu zeigen, dass er ihn nicht verraten würde. Doch das hätte man von außen betrachtet als zu große Vertraulichkeit werten können. Kurt sah sich tatsächlich um. Schließlich waren Privatgespräche immer noch streng verboten.

»Kurt?«, fragte Theodor plötzlich ernst. »Könnte es sein, dass der Tote, den ihr aus dem Kanal gezogen habt, Alfred Pagel ist?«

Kurt fiel beinahe seine Kinnlade herunter. »Aber den haben wir doch gemeinsam auf dem Boden liegen gesehen.«

»Bist du sicher, dass er es war, wirklich ganz sicher?«

Kurt schüttelte den Kopf. »Oje, oje … Was geschieht hier nur?«

»Kurt, jetzt sei mal ein Mann«, sagte Theodor leise. Was war nur mit ihm los? Er hatte sich zwar nie durch besondere Strenge oder militärisches Auftreten hervorgetan, aber heute verhielt er sich beinahe so, als habe er regelrecht Angst.

»Du hast recht«, sagte er und strich seine Uniformjacke

glatt. Zur Bestätigung, dass er auch anders konnte, grüßte er militärisch und schritt weiter.

Theodor beeilte sich, zurück zur Hauptpost zu kommen, seine Sachen zu ordnen und sich umzuziehen. Den Gang zum Meldeamt verwarf er. Er wollte vor seinem Treffen mit Gisela nach Hause gehen und sich ein wenig frisch machen. Außerdem wollte er eine Kleinigkeit essen. Als er das Gebäude durch den Seiteneingang verlassen hatte und sich an den Automobilen, die im Hof abgestellt waren, hindurchgeschlängelt hatte, überkam ihn ein Gedanke. Zu neugierig war er, wer sich hinter dem Buchstaben »H« auf der Liste mit den Ausgaben und Einnahmen seines Bruders verbarg. Wie passend fügte es sich, dass ihm Gisela gestern die dazugehörige Telefonnummer gezeigt hatte, die er sich sofort hatte merken können. Er lief zum Haupteingang des Postamtes und wählte an der öffentlichen Sprechstelle die Nummer. Es dauerte nicht lange und eine ältere weibliche Stimme nahm den Anruf entgegen.

»Ja?«, fragte diese.

»Oh, ich habe mich wohl verwählt«, sagte Theodor geistesgegenwärtig. Irgendwie musste er herausbekommen, wer am anderen Ende der Leitung sprach. »Ist dort das Observatorium?« Ihm fiel gerade nichts anderes ein.

»Nein, junger Mann. Hier ist die Heilanstalt am See.«

Theodor wusste genug und verabschiedete sich höflich. Nachdem er aufgelegt hatte, bezahlte er das Gespräch und lief nach Hause.

*

Nach ihrer Zusammenkunft mit Kommissar Gebhard hatte sich Gisela von dem Kraftdroschkenfahrer in die

Innenstadt bringen lassen. Sie ging in das Schloss Café in der Humboldtstraße, um sich aufzuwärmen und zu stärken. Draußen herrschte reger Betrieb, die Straßenbahnen fuhren am Fenster vorbei, Automobile, Fuhrwerke und Motorräder eilten auf die Kaiser-Wilhelm-Brücke zu oder steuerten den Alten Markt an. Das Stadtschloss wirkte ein wenig verloren, obwohl man nach und nach einzelne städtische Institutionen dorthin verlegte. Nach der Begegnung im Nebel ließ die wohlige Wärme im Café Gisela müde werden. Sie hoffte, dass der starke Kaffee, an dem sie gerade nippte, bald seine belebende Wirkung entfalten würde. Es dauerte nicht lange und nach weiteren Schlucken und einigen Bissen des herrlich duftenden Teegebäcks, das sie sich bestellt hatte, begann ihr Verstand wieder reibungslos zu funktionieren. Die vielen Informationen zusammenzufügen erschien zunächst wie ein unmögliches Unterfangen. Gisela bestellte sich einen weiteren Kaffee. Um sich zu sammeln, nahm sie eine der Berliner Tageszeitungen vom Haken. Auf der ersten Seite wurde ausführlich über Roald Amundsens Anwesenheit in Berlin berichtet. Gisela gefiel der Bericht jedoch überhaupt nicht. Sie hätte dem Entdeckungsreisenden ganz andere Fragen gestellt, als der Reporter es getan hatte. Ob es daran lag, dass sie eine Frau war? Der Gedanke begann sie zu reizen … Sie schrieb gerne und interessierte sich für ihre Mitmenschen. Aber gab es für eine Frau überhaupt die Gelegenheit, bei einer Zeitung als Reporterin zu arbeiten? Sie sollte das Angebot ihres Vaters wahrnehmen, mit ihm über ihre Zukunft zu reden, solange ihre Mutter noch außer Haus war.

Schließlich bezahlte Gisela und stieg in die Straßenbahn am Markt, die sie am Luisenplatz wieder verließ.

Sie machte einen Abstecher zu ihrem Vater in die Gärtnerei, doch da dieser keine Zeit für sie erübrigen konnte, lief sie die paar Schritte nach Hause in die Lennéstraße. Sie hatte mit Martin Stoewer vereinbart, dass er sie aufsuchen würde, sollte es Neuigkeiten geben, doch er meldete sich nicht. Dabei konnte Gisela gar nicht anders, als zu vermuten, dass es mittlerweile diese ersehnten Neuigkeiten gab. Dieses Warten auf etwas, von dem sie nicht wusste, was es sein würde, verunsicherte sie. Irgendwann hielt sie es in der Wohnung nicht mehr aus und spazierte, früher als sie es eigentlich vorgehabt hatte, wieder in die Innenstadt. Sie überlegte, ob sie am Haus der Pagels vorbeigehen sollte, aber ihr war das Risiko zu groß, dass die Kommissare es beobachteten. Nun wäre es an sich nicht verwerflich, wenn man sie dort antraf, immerhin konnte sie entlanggehen, wo sie wollte. Doch manchmal kam eins zum anderen. Dora Pagel könnte heraustreten und sie ansprechen oder eine der Personen, denen sie neulich die Konfitüren hatte schmackhaft machen wollen. Wenn das einer der Beamten mitbekam, könnte das für sie recht unangenehm werden. So schlenderte sie durch die Brandenburger Straße, betrat einige Ladengeschäfte und kaufte sich die örtliche Tageszeitung.

Theodor war noch nicht in der Buchhandlung in der Junkerstraße eingetroffen und so unterhielt sie sich eine Weile mit Ulrich Meller über die aktuellen Neuerscheinungen, bevor sie sich in den Nebenraum zurückzog, um in Ruhe die Zeitung zu lesen. Als sie den Artikel auf der zweiten Seite las, hatte sie Mühe, sich zu beherrschen.

*

Kaum hatte sich Gisela über die ungeheuerliche Nachricht etwas beruhigt, da stand Theodor in der Tür. Auch er war sichtlich aufgebracht.

»Ich weiß jetzt, wo sich Agnes aufhält, vermutlich …«, sagte er und schloss rasch die Tür hinter sich. »Guten Tag, Gisela«, fügte er mit einem leisen Lächeln auf den Lippen hinzu.

»Agnes, deine Schwester?«, fragte Gisela und erhob sich vom Stuhl in der Ecke des Raumes.

»Ja, stell dir vor … diese Telefonnummer, dieser Buchstabe ….« Er war ganz außer sich.

»Du meinst, der Name, der mit ›H‹ abgekürzt ist?«, half ihm Gisela, seinen Faden nicht zu verlieren.

»Ja. Bei der Nummer geht eine Heilanstalt am See dran.« Theodor musste sich an Giselas Schultern festhalten.

»Meine Güte, du bist ja völlig verwirrt.«

»Ja. Und wenn ich mir das mit den Summen so recht überlege …«

»Welche Summen?«

Theodor hatte ganz vergessen, Gisela von seinem Ausflug in die brüderliche Wohnung zu berichten. Er holte dies nun nach.

Gisela grinste. »Du bist bei deinem eigenen Bruder eingebrochen?«

»Pst. Ja. Die Summen, ich dachte erst, er würde Bestechungsgelder kassieren. Aber das sind Beträge, die er ausgibt. Richtig? Er bezahlt regelmäßig Geld an diese Heilanstalt …«

»Der Bote, hatte ich dir von dem Boten erzählt, den dein Bruder neulich losgeschickt hat?«

Theodor reagierte gar nicht auf ihre Frage. »Nun, ich bin vielleicht auch nur vorschnell mit meiner Behauptung.

Er kann ja auch aus einem anderen Grund mit der Heilanstalt in Kontakt stehen.«

»Ja, wer sagt denn, dass es dabei um Agnes geht?«

Theodor hörte ihr nicht richtig zu. »Vielleicht haben sie Agnes bis zu ihrem Tod gepflegt und er spendet ihnen jetzt Geld?«

Gisela schüttelte den Kopf. »Dein Bruder? So gut kenne ich ihn, dass er nicht aus purer Nächstenliebe etwas Gutes tut.«

»Du hast recht. Und diese Bar in Berlin? Wieso bekommen die Geld? Und wie passt dazu der Buchstabe L?« Er fuhr sich mit der Hand durch die Haare.

»Na, Theodor, das ist doch ganz einfach. Dort arbeitet ein Mädchen …«

»Du meinst, er vergnügt sich dort?«

Gisela zuckte die Schultern. »Wäre nicht der erste Mann, der …«

»Ob das Mädchen Agnes ist?«, fragte Theodor betroffen.

»Du meinst als Lola oder Lu…?«, warf Gisela ein.

»Mein Bruder hat sie vielleicht dort entdeckt und will es vor Mutter geheim halten, deshalb will er, dass sie glaubt, Agnes lebe nicht mehr.«

»Und du meinst, dahinter verbirgt sich nicht sein Bemühen, deiner Mutter größeren Kummer zu ersparen, sollte sie erfahren, dass Agnes sich heute in zwielichtigen Etablissements herumtreibt.«

»Das macht Agnes nicht, da bin ich mir sicher«, entgegnete Theodor unwirsch. »Entschuldige bitte.« Sein harscher Tonfall tat ihm sofort leid.

»Menschen ändern sich, Theodor«, sagte sie. »Du solltest diesen Gedanken zumindest nicht als abwegig abtun. Wir wissen nicht, was damals passiert ist. Und du kanntest deine Schwester doch kaum, dazu warst du viel zu jung …«

»Du hast recht. Deshalb habe ich auch eine Bitte an dich. In der Brandenburger gibt es das Hutmachergeschäft Deuser. Ilse Deuser war Agnes' Freundin. Mit Frau Deuser habe ich bereits gesprochen. Sie ist eine sehr freundliche Person, aber ich nehme an, sie wollte mir nicht alles sagen, weil ich ein Mann bin.«

Gisela wurde hellhörig. »Du möchtest, dass ich mit ihr spreche? Du meinst, Agnes hat sich ihr anvertraut, bevor sie verschwand?«

Theodor nickte.

»Wann ist Agnes eigentlich genau verschwunden, Theodor? Du warst damals wie alt?«

»Keine Ahnung, zehn, elf vielleicht. Ich war ja im Krankenhaus, nachdem ich an der Teufelsbrücke den Abhang hinuntergestürzt war.«

»Oh. Du bist gestürzt? Einfach so?«

»Nein, ich glaube, Walter hat etwas damit zu tun. Aber ich kann mich nicht erinnern, weil ich eine Gehirnerschütterung hatte. Alles ist weg, was an diesem Tag an der Brücke geschah …« Er tippte sich gegen den Kopf. »Alle machten sich schreckliche Sorgen um mich, während ich im Krankenhaus lag, sagt Mutter.« Ihm wurde plötzlich ganz seltsam zumute. Er bekam nur noch schwer Luft.

»Was ist mit dir, Theodor? Du wirst ja ganz blass?« Gisela griff nach seiner Hand. Die Berührung half Theodor, den aufkommenden Ausnahmezustand seines Körpers zu unterdrücken.

»Da ist eine andere Erinnerung, Gisela. Ich erinnere mich immer wieder an einen ganz bestimmten Tag noch vor diesem Unfall. In der Nacht kamen Agnes und Walter sehr spät nach Hause. Ich frage mich schon die ganze Zeit, wo meine Eltern damals waren. Ich habe das Gefühl, dass ich bei Agnes' und Walters Rückkehr alleine im Haus war, nur mit dem Dienstmädchen. Seitdem verhielt sich Agnes so merkwürdig. Und dann, während meines Krankenhausaufenthalts, verschwand sie spurlos.«

»Oh«, sagte Gisela und hielt sich die Hand vor den Mund. »Und wie alt war Agnes da?«

»Einundzwanzig etwa. Vierzehn, fünfzehn, sechzehn? Ich weiß es ja nicht so genau.«

»Und wie alt war damals dein Bruder?«

»Er ist vier Jahre älter als Agnes.«

Gisela wollte zu gerne nachfragen, welche Schlüsse Theodor aus seinen Erinnerungen zog, doch sie merkte, dass er nicht darüber reden konnte oder wollte. Sie ahnte jedoch, dass in dieser Nacht etwas geschehen war, das Agnes sehr verängstigt hatte. War sie Zeugin eines Verbrechens geworden oder selbst Opfer eines solchen? Hatte man sie tatsächlich später, während sich alle in der Familie um Theodor sorgten, in eine Heilanstalt gebracht? Ohne dass Theodors Mutter etwas davon wusste? »Wir sollten uns erkundigen …«, murmelte sie vor sich hin.

Theodor blickte Gisela erwartungsvoll an. »Würdest du mit mir zu dieser Heilanstalt fahren?«

»Du meinst, es könnte diese Heilanstalt sein, die du angerufen hast?«

»Lass uns bitte herausfinden, ob Agnes noch lebt und ob sie dort ist«, bat Theodor. Er nahm Giselas zarte Hand für eine Weile in seine Hände. Doch ließ er sie bald wieder los. Die Nähe, die ihm gerade noch so gutgetan hatte, wurde ihm mit einem Mal zu viel. In seinem Kopf tobten Erinnerungen, die ihm alle seine Kräfte zu nehmen drohten.

»Weißt du denn, wo diese Heilanstalt liegt?«, fragte Gisela. Sie hätte ihn gerne in seiner Euphorie gebremst, denn wer konnte schon sagen, was sie erwartete.

»Noch nicht, aber das kann ich schnell herausbekommen.« Theodor hatte sich wieder gefangen.

»Stimmt, du arbeitest ja bei der Post.«

»Eben.«

»Natürlich begleite ich dich.«

Theodor empfand große Dankbarkeit.

Die neue Wendung hatte Gisela von ihrem eigenen Ärger abgelenkt. Doch jetzt fiel ihr die Zeitungsmeldung wieder ein. »Weißt du, was mich mächtig aufgeregt hat?« Gisela nahm die Zeitung in die Hand und hielt sie Theodor entgegen. »Schau mal auf Seite zwei, der Artikel ganz oben.« Theodor blätterte um und las zunächst leise.

»Das darf nicht wahr sein! Hier steht: Das Polizeipräsidium Potsdam kann innerhalb kurzer Zeit den erfolgreichen Abschluss von gleich zwei vermuteten Tötungsdelikten aufklären. Wie bereits in einer früheren Ausgabe berichtet, kam der in der vergangenen Woche in seinem Wohnhaus aufgefundene Kaufmann Alfred Pagel durch die eigene Hand ums Leben. Ein erst vorgestern im Kanal aufgefundener Toter ist ein armer Landstreicher, der des Kältetodes gestorben ist. In der Bevölkerung war es zeitweise zu Beunruhigung wegen dieser zweier Todesfälle gekommen. Damit sollte allen Spekulationen der Nährboden entzogen sein.« Theodor warf die Zeitung wütend auf den Boden. »Lügen, alles Lügen!«

»Wir wissen, wer der erste Tote war, dieser Koschmieder. Und von Zitzewitz hat diese Meldung offensichtlich so abgesegnet«, schimpfte Gisela. »Glaubst du, dass man nur die Verbrecherbanden in Sicherheit wiegen will?«

Sie wartete gar nicht erst auf Theodors Antwort. »Also ich nicht!«

»Ich auch nicht«, pflichtete Theodor ihr bei.

»Und nun? Macht dein Kommissar Stoewer weiter, oder gibt er klein bei?«

»Woher soll ich das wissen? Er wollte mich über Neuigkeiten unterrichten, aber er hat es bis jetzt nicht für nötig befunden. Ich bin ja doch nur die kleine Schreibkraft.« Sie ließ sich erschöpft auf den Stuhl fallen.

Theodor tat Gisela leid. »Weißt du was?«, fragte er. »Wollen wir uns heute einfach ein wenig ablenken? Du wirkst so müde, und ich bin ebenfalls vom ganzen Nachdenken ganz leer im Kopf. Wollen wir heute ins Lichtspieltheater gehen?«

Gisela blickte ihn verträumt an. »Du sprichst mir aus der Seele. Ja, so machen wir es.«

*

Seit dem Mord an Alfred Pagel hatte Gisela die Seiten mit dem Programm der Lichtspieltheater überblättert. Es war ihr gar nicht in den Sinn gekommen, sich mit einem Film die Zeit zu vertreiben. Sie wollte Theodor zuliebe einen lustigen Film aussuchen und griff gerade nach der Zeitung, als das Telefon in der Buchhandlung klingelte. Theodor und Gisela schauten einander an. Kaum, dass sie das Läuten wahrgenommen hatten, bat der Buchhändler Gisela zu sich und reichte ihr den Telefonhörer. Martin Stoewer klang verstimmt. »Die Ermittlungen sind eingestellt, Polizeirat von Litz hat das soeben verfügt.«

»Unsere Ermittlungen?«, fragte Gisela möglichst leise in die Sprechmuschel. Sie konnte es kaum glauben.

»Ja. Niemand sieht mehr die Notwendigkeit, etwas zu unternehmen. Auch unser Kreisarzt nicht.«

Gisela wusste nicht, was sie antworten sollte. »Als Anerkennung für deine Mitwirkung bei unserem … Versuch … stellt man dir frei, erst am Montag wieder zum Dienst zu erscheinen«, sagte Martin. Gisela war maßlos enttäuscht, ihre Bemühungen, die Zeit, die sie investiert hatte, alles umsonst. Mit einem knappen »Danke« beendete sie das Gespräch und hängte den Hörer auf.

»Ich kann es gar nicht in Worte kleiden, wie enttäuscht ich bin. Jetzt fühle ich mich nicht mehr in der Stimmung, heute ins Lichtspieltheater zu gehen«, sagte sie.

Auch wenn Theodor sie verstehen konnte, schließlich ging es um nichts Geringeres als die Wahrheit, so war er über Giselas Sinneswandel verwundert. Es wäre eine so schöne Ablenkung gewesen. Er sehnte sich nach einigen Stunden, in denen er einmal nicht zum Nachdenken gezwungen war. Doch er mochte Gisela viel zu sehr, um ihr diese Bitte abzuschlagen, und so willigte er zerknirscht ein.

»Du bist mir doch nicht böse?«, sagte Gisela und machte sich ohne weitere Worte auf den Nachhauseweg. Theodor blieb noch eine Weile in der Buchhandlung. Er kaufte sich ein Buch mit Gedichten, das ihm vielleicht helfen würde, am Abend allein in seinem Zimmer nicht wieder in trübsinnige Gedanken zu verfallen. Beim Bezahlen streifte ihn eine unvermutete Eingebung. Ihm war für einen Moment so, als habe Agnes früher gern Gedichte gelesen und ihm das eine oder andere vorgetragen. War es möglich, dass er sich daran erinnern konnte? Als er auf die Straße trat, schlug ihm eiskalte Luft entgegen. Mit einem Mal verblasste die soeben noch lebhafte Erinnerung an seine Schwester. Stattdessen gingen ihm erneut die beiden Todesfälle durch den Kopf. Theodor wusste nun, dass die Polizei nicht gewillt war, die wahren Todesumstände der beiden Toten aufzuklären. Oder kannte man schon längst die wirklich Schuldigen? Aber was ergab das dann für einen Sinn, die Öffentlichkeit mit Falschinformationen zu beruhigen? Eins war jedoch gewiss: Beide waren ermordet worden, der eine, Koschmieder alias Kralle, erschossen, der andere, der wahre Alfred Pagel, erwürgt. Aber von wem? Theodor hätte zu gerne herausgefunden, wie alles wirklich abgelaufen war, doch was hätte er, der Postbote, unternehmen können? Warum waren selbst jene Kommissare, die an der Aufklärung interessiert waren, plötzlich eingeknickt? Verbarg sich hinter den beiden Todesfällen etwas viel Größeres? Etwas Politisches? Oder hatte sein Bruder etwas gegen die anderen in der Hand? Aber warum sollte er die Ermittlungen behindern?

Zerknirscht kam Theodor in der Mittelstraße an. Im Hausflur passte ihn Maria Rogge ab. Langsam wurde sie ihm ein wenig zu anhänglich. »Möchten Sie mit mir essen? Heute gibt es Rindfleischsuppe«, fragte sie zaghaft.

Eine Stärkung war jetzt genau das Richtige, deshalb willigte er sofort ein. Während er sich wusch, wanderte sein Blick zu einem Gegenstand, der auf dem einzigen Regal im Raum lag. Er hatte das Stempelkissen vor einer Weile gekauft, um damit jenes zu ersetzen, das auf der Dienststelle verschwunden war. Er hätte den Verlust natürlich melden können, aber aus Furcht vor Neuber hatte er es nicht getan. Da das verloren geglaubte Stempelkissen kurze Zeit später wiederaufgetaucht war, konnte er dieses nun für sich nutzen. Ihm kam eine Idee, was er damit anfangen konnte. Frisch gewaschen setzte er sich zu seiner Vermieterin in ihre Stube. Die kräftige Suppe schmeckte ihm vorzüglich und die Wärme, die seinen Körper erfüllte, weckte längst vergessene Gefühle der Geborgenheit. Sie plauderten zunächst über das Wetter und verschiedene Nachrichten aus der Tageszeitung. Es blieb deshalb nicht aus, dass sie auch auf den Artikel über die beiden Toten zu sprechen kamen.

»Was halten Sie davon?«, fragte seine Vermieterin, die ihren Teller bereits leer gegessen hatte, während sie auf die Spalte in der Zeitung tippte. »Gleich zwei Tote dort in so kurzer Zeit.«

Theodor überlegte, ob er seine eigenen Zweifel mit ihr teilen sollte.

»Herr Berwalt? Ist Ihnen nicht wohl?«, fragte Maria Rogge. »Noch ein wenig Suppe?«

»Aber nur, wenn noch genügend für Sie übrig ist …«

»Würde ich sonst fragen?«, gab Maria Rogge zu bedenken. Ihre Mundwinkel umspielte ein Lächeln. »Gehört der Kanal nicht auch zu Ihrem Zustellgebiet?«, fragte sie, während sie ihm nachschenkte. Aus dem Teller dampfte es. Theodor beschloss, seiner Vermieterin zu vertrauen. Er ließ sie an seinen Erlebnissen der vergangenen Tage teilhaben, indem er ihr vom Fund des ersten Toten erzählte sowie von der beobachteten Bergung des zweiten Toten aus dem Kanal. Auch wenn Theodor nicht vom Einschussloch im Kopf des Toten berichtete und die Identitäten der beiden Opfer verschwieg, so ließ die Art seiner Schilderung kaum einen anderen Schluss zu, als dass er die offizielle Meldung anzweifelte.

»Sie haben Grund zur Annahme, dass sich nicht alles so zugetragen hat, wie es dort gedruckt steht?«

Theodor nickte verhalten.

»Ich verstehe, Sie möchten sich nicht weiter dazu äußern«, stellte Maria Rogge sachlich fest.

»Es hat nichts damit zu tun, dass ich mich mit Ihnen nicht darüber unterhalten möchte …«

»Schon gut, Theodor. Mir ist durchaus bewusst, dass Ihr Bruder im Polizeipräsidium ein hohes Tier ist. Mein Mann hat ihn damals … ach, lassen wir das.« Sie wollte offensichtlich nicht, dass Theodor erfuhr, woher sich ihr verstorbener Mann und sein Bruder kannten. Freunde dürften sie jedoch nicht gewesen sein.

»Sie wirken heute noch bedrückter als sonst«, sagte Maria Rogge und stand auf, um die Teller abzuräumen.

Theodor schwieg. Dabei fühlte er sich gerade sehr entspannt. Als sich Maria Rogge zurück an den Tisch setzte, begann sie ohne Umschweife zu erzählen, so als habe sich bei ihr ebenfalls einiges angestaut: »Die Zeiten sind nicht einfach. Aber wenigstens haben wir nun die Rentenmark. Es geht bald bergauf. Nur müssen wir uns alle umgewöhnen. Der Krieg ist nun endgültig vorbei. Wir Frauen haben unsere Schuldigkeit getan, haben alles am Leben gehalten, während unsere Männer und Söhne sich von Kugeln haben zerfetzen lassen. Wir haben organisiert, geschuftet, waren Transporteure und Handwerker. Und nun sind wir Witwen und die Geschäfte übernehmen wieder die Männer. Nur das Wahlrecht können sie uns nicht mehr nehmen.«

Theodor war überrascht über ihre flammende Rede, die aus dem Nichts gekommen war. Er musste sich eingestehen, dass ihn ihr Schicksal und das ihrer Familie bislang einfach nicht interessiert hatten. Vermutlich, weil sich alle Schicksale irgendwie ähnelten und jeder mit seinem eigenen Vorankommen, aber auch mit seinen eigenen seelischen Wunden und körperlichen Narben beschäftigt war.

»Entschuldigen Sie, Theodor. Ich weiß nur manchmal nicht, was aus mir werden soll. Ich dachte, mein Sohn würde mich unterstützen …«

»Ist ihm etwas zugestoßen?«, fragte Theodor vorsichtig.

»Lassen Sie uns bitte ein anderes Mal darüber reden. Ich wollte auch gar nicht über mich reden. Was ist mit Ihnen? Sie sind nicht zufrieden mit Ihrer Anstellung, nicht wahr? Sie sind so ein gescheiter junger Mann. Haben Sie Träume? Vergessen Sie nicht zu träumen, an eine bessere Zukunft zu glauben.« Maria Rogge stiegen Tränen in die Augen. »Vielleicht sollte ich mir einfach einen Mann suchen, der mich versorgt. Aber die Männer hier … Sie sind so alt oder so krank oder so preußisch.« Theodor ahnte, was sie meinte. »Meine Mutter bat mich, nach meiner Schwester zu suchen«, rutschte es ihm heraus. Konnte er Maria Rogge wirklich vertrauen?

»Oh«, sie wischte sich eine Träne von der Wange. »Ich wusste gar nicht, dass es noch eine Schwester gibt.«

»Ja, aber sie lebt schon lange nicht mehr in unserer Familie. Ich habe einen Anhaltspunkt, wo ich sie suchen könnte, aber ich bräuchte ein Fahrzeug, ein Motorrad, ein Automobil, vermutlich.«

»Wohin müssen Sie denn fahren?«

»So genau weiß ich das noch nicht. Aber es kann nicht weit sein, im Umland, schätze ich.«

»Haben Sie eine Adresse?«

»Nein, aber einen Namen.«

Maria Rogge schaute ihn erwartungsvoll an.

»Heilanstalt am See …«

Maria Rogge wurde blass.

»Ist Ihnen nicht gut?«

»Nein, nein, es ist nur … Mein Bruder lebte dort einige Zeit …«

»Ihr Bruder …?« Theodor beugte sich über den Tisch und schaute Maria Rogge eindringlich in die Augen. Er hatte Angst vor der Wahrheit, die er sicher gleich erfahren würde. Die Wahrheit über die Anstalt.

»Ja, der Krieg hat aus ihm einen anderen Menschen gemacht.«

»Sie meinen, man behandelt dort keine körperlichen Krankheiten?« Warum fragte er? Er wusste die Antwort doch schon längst.

»Ja, es ist eine Anstalt für Nervenkrankheiten. Mit einem Verwahrhaus für die ganz schlimmen Fälle. Dort lebte mein Bruder aber nie.«

»Sie meinen, meine Schwester könnte seelische Probleme haben?«

»Noch wissen Sie ja nicht, ob sie dort lebt«, versuchte Maria Rogge ihn zu beruhigen.

»Dann muss ich es herausfinden.«

»Soll ich nicht erst einmal meinen Bruder fragen, ob er Ihre Schwester vielleicht von früher kennt? Obwohl, Männer und Frauen sind sich vermutlich nie begegnet … Wie heißt Ihre Schwester mit Vornamen?«

»Agnes …«

»Ich werde mit meinem Bruder einmal reden …«, sagte Maria Rogge nachdenklich.

»Ihrem Bruder geht es wieder besser?«, fragte Theodor leise.

»Ja, die Therapie war erfolgreich. So wie er es mir geschildert hat, hatte er Glück, von einem sehr fortschrittlichen

Arzt therapiert zu werden. Es sind wohl nicht alle Ärzte vertraut mit den neuesten medizinischen Erkenntnissen.«

Wenn Agnes seit ihrer Kindheit dort lebte, dann doch bestimmt in der geschlossenen Abteilung. Theodor bewegte seinen Kopf hin und her, als wollte er den Gedanken abschütteln, dass seine Schwester irrsinnig sein könnte. »Ich muss unbedingt zu dieser Heilanstalt. Wo …?« Er sah Maria Rogge flehend an. »An der Havel, Richtung Geltow.«

»Wie komme ich dahin?«

»Es liegt sehr versteckt. Sie könnten …« Maria Rogge überlegte. »Sie können das Automobil meines Sohnes haben, wenn Sie möchten.«

»Ein Automobil?« Theodor hatte noch nie etwas von einem vorhandenen Automobil gehört und von einem Sohn vorhin zum ersten Mal.

»Sie sind doch im Besitz einer Fahrerlaubnis, oder?«

»Ja«, sagte er, ohne zu zögern. Dass er seit Langem kein Automobil mehr gesteuert hatte, wollte er lieber nicht ansprechen. Gleich morgen nach Dienstende würde er zur Heilanstalt an der Havel fahren.

FREITAG – ELFTER TAG

Die aktuellen Vorgänge im Polizeipräsidium hatten Gisela verunsichert. Warum versuchte man, die Tatsachen, die die ärztlichen Untersuchungen und der Abgleich der Fingerabdrücke ans Licht gebracht hatten, einfach unter den Teppich zu kehren? Wieso hatte niemand an der Identifizierung der Leiche durch Dora Pagel gezweifelt? Wieso verkaufte man der Presse und damit der Öffentlichkeit diese Lügen? Nichts stimmte, die Toten nicht und die Todesumstände offensichtlich auch nicht. Gab es zwei Lager im Präsidium? Eines, das Verbrechen aufklären, und eines, das diese vertuschen wollte? Oder wollte man lediglich weiterermitteln, während sich die kriminellen Banden in Sicherheit wiegten? Aber warum weihte man dann die anderen Kollegen nicht ein? Und warum belog man die Presse? Nein, nein, nein, dachte Gisela immer wieder. Richtiggehend verärgert war sie gestern Abend ins Bett gekrochen. Sie hatte noch lange wach gelegen und war erst in den frühen Morgenstunden in einen traumschweren, viel zu kurzen Schlaf gefallen.

Sie hätte zu gerne mit ihrem Vater über all das gesprochen, denn sein messerscharfer Geist hätte bestimmt etwas Licht ins Dunkel gebracht. Doch dann hätte sie auch Theodor ins Spiel bringen müssen. Und das wollte sie aus mehreren Gründen vermeiden. Vor allem, weil sie es ihm versprochen hatte, aber auch weil sie ihrem Vater zum jetzigen Zeitpunkt nur schwer erklären konnte, wie sie eigentlich zueinander standen, sie und Theodor. Als sie ihren Vater aus dem Haus gehen hörte, stand sie auf. Nach dem Frühstück überlegte sie, was sie heute unternehmen konnte. Theodor lief vermutlich bereits seit Stunden durch die Straßen. Gisela wäre am liebsten einfach wieder zurück ins Bett gekrochen. Doch sollte sie den freien Tag einfach so verstreichen lassen? Schließlich entschied sie sich, einkaufen zu gehen, sich etwas zu gönnen. Sie zog sich warm an und machte sich auf den Weg zum Luisenplatz. Ihr Gang führte sie zunächst in das Hutgeschäft in der Brandenburger Straße. Ilse Deuser bediente eine ältere Dame, die sich einfach nicht für ein Hutmodell entscheiden wollte. Als der Kauf schließlich abgewickelt war und sich Gisela mit Ilse Deuser allein im Laden aufhielt, kam sie ohne Umschweife auf Agnes Berwalt zu sprechen. Ilse Deuser ließ sich auf einen Schemel fallen, noch bevor sie ein einziges Wort gesprochen hatte. Offensichtlich erleichtert darüber, endlich mit jemandem über die Ereignisse reden zu können, berichtete die Hutmacherin freimütig, dass Agnes unter Alkoholeinfluss nicht nur von einem jungen Burschen im Beisein ihres betrunkenen Bruders Walter unsittlich berührt worden war, sondern bald darauf ein Kind unter ihrem Herzen getragen hatte. Ilse verriet Gisela sogar den Namen des Kindsvaters, worauf Gisela nun diejenige war, die sich setzen musste. Sie zog den zweiten Schemel heran und ließ sich darauf mit dem Namen eines der hohen Beamten des Polizeipräsidiums auf den Lippen fallen. Glücklicherweise handelte es sich bei dem Kindsvater um keinen ihrer direkten Vorgesetzten, sie hätte niemals mehr eine Anweisung von ihm entgegennehmen können. Unter dem Versprechen der Verschwiegenheit verließ Gisela bald darauf das Hutgeschäft.

Aufgewühlt lief sie ziellos durch die Straßen. Die Lust, Kleider anzuprobieren und nach neuen Schuhen Ausschau zu halten, war verflogen. Während sie ihre Gedanken sortierte, bog sie bald von der Brandenburger Straße, der Einkaufsstraße Potsdams, in die Lindenstraße ein, setzte ihren Weg über die Bäckerstraße fort und hatte bald die Straße Am Kanal erreicht. Sie würde sich den aktuellen Mordfällen zuwenden, auf die Vergangenheit hatte sie ohnehin keinen Einfluss mehr. Sie wusste nur nicht, wie sie die neuen Erkenntnisse Theodor schonend beibringen sollte. Als Gisela die Straße Am Kanal erreicht hatte, schaute sie sich so unauffällig wie nur möglich nach allen Richtungen um, denn sie konnte nicht ausschließen, dass die Polizei das Gebäude beobachtete. Sie schlenderte zunächst über die Plantage, um sich ein genaueres Bild davon zu verschaffen, wer sich in der Umgebung aufhielt. Außer einem Mann, der den Weg vor dem Langen Stall fegte, fiel ihr niemand auf. Dies gab ihr die Gelegenheit, sich eine plausible Erklärung für ihren anstehenden Besuch bei Dora Pagel zurechtzulegen. Sie überquerte noch immer unentschlossen die Straße und hoffte, dass sie kein Anwohner wegen der ausstehenden Konfitürenlieferung aufhielt. Was sollte sie antworten? Dass es keine geben würde? Schließlich kam Gisela der Zufall zu Hilfe, denn gerade in dem Moment, in dem sie auf den Eingang des Hauses zulief, trat Dora Pagel aus der Tür. Wie immer hatte sie es eilig.

»Ach, wir kennen uns doch«, sagte sie zu Gisela und hielt inne, während sie in ihrer Tasche nach etwas zu suchen schien.

»Ja, guten Morgen.«

»Wie nett, dass wir uns wiedersehen. Ich muss mich beeilen. Meine Straßenbahn nach Neu-Babelsberg will ich unbedingt noch erwischen. Wollen Sie mich ein Stück begleiten?«, fragte sie.

»Wohin fahren Sie denn?«, wollte Gisela wissen, der aufgefallen war, dass sich Dora Pagel heute besonders fahrig verhielt.

»Ach, zur Filmfabrik«, antwortete sie und marschierte los. Gisela folgte ihr.

»Sie arbeiten dort?« Ihre Neugier war gespielt, denn sie wusste dies bereits aus dem Polizeiprotokoll.

»Ja, ich bin Näherin dort. Man verdient nicht viel, aber es ist besser als nichts, und man lernt interessante Menschen kennen.« Sie überquerten gerade die Nauener Brücke.

»Oh, das kann ich mir vorstellen. Auch Schauspieler?«

»Ja, manchmal, wenn schnell noch etwas zu ändern ist oder sich eine Naht gelöst hat.« Sie bogen in die Kaiserstraße ein.

»Sagen Sie, gibt es bei Ihnen in der Filmfabrik noch freie Stellen? Ich suche etwas …« Dieser Einfall war Gisela ganz spontan gekommen. Vielleicht konnte sie sogar mit nach Babelsberg fahren. Je mehr Zeit sie mit Dora Pagel verbrachte, desto besser.

»Ich weiß es nicht, aber möglich. Was können Sie denn?«

Sie hatten den Markt erreicht. Gerade fuhr eine Straßenbahn vor. Beide Frauen mussten laufen, um sie noch zu erreichen. Bis zum Bahnhof auf der anderen Havelseite, an dem sie in die Bahn Richtung Berlin wechseln mussten, war es nicht weit. Als sie davor ausstiegen, hatte sich Gisela eine Antwort auf Dora Pagels Frage zurechtgelegt. Sie wollte bei der Wahrheit bleiben, allerdings ihren Arbeitgeber verschweigen.

Beim Aussteigen vor dem Bahnhofsgebäude wiederholte Dora Pagel ihre Frage: »Also, wir sind eben ganz davon abgekommen. Was können Sie denn?«

»Ich bin Schreibkraft, ich könnte den Telefondienst übernehmen oder Drehbücher abschreiben«, antwortete Gisela und versuchte so zu klingen, als würde sie wirklich eine Anstellung suchen.

»Hm. Da muss ich nachfragen«, sagte Dora Pagel nur. Sie betraten das Gebäude und stellten sich in die Schlange, um ihre Fahrkarten zu kaufen.

»Aber was ist mit Ihrer jetzigen Anstellung?«, fragte Dora Pagel.

Gisela versuchte zu ergründen, ob in dieser Frage ein gewisses Misstrauen gegenüber ihren Angaben mitschwang. »Sie wissen doch, dass es Einsparungen gibt. Ich weiß nicht, wie lange man mich beschäftigen wird. Schließlich bin ich unverheiratet …«, gab sie als Begründung an und ließ Dora Pagel den Vortritt am Kassenhäuschen. Nachdem beide bezahlt hatten, liefen sie auf den Bahnsteig.

»Ich weiß nicht, ob es freie Stellen gibt«, rief Dora Pagel. Das Motorengeräusch einer Lokomotive übertönte beinahe ihre Antwort. »Aber versuchen wir es.«

»Ja, es wäre schön.« Mehr wusste Gisela nicht zu erwidern und ein anderes Gesprächsthema fand sie nicht. So war sie froh, dass der Fahrtrichtungsanzeiger bald ihren Zug ankündigte. Es dauerte nicht lange, bis die Bahn nach Berlin abfahrbereit war. Die beiden Frauen hatten Glück, überhaupt noch freie Plätze zu finden, hätten jedoch keine Sitzgelegenheit benötigt, denn am Bahnhof Neu-Babelsberg verließen sie den Zug wieder. Da der Bahnhof in der Nähe des Griebnitzsees lag, mussten sie zur Filmfabrik in südlicher Richtung laufen. Nach etwa fünfzehn Minuten hatten sie den Eingang des Geländes erreicht. Der Anblick der Gebäude, die teilweise eher wie Baracken anmuteten, enttäuschte Gisela. Sie hatte sich alles irgendwie anders vorgestellt.

»Dahinten, das Glashaus, das ist das große Atelier, davor befindet sich die Kopieranstalt«, erklärte Dora, während sie am Pförtnerhaus vorbeiliefen. Sie hob ihre Hand, der Pförtner quittierte ihren Gruß lediglich mit einem Nicken. »Hier wurden schon viele Filme gedreht, vor allem mit Asta Nielsen«, erzählte die wie verwandelt wirkende Dora Pagel weiter.

Gisela folgte ihr staunend. Der Begriff »Fabrik«, den sie bislang unpassend gefunden hatte, schien zutreffend zu sein.

»Das Gebäude, direkt neben dem Pförtnerhaus, das ist die Materialverwaltung und darin befindet sich auch das Schneideratelier, wo ich arbeite. Wir haben noch ein paar Minuten Zeit. Ich bringe Sie zunächst zum Verwaltungsgebäude.« Dora Pagel zeigte auf ein mehrstöckiges Backsteingebäude. »Darin befand sich früher eine Kunstblumenfabrik. Das kleine Glashaus dahinter ist ebenerdig. Man kann sogar mit dem Wagen hineinfahren.« Dora Pagel wirkte regelrecht stolz darauf, hier arbeiten und Gisela alles erklären zu dürfen.

»Warum gibt es denn hier so große freie Flächen?«, wollte Gisela wissen, als sie auf den Eingang des Verwaltungsgebäudes zuliefen.

»Für die ganzen Dekorationen. Im Sommer wird viel unter freiem Himmel gedreht.« Dora hielt Gisela die Tür auf.

»Ich frage einmal am Empfang, ob es freie Stellen gibt.« Sie ließ Gisela stehen und verschwand. Ab und an öffnete sich die Eingangstür, eilig schritt jemand durch die Halle, manchmal war ein Rufen aus einem der angrenzenden Räume zu hören, irgendwo klingelte ein Telefon. Da Dora nicht wiederkam, beschloss Gisela, nach ihr zu suchen. Noch bevor sie sie entdeckte, hörte sie ihre Stimme hinter einer der Türen.

»Ach, und wer kommt zur Premiere nach Berlin?«

Eine Männerstimme antwortete etwas, das Gisela nicht verstand.

»Oh, das ist ja großartig. Und gibt es noch weitere Filmpremieren in den nächsten Tagen?«

Wieder entgegnete der Mann etwas. Offensichtlich sprachen sie nicht über Giselas Ansinnen. Zumindest jetzt nicht mehr.

»Ich muss mich sputen«, rief Dora Pagel.

Gisela sah zu, dass sie zurück in die Halle kam. An einem Schaukasten, der auf vergangene Produktionen hinwies, blieb sie stehen. Gerade rechtzeitig, bevor Dora sie erreichte.

»Ich kann Ihnen leider nicht mehr weiterhelfen, weil ich mich nun zum Dienst melden muss. Aber unser Pförtner bittet Sie, ihm Ihre Adresse zu nennen. Er meint, es gäbe bestimmt einmal etwas zu tun.«

Gisela bedankte sich für ihre Mühe.

»Möchten Sie morgen zu mir zum Tee kommen?«, fragte sie unerwartet.

»Ja, gerne, wann?«, fragte Gisela, die mit einer so freundlichen Einladung nicht gerechnet hatte.

»So gegen vier Uhr am Nachmittag? Morgen habe ich frei«, rief Dora Pagel ihr vom Ausgang aus zu, durch den sie gleich darauf verschwand. Gisela blieb unschlüssig zurück. Je mehr sie über die vergangene Stunde nachdachte, desto merkwürdiger kam ihr Dora Pagels Verhalten vor. Mal wirkte sie freundlich und fröhlich, regelrecht jung, dann wieder nachdenklich und auf eine seltsame Weise verschlossen. Und sie schien in keiner Weise den Tod ihres Mannes zu betrauern. Wie auch? Der Tote in ihrer Wohnung war jedenfalls nicht Herr Pagel. Aber was war mit dem toten Mann aus dem Stadtkanal? Wusste sie, dass sie Witwe war?

Da Gisela nicht vorhatte, dem Pförtner ihre Adresse zu geben, verließ sie eilig das Gebäude, um zu überprüfen, ob Dora Pagel wirklich zur Arbeit ging. Wieso zweifelte sie daran? Draußen konnte sie Dora zunächst nirgendwo entdecken, und so beschloss sie, sich auf dem Gelände umzuschauen, jedenfalls solange man es ihr erlaubte. Zu gerne hätte sie erfahren, ob sich vielleicht eine berühmte Persönlichkeit in einem der Ateliers aufhielt. Sie hätte Dora danach fragen sollen, schließlich musste sie wissen, an welchen Kostümen sie arbeitete, und bestimmt unterhielten sich die Mitarbeiter während ihrer Pausen über die neuen Filme. Kaum hatte Gisela das Verwaltungsgebäude hinter sich gelassen, bekam sie Dora Pagel zu Gesicht. Sie hatte tatsächlich nicht den direkten Weg zur Materialverwaltung eingeschlagen. Sie musste am Verwaltungsgebäude links abgebogen sein. Gisela folgte ihr möglichst unauffällig bis zu einigen Nebengebäuden. Zu ihrer Überraschung traf sich Dora gerade mit ihrem angeblichen Bruder, der wild gestikulierend vor ihr stand, während Dora beruhigend auf ihn einzureden schien. Während der Mann mit seinen Armen in der Luft fuchtelte, fiel Gisela auf, dass am Finger seiner rechten Hand ein Glied fehlte. Der Disput dauerte nicht lange. Bald schon ging jeder der beiden seines Weges. Gisela befürchtete, dass Dora gleich auf sie zukommen würde, und drehte sich um, so als suche sie den Ausgang. Denn eine Versteckmöglichkeit gab es nicht.

»Haben Sie sich verlaufen? Sie wissen, wo es nach draußen geht?«, fragte Dora beiläufig, als sie an Gisela vorbeieilte. Mit einer Antwort schien sie gar nicht zu rechnen und machte sich offensichtlich keine Gedanken darüber, ob Gisela sie eben beobachtet hatte oder nicht.

»Ja, danke«, rief Gisela, doch Dora reagierte nicht mehr. Sie wartete noch so lange, bis Dora verschwunden war, dann machte sie erneut kehrt, um ihrem angeblichen Bruder hinterherzugehen. Gerade noch rechtzeitig sah sie, wie er eines der Nebengebäude betrat. Den Geräuschen nach zu urteilen, die von dort ausgehend über das Gelände hallten, wurden darin Kulissen gebaut.

Sie schlich noch eine Weile über das Gelände und versuchte zu erkennen, ob im hell erleuchteten Großen Atelier gerade ein Film gedreht wurde. Plötzlich sprach sie jemand von hinten an. Gisela zuckte zusammen. Ein freundlicher Herr im Anzug wollte wissen, ob sie Schauspielerin oder Arbeiterin sei. Da sie beides verneinen musste und angab, dass sie sich nach dem Besuch im Verwaltungsgebäude nur ein wenig umsehen wollte, lächelte der Mann und schlug ihr vor, sie zum Ausgang zu begleiten. Es sei nicht erwünscht, dass Fremde sich auf dem Gelände aufhielten.

Nachdem sie die Filmfabrik hinter sich gelassen hatte, ohne etwas herausgefunden zu haben, lief Gisela zurück zum Bahnhof Neu-Babelsberg. Auf ihrem Weg durch die Kälte hatte sie den Eindruck, dass ihr ein Mann folgte, seit sie das Gelände der Filmfabrik verlassen hatte. Aber es handelte sich lediglich um ein Gefühl, denn zum Bahnhof hasteten viele Menschen. Am Schalter löste sie eine Fahrkarte für die Rückfahrt nach Potsdam und begab sich auf den kaum bevölkerten Bahnsteig. Umso verwunderlicher war es, dass ein Mann zielstrebig ihre Nähe suchte. Bevor sie wusste, wie ihr geschah, hatte er sich hinter ihr aufgebaut. Ein kalter Schauer ließ Giselas Nackenhaare vibrieren. Instinktiv hielt sie ihre Tasche fest. Doch auf ihr Geld schien der Mann es nicht abgesehen zu haben. Gisela wich einen Schritt zur Seite, der Mann tat es ihr gleich. Die Bedrohung war greifbar.

»Halten Sie sich von Dora Pagel fern«, sagte er plötzlich. Seine Stimme blieb ruhig, klang dafür aber umso eindringlicher.

Bevor sich Gisela des Inhalts seiner Worte bewusst werden konnte, war der Mann aus ihrem Blickfeld verschwunden. Nachdenklich bestieg sie den Zug zum Potsdamer Bahnhof. An ihrem Ziel angekommen, lief sie eilig durch das Bahnhofsgebäude, um in die Straßenbahn umzusteigen, die sie erst an der Haltestelle am Luisenplatz verließ. Sie freute sich auf ihr Zuhause.

*

Die Gedanken an eine heutige Fahrt zur Heilanstalt am See hatten Theodor während seiner Arbeit nicht mehr losgelassen. Mit dem Herzen war er bei seiner Schwester. Er konnte es gar nicht abwarten, der Lösung des Familiengeheimnisses näher zu kommen. Seiner Ungeduld kam entgegen, dass er die meisten Sendungen nicht persönlich abgeben musste, und wenn dies doch der Fall war, so öffnete ihm der Empfänger jedes Mal ohne Verzögerung die Tür und nahm die Post entgegen. Theodor blieb trotz aller Eile freundlich und verbindlich. Gegen zwei Uhr konnte er seinen Dienst beenden und trat voller Erwartungen den Heimweg an.

Maria Rogge hatte auch heute wieder an ihn gedacht und ihm einen Teller Suppe aufgehoben, der nun wohlig dampfend vor Theodor auf dem Esstisch in der Stube seiner Vermieterin stand. Eigentlich hatte er sofort losfahren wollen, doch Maria Rogge drängte ihn, erst mit gefülltem Magen in sein Abenteuer zu starten. Schließlich war es so weit. Theodor zog den Wintermantel wieder über. Da fiel sein Blick erneut auf das Stempelkissen auf dem Regal. Er steckte es ein. Obwohl seine Gedanken beinahe ausschließlich um die Heilanstalt am See kreisten, so ließen ihn doch die beiden Todesfälle nicht los. Vielleicht würde er, da die Polizei offensichtlich kein Interesse an der Aufklärung hatte, herausfinden, welche Personen wirklich an den beiden Morden beteiligt gewesen waren. Nun musste er nur eine Strategie entwickeln, wie er an die Fingerabdrücke der auf seiner ganz persönlichen Liste stehenden Verdächtigen kam. Ganz oben befand sich Dora Pagel, aber auch ihre diversen Männerbekanntschaften.

»Ich wäre so weit«, sagte Maria Rogge, die ihn im Türrahmen stehend anblickte.

Sie erreichten schnell den Schuppen in einer der Seitenstraßen, in dem das Automobil untergestellt war.

»Ich habe das Automobil gestern warten lassen«, sagte Maria Rogge, während sie Theodor half, das Holztor zu öffnen.

»Aber das wäre doch nicht nötig gewesen«, entgegnete Theodor.

»Na, hören Sie mal, Theodor, das Automobil stand ja eine Weile ungenutzt. Ich möchte sichergehen, dass es anspringt, wenn ich es verleihe.« Das Tageslicht fiel auf das Automobil. Es war erst kürzlich vom Staub befreit worden. »Nun los«, stupste ihn Maria Rogge sanft an.

Theodor blieb immer noch ehrfürchtig davor stehen. Nicht nur, weil er längere Zeit nicht mehr hinter dem Steuer eines Kraftwagens gesessen hatte, sondern vor allem weil genau dieses Fahrzeug es sein würde, das ihn zu seiner Schwester bringen würde – hoffentlich. Während er noch auf das Automobil starrte, hörte er Schritte hinter sich. Als er sich umdrehte, war Maria Rogge verschwunden. Wie einfühlsam von ihr, dachte er und überlegte, ob sie ihm ersparen wollte, dass er sich von ihr beobachtet fühlte. Theodor fasste Mut und nahm die Kurbel zur Hand. Doch es dauerte eine Weile, bis der Anlasser zündete. Theodor stieg ein und umfasste mit zitternden Händen das Lenkrad. Als er Gas gab, ruckelte das Automobil langsam auf die kaum befahrene Straße. Auf der Mittelstraße überholte er Maria Rogge, die sich auf dem Nachhauseweg befand. An der Kreuzung zur Nauener Straße hielt er an, um sich ins Gedächtnis zu rufen, wie er am schnellsten in die Lennéstraße kam. Er hoffte, Gisela jetzt zu Hause anzutreffen, auch wenn sie nichts ausgemacht hatten. So fuhr er zunächst nach rechts bis zum Nauener Tor. Dort schwenkte er nach links in die Kaiser-Wilhelm-Straße ein, vorbei am Werner-Alfred-Bad, hielt sich links, um auf die Obeliskstraße abzubiegen. Am Brandenburger Tor vorbei ging es in die Luisenstraße und dann gleich rechts in die Lennéstraße. Hatten die ersten Meter ihm noch einiges abverlangt, so begann er die Fahrt jetzt immer mehr zu genießen. Als er vor dem Haus, in dem die Familie Fink wohnte, anhielt, war ihm plötzlich ganz mulmig zumute. Heute wurde er tatsächlich das erste Mal bei ihr zu Hause vorstellig. Theodor ließ den Motor ausgehen. Mit weichen Knien erreichte er die Haustür. Er klingelte. Einmal. Niemand öffnete. Er klingelte ein zweites Mal. Jetzt regte sich etwas. Gisela erschien in der Tür.

»Du?«

Theodor konnte nicht in Worte kleiden, was er gerade empfand. Gisela wirkte ein wenig verschlafen und dabei so hübsch. »Ja«, sagte er verlegen. »Ich habe mir von meiner Vermieterin ein Automobil ausgeliehen. Ich habe vor, zur Heilanstalt am See zu fahren. Würdest du mich begleiten?« Er schaute sie hoffnungsfroh an. Sie würde ihm die nötige Rückendeckung geben, die er so sehr benötigte. Warum war er eigentlich so aufgeregt? Hatte er Angst vor den Wahrheiten, die da auf ihn warteten?

»Ja, aber einen Augenblick, bitte. Ich muss mir nur rasch etwas Wärmeres anziehen. Ich komme dann zum Auto.« Sie huschte nach drinnen, die Tür fiel sachte ins Schloss.

Die Minuten, die Theodor draußen in der Kälte auf Gisela wartete, vergingen im Schneckentempo. Dennoch zählten sie zu den glücklichsten, die er seit Langem erlebt hatte. Beinahe fühlte es sich so an, als wartete er auf seine Verlobte, um mit ihr zum Strandbad zu fahren. Aber dafür war es zu kalt, und Gisela war keineswegs seine Verlobte. Ihre Eltern würden vermutlich seine Einheirat in die Familie nicht gutheißen, schließlich hatte er, der einfache Postbote, der Tochter nichts zu bieten. Gisela hatte sich in einen dicken Schal eingehüllt. Theodor half ihr beim Einsteigen. Er traute sich sogar, ihr seine Hand hinzuhalten, die sie dankbar ergriff. Die Wärme ihrer feinen Fingerglieder konnte er durch ihre Lederhandschuhe hindurch spüren.

Der Motor zierte sich zunächst, sprang jedoch nach wenigen Umdrehungen der Kurbel an. Um die Fahrt in Richtung Süden fortzusetzen, musste er wenden, was ihm erst in mehreren Zügen gelang.

Während sie über die Kronprinzenstraße fuhren, berichtete Gisela von ihrer gestrigen Begegnung mit Dora Pagel und dem Streit, den sie auf dem Gelände der Filmfabrik beobachtet hatte.

»Eifersucht ist ein Motiv«, sagte Theodor, den Bahnhof Charlottenburg in Sichtweite.

»Du meinst, dieser Mann hat einen der beiden Männer ermordet?«, fragte Gisela, Proviantmagazin und Elektrisches Werk in Sichtweite. »Oder beide?«

»Zuerst war es ein Versehen, weil er doch davon ausgehen musste, dass Herr Pagel auch Herr Pagel war«, überlegte Theodor.

»Du meinst, der Liebhaber erschießt den Ehemann?« Sie kamen am ehemaligen Luftschiffhafen vorbei.

»Oder es war ein Unfall«, meinte Theodor. »Und er weiß gar nicht, dass er nicht den gehörnten Ehemann getötet hat.«

Gisela seufzte neben ihm. »Und warum streiten sich die beiden dann andauernd?«

»Wer?«, fragte Theodor, der sich auf das Fahren konzentrierte.

»Frau Pagel und dieser Mann mit dem fehlenden Fingerglied.«

»Hm«, sagte Theodor. Es ging weiter immer weiter gen Süden.

»Wenn wir seine Fingerabdrücke hätten, dann könnte man überprüfen, ob er mit der Pistole geschossen hat«, sagte Theodor.

»Oh ja. Ich weiß, wer die Abdrücke von der Waffe verwahrt.« Sie würde Dr. Schnellwind um Hilfe bitten. »Wir benötigen die Fingerabdrücke von diesem Mann, den Dora Pagel ihren Bruder nennt.«

»Ich habe schon längst eine Idee«, murmelte Theodor. Vor Alt-Geltow tauchte unvermutet ein kaum lesbares Schild mit der Aufschrift »Heilanstalt« am Straßenrand auf. Es wies den Weg über einen besseren Feldweg. Gisela hatte sich fest vorgenommen, Theodor endlich von dem Gespräch mit Ilse Deuser zu berichten, doch sie brachte es einfach nicht übers Herz. Spätestens jetzt hätte sie es ihm sagen müssen. Mehrere hundert Meter ging es durch eine Heidelandschaft, bis sie in einiger Entfernung die zugefrorene Havel erkennen konnten. Rechterhand lagen mehrere Gebäude, größere und kleinere, sogar eine kleine Kapelle.

Theodor stellte den Wagen an einer Stelle ab, die er vor allem deshalb für geeignet hielt, da man das Automobil nicht sofort von der Heilanstalt aus würde erkennen können. Er hatte zwar wegen des Gestrüpps einige Schwierigkeiten, die Fahrertür komplett zu öffnen, aber Gisela konnte problemlos aussteigen. Allmählich begann es zu dämmern. Einzelne Lichter flammten in den Fenstern der Anstalt auf.

»Wie willst du denn vorgehen?«, fragte Gisela, während sie auf den Gebäudekomplex zuliefen.

»Wir tun zunächst so, als hätten wir uns verlaufen, was meinst du?«, fragte Theodor.

»Aber wie willst du in Erfahrung bringen, ob Agnes hier lebt?«

»Würdest du vielleicht nachfragen?«

»Ich?«

Theodor nickte. »Ich weiß ja nicht, ob Walter womöglich Instruktionen erteilt hat, dass man mir keine Auskunft geben darf.«

»Wenn sie denn überhaupt hier ist, Theodor.«

»Du solltest mich jetzt nicht entmutigen«, sagte er.

»Ich wollte dich lediglich vor einer Enttäuschung bewahren. Aber ich frage da vorn im Haupthaus nach. Mir fällt schon etwas ein, warum ich Agnes suche.« Schon war sie verschwunden. Theodor fühlte sich von dem Friedhof wie magisch angezogen. Solange es noch hell war, wollte er sich die Gräber ansehen. Vielleicht fand er ja hier einen Anhaltspunkt, schlimmstenfalls würde er auf Agnes' Grab stoßen.

Er öffnete das hüfthohe Friedhofstor, das nicht verschlossen war. Andächtig ging er durch die Reihen. Nicht auf allen Grabsteinen oder Grabkreuzen war verzeichnet, wer dort seine letzte Ruhe gefunden hatte. Sogar zwei Kindergräber entdeckte er. Auf einem standen nur ein Vorname und die Jahreszahlen 1912 und 1913. Das Kind namens »Oskar« war möglicherweise noch nicht einmal ein Jahr alt geworden.

»Ich habe den Eindruck, wir sind hier unerwünscht.« Giselas Stimme ließ ihn zusammenschrecken.

»Warst du nicht erfolgreich?«

Gisela schüttelte vehement den Kopf. »An der Pforte wollte man mich gleich wegschicken, da keine Besuchszeit ist.«

»Hast du nach Agnes gefragt?«

»Dazu kam ich gar nicht. Ich sagte, dass ich nach einer vermissten Schulfreundin suche, aber der Mann wurde ungehalten und gab mir zu verstehen, dass ich gehen solle. Sie würden gleich alles abschließen.«

Theodor war enttäuscht.

»Dahinten kommt jemand«, sagte Gisela.

Theodor nahm Giselas Hand und zog sie hinter die Kapelle. »Entschuldige bitte«, sagte er. Er wusste selbst nicht, warum er so heimlich tat. Dieser Ort rief ein merkwürdiges Gefühl der Beklemmung in ihm hervor.

»Schon gut«, flüsterte Gisela. Sie genoss Theodors Nähe.

Am Friedhof lief ein Mann vorbei, der einen großen Schlüsselbund in der Hand hielt. Sie verfolgten seine Schritte und zuckten zusammen, als sie sahen, wie er das Tor abschloss.

»Wie kommen wir denn nachher hier raus?«, fragte Gisela besorgt. Das Tor war zu hoch, um es zu überklettern.

»Irgendwie werden wir das schon schaffen«, sagte Theodor. Jetzt galt es erst einmal, mehr über die Heilanstalt und ihre Bewohner herauszufinden. Als der Mann wieder in einem der Gebäude verschwunden war, trauten sich Theodor und Gisela aus ihrem Versteck hervor und verließen den Friedhof.

Es wurde bereits dunkel. Weitere Lichter flammten auf. Aus der Tür eines nahe gelegenen Gebäudes, um das ein etwa zwei Meter hoher Zaun gezogen war, drang Licht. Sie erkannten schemenhaft eine Frau, die auf den Stufen stand und die kalte Abendluft zu genießen schien.

»Jetzt oder nie«, sagte Theodor und schritt auf das Eisentor zu, das den einzigen Zugang zum Gebäude darstellte. Wie erwartet ließ es sich nicht öffnen.

Die Frau hatte Theodor bereits entdeckt und kam ihm auf dem kiesbedeckten Weg entgegen. Die Steine knirschten unter ihren Sohlen.

»Was machen Sie um diese Zeit noch hier?«, fragte sie bestimmt, jedoch keineswegs unfreundlich oder gar abweisend. »Besucher der Anstalt sind mit Einbruch der Dunkelheit unerwünscht, und hier haben Sie ohnehin nichts zu suchen.« Sie neigte ihren Kopf zum Gebäude hinter sich.

»Wir haben uns wohl auf unserem Spaziergang verlaufen«, sagte Gisela, die zunächst in einem geringen Abstand gewartet hatte und nun wieder an Theodors Seite stand.

»Na ja, was meine Freundin eigentlich sagen möchte, ist …« Wie kam er da nur wieder heraus? Einerseits wollte Theodor Gisela nicht als Lügnerin dastehen lassen, zumal sie sich mit dem, was sie sagte, genau an ihre Vereinbarung hielt. Andererseits wirkte die Frau auf ihn durchaus auskunftsfreudig und er wollte es riskieren, sie nach Agnes zu befragen. »Entschuldige«, flüsterte er Gisela zu. »Ich muss einfach fragen.« Dann wandte er sich wieder an die Frau, die geduldig auf der anderen Seite des Eisentores wartete. »Kennen Sie eine junge Frau, Anfang dreißig. Agnes mit Vornamen.«

Die Frau zögerte. So ganz geheuer schien ihr Theodor nicht zu sein.

»Wir suchen seine Schwester«, sagte Gisela.

»Ja, wir suchen meine Schwester«, bekräftigte Theodor. Er befürchtete, dass jetzt, da sie es direkt angesprochen hatten, die Aussicht auf eine wahrheitsgemäße Auskunft verstrichen war. Wenn er mit allem richtiglag, hatte Walter den Angestellten der Anstalt sicher vorgeschrieben, Dritten gegenüber ihre Anwesenheit zu verleugnen. Ja, für ihn stand fest, dass Walter alles dafür getan hatte, damit das Schicksal seiner Schwester für immer im Dunkeln bleiben würde.

»Ja, ich kenne eine Frau, die um die dreißig Jahre alt ist und die schon lange hier leben soll. Ich selbst bin erst seit ein paar Wochen hier.«

»Wie heißt sie?«

»Sie heißt Agnes.«

»Und ihr Nachname?«

»Wir Angestellten nennen sie nur bei ihrem Vornamen.«

»Schade«, sagte Theodor. »Könnte sie das sein?«, überlegte er laut.

»Kommen Sie, es gibt gerade Abendbrot«, sagte die Frau und schloss das Eisentor auf. »Aber leise.« Sie führte sie zu einem Fenster. »Das hier ist die geschlossene Abteilung, das wissen Sie?«

Theodor versuchte, durch das von innen beschlagene Fenster etwas zu erkennen. Er sah mehrere Frauen, manche in erbärmlichem Zustand, vermutlich viel jünger als ihre traurige Erscheinung es vermuten ließ. Plötzlich blieb sein Blick an einer jüngeren Frau haften. Sie wirkte zerbrechlich, jedoch nicht schwach. Sie trug ein helles Kleid, darüber eine dunkle Strickjacke.

»Könnte *das* Agnes sein?«, flüsterte Gisela und zeigte auf dieselbe Frau.

»Hm. Ich dachte das auch gerade. Ob sie das ist? Ich weiß nicht. Ich war noch so klein und das Foto zeigt sie ja auch nur in jungen Jahren.«

»Ja, das ist Agnes«, bestätigte die Frau.

»Aber warum? Warum in der Verwahranstalt?«, fragte Theodor bestürzt.

»Agnes erzählt Geschichten, ganz viele Geschichten, seltsame Geschichten«, antwortete die Frau. »Ich muss jetzt rein, und Sie gehen besser auch, bevor Sie entdeckt werden und ich Ärger bekomme.«

Gisela zog Theodor am Ärmel. »Ja, lass uns gehen, bitte.« Ihr wurde ganz seltsam zumute. Alles kam ihr plötzlich so unheimlich vor. Mittlerweile war es zudem dunkel geworden.

Theodor bedankte sich bei der Frau, die hinter ihnen abschloss. Nur mit Mühe fanden er und Gisela zurück zum Eingangsportal. Seitlich davon gab es einen Durchschlupf in der Hecke, den vermutlich viele der Insassen der Anstalt zu nutzen wussten, jedoch nur die, die nicht in der geschlossenen Abteilung ihr Leben fristeten. Sie sprachen kein Wort, bis sie das Automobil erreicht hatten. Als sie auf die Hauptstraße zurück nach Potsdam fuhren, bemerkte Gisela ein Automobil, das aus dem Nichts zu kommen schien und ihnen in einigem Abstand folgte. Sie wollte Theodor nicht beunruhigen, denn er benötigte seine ganze Aufmerksamkeit für die Fahrt durch die Nacht. Dennoch bat sie ihn vorsorglich, an der Kastanienallee, die zum südlichen Ende des Parks von Charlottenhof führte, abzubiegen. Erleichtert stellte sie fest, dass der andere Wagen Richtung Innenstadt weiterfuhr. Über Nebenstraßen kamen sie vor dem Haus an, in dem die Familie Fink wohnte.

»Das war ja eine schöne Abkürzung«, sagte Theodor und half Gisela aus dem Wagen. Über die Ereignisse der vergangenen Stunden verloren sie kein einziges Wort.

*

Nachdem Theodor Gisela zu Hause abgesetzt hatte, zögerte er die Rückgabe des Automobils noch etwas heraus und fuhr nachdenklich durch die Straßen Potsdams. Zunächst machte er einen Abstecher in die Straße Am Kanal. In Sichtweite des Hauses, in dem vor wenigen Tagen der erste Mord stattgefunden hatte, bremste er sachte ab und blieb dort eine Weile mit laufendem Motor stehen. In einem der oberen Fenster brannte Licht. Wenn er es richtig deutete, gehörte dieses Fenster zur Wohnung von Frau Jagusch. In der untersten Etage war alles dunkel und Fräulein Pagel offensichtlich nicht zu Hause. Plötzlich schoss ihm ein Gedanke durch den Kopf: Wurde womöglich das Haus der Pagels von der Polizei beobachtet? Er schaute besorgt durch die Scheiben, ließ seinen Blick zu den angrenzenden Hauseingängen und zur Plantage wandern, doch in der Dunkelheit konnte er niemanden ausmachen. Wenn sich dennoch irgendwo ein Beobachter versteckt hielt, dann hatte der nun auch ihn im Visier. Solange man das Automobil nicht kannte, würde man nicht auf ihn als Fahrer schließen. Dennoch rollte er langsam an und entdeckte tatsächlich im Eingang neben dem Haus der Pagels eine glimmende Zigarettenspitze.

Ziellos fuhr er weiter. Als er an der Alexandrowka vorbeikam, war er versucht, in die Alleestraße einzubiegen. Aber es erschien ihm zu riskant. Die Wahrscheinlichkeit, seinen Bruder in seinem Elternhaus anzutreffen, war zu groß. Aber er hatte ja noch etwas anderes vor. Da er mit Frau Rogge keine Uhrzeit für die Rückgabe vereinbart hatte, steuerte er Richtung Süden. Alles war so viel unkomplizierter mit einem Automobil. Nicht nur gelangte er so viel schneller von einem Ort zum anderen, er konnte auch spontan entscheiden. In der Fischerstraße stellte er das Automobil am Straßenrand ab und ging zu Fuß weiter. Als er seine Hände in die Manteltaschen gleiten ließ, berührten diese das Stempelkissen. Er schlenderte an den Häusern vorbei und versuchte, einen möglichst unverfänglichen Blick auf die Klingelschilder zu werfen. Die meisten lagen jedoch im Dunkeln. Er studierte gerade die Namensschilder am Haus neben dem, an dem neulich Fräulein Jagusch ihr Wäschepaket abgegeben hatte, als sich die Tür öffnete. Ein älterer Herr blickte ihn misstrauisch an. »Suchen Se jemanden?«

»Mir wurde ein junger Mann empfohlen, der hier wohnen soll. Aber leider ist mir sein Name entfallen. Mein Bekannter sagte, dass ihm ein Fingerglied fehle«, sagte Theodor mutig. Er wusste, dass es riskant war, sich hier so offen nach einem mutmaßlichen Mörder zu erkundigen. Doch der alte Herr schien harmlos zu sein.

»Ach, dann jeht et bestimmt um einen Schreiner, den Se suchen.«

Theodor nickte einfach einmal.

»Hugo Schwarz heßt er. Der is aba jetze in seinem Stammlokal.«

»Danke. Und wo?«

»In der Burgstraße. War dit allet?«, fragte der alte Mann und ging davon.

Eigentlich stand Theodor nicht der Sinn danach, nun eine Schankwirtschaft aufzusuchen. Aber er wollte Gewissheit erlangen. In der Burgstraße kam ihm der Gesuchte leicht schwankend entgegen. Offensichtlich war es bei nur wenigen Potsdamer Stangen geblieben. Theodor legte es darauf an, dass die beiden frontal ineinanderliefen. Dabei ließ er das Stempelkissen aus seiner Tasche gleiten und so auf den Boden fallen, dass der Deckel aufsprang. Er hatte keine Eile, es aufzuheben.

»Oh, entschuldigen Se«, sagte Hugo Schwarz und bückte sich. Mit seiner linken Hand griff er nach dem Gegenstand.

»Wat is ditte?«, fragte er mürrisch und betrachtete seine

schwarz gefärbten Fingerkuppen. Theodor schlug eine deutliche Alkoholfahne entgegen.

»Warten Sie«, sagte Theodor, nahm das Stempelkissen an sich und reichte dem Schreiner ein Taschentuch. »Ganz vorsichtig abtupfen, nicht reiben.«

Hugo Schwarz folgte Theodors Anweisungen wie ein kleines Kind. Dann gab er das Tuch zurück und schwankte ohne ein weiteres Wort nach Hause. Im Licht einer Laterne betrachtete Theodor das Tuch. Einige der Fingerabdrücke waren brauchbar. Nun musste er nur noch dafür sorgen, dass Gisela es schaffte, ihre Kollegen davon zu überzeugen, die Abdrücke auf der Pistole damit zu vergleichen.

Als Theodor wenig später ins Holländische Viertel zurückkehrte, bemerkte er, wie sehr ihn die Ereignisse des Tages ermüdet hatten. Nachdem er den Wagen im Schuppen abgestellt und diesen verschlossen hatte, ging er nach Hause. Er bedankte sich bei Maria Rogge und hoffte, dass sie keinen ausführlichen Bericht von ihm erwartete. Offensichtlich ahnte sie, wie es in seinem Inneren aussah, und überreichte ihm schweigend eine dicke Stulle als Abendbrot.

»Sie sind so gut zu mir«, sagte Theodor. »Wie kann ich Ihnen jemals danken?«

»Das müssen Sie nicht«, antwortete Maria Rogge. »Ruhen Sie sich aus. Morgen ist ein neuer Tag.«

Lustlos aß er die Stulle, dann legte er sich auf sein Bett. Die Gedanken ließen ihn jedoch nicht los. Die Gedanken an die Frau in dem hellen Kleid. Alles sprach dafür, dass er vorhin seine Schwester gesehen hatte, zum ersten Mal seit Jahrzehnten. Er war sich unschlüssig, welche Schritte er als nächstes unternehmen sollte. Denn er musste mit Agnes Kontakt aufnehmen. Morgen wollte er außerdem Gisela bitten, die Fingerabdrücke auf dem Taschentuch mit denen auf der Pistole vergleichen zu lassen.

SAMSTAG – ZWÖLFTER TAG

Müde und nachdenklich war Gisela gestern Abend in ihr Bett gekrabbelt, ohne zuvor zu Abend gegessen zu haben. Die Tasse mit heißem Tee trank sie gierig aus, dann zog sie sich die Decke über den Kopf. Wie musste es erst Theodor gehen, dem der unerwartete Anblick seiner Schwester bestimmt sehr zugesetzt hatte? Handelte es sich bei der Frau mit dem hellen Kleid und der Strickjacke wirklich um seine Schwester? Und wenn es so war, aus welchen Gründen lebte sie in der geschlossenen Abteilung, und welche Geschichten genau erzählte sie überhaupt? In Gisela keimte ein Verdacht auf. Es musste mehr sein, als Ilse Deuser angedeutet hatte, etwas, das Walter Berwalt unter allen Umständen nicht öffentlich werden lassen wollte. Diese beklemmende, beinahe unheimliche Atmosphäre auf dem Gelände der Heilanstalt wirkte noch nach, sodass Gisela nach kurzem Schlaf bereits wieder wach lag. Draußen war es noch dunkel. In der Küche hörte sie ihren Vater. Gisela konnte sich nicht dazu durchringen, sich zu ihm zu setzen, um mit ihm über ihre Zukunft zu sprechen. Sie fühlte sich zu schwach und warf sich wieder in die Kissen. Sie haderte mit sich und ihrem Leben als Schreibkraft im Polizeipräsidium schon seit Anbeginn ihrer Tätigkeit. Mit Martin Stoewer verstand sie sich gut, aber der Rest der Beamtenschaft blieb ihr fremd. Zu sehr legten sie Wert auf einen ihnen eigenen Verhaltenskodex, auf Titel, die aus einer Zeit herrührten, als das Militär die Geschicke der Stadt gelenkt hatte. Wie passte Martin Stoewer zu ihnen, zu den zumeist hochdekorierten Männern aus adligen Familien? Sie kannte seine familiären Hintergründe kaum. Er hatte wenig zu sagen in der Abteilung. Sie konnte sich vorstellen, dass er sich zähneknirschend damit abgefunden hatte, dass man die Todesumstände der beiden Männer nicht weiterermittelte. Oder würde Martin aufbegehren?

Irgendwann hörte Gisela, wie die Wohnungstür ins Schloss fiel. Erst jetzt gab sie sich einen Ruck und wollte gerade aufstehen, um sich fertig zu machen, als es klingelte. Gisela sprang aus dem Bett, schlüpfte in Hauspantoffeln und Morgenmantel und schlich zur Haustür, hinter der sie erst einmal lauschte. Wieder ertönte die Türglocke. Vorsichtig öffnete sie einen Spalt. Edwin stand vor ihr. Als er bemerkte, dass sie noch nicht angezogen war, errötete er.

»Fräulein Fink, Sie möchten bitte umgehend ins Polizeipräsidium kommen«, sagte er verlegen und vermied es, Gisela direkt anzuschauen.

»Ich, ich ziehe mich rasch an«, sagte Gisela.

»Wir warten vor dem Haus mit dem Wagen auf Sie«, sagte er.

Gisela schloss die Tür und zog sich in Windeseile an. Was konnte man von ihr wollen? Erfreuliches wartete vermutlich kaum auf sie. Nachdem sie sich vergewissert hatte, dass sie einigermaßen passabel aussah, stürmte sie aus dem Haus. Auf der Straße parkte ein Wagen. Edwin stand davor. Als der Fahrer sie kommen sah, stieg er aus. Es war einer der polizeilichen Chauffeure. Gisela grüßte und stieg ein. Edwin nahm neben ihr auf der Rückbank Platz. Gisela blieb nicht viel Zeit zum Nachdenken. Was hatte das alles zu bedeuten? Edwin wollte sie nicht fragen, er war sicher nur der Bote, der dafür sorgen musste, dass sie im Präsidium erschien. Innerhalb weniger Minuten erreichten sie das Präsidium in der Priesterstraße.

»Bitte melden Sie sich bei Polizeiinspektor Berwalt«, sagte Edwin, nachdem sie vor dem Haupteingang angekommen waren. Ihre schlimmsten Befürchtungen wurden wahr. Nun begannen tatsächlich ihre Knie zu zittern. Irgendwann auf dem Weg nach oben hatte sie Edwin verloren. Japsend erreichte sie das Zimmer ihres verhassten Vorgesetzten. Sie gönnte sich einige Augenblicke, um ihre Atmung zu beruhigen, bevor sie an seine Tür klopfte. Am liebsten hätte sie die Flucht ergriffen, aber diese Blöße wollte sie sich nicht geben. Ihr Klopfen wurde von innen durch ein donnerndes »Herein« erwidert. Schüchterner, als sie sich fühlte, trat sie ein. Walter Berwalt saß mit einem selbstgefälligen Gesichtsausdruck hinter seinem Schreibtisch.

»Fräulein Fink, mir ist einiges zu Ohren gekommen.«

Sie wartete darauf, dass er sie bitten würde, sich zu setzen, aber er verwehrte ihr diese Geste des Anstandes.

»Sie halten sich nicht an unsere Anweisungen. Sie treiben sich mit niederen Subjekten herum …« Hatte er das wirklich gesagt? Wen meinte er damit, doch nicht etwa seinen eigenen Bruder?

»Ich halte mich an alles, was meine Vorgesetzten mir auftragen.« Sie log nicht, denn sie hatte sich wahrlich nichts zuschulden kommen lassen. In Walter Berwalts Augenwinkeln bemerkte sie ein nervöses Zucken.

»Wir geben Ihnen eine letzte Chance. Wenn Sie sich ab Montag wieder loyal und arbeitsam erweisen, sehen wir von einer Versetzung ihrer Person nach Eiche ab. In der Polizeischule herrschen noch Zucht und Ordnung. Oder

Sie landen gleich auf der Straße. Und was das in der heutigen Zeit bedeutet, das brauche ich Ihnen nicht zu sagen. Sie sollten sich ohnehin bald nach einem Mann umsehen. Diese Arbeit hier ist doch nichts für ein so schönes junges Mädchen«, sagte er mit einem hämischen Grinsen.

Die Drohung ließ Gisela kalt. Was hatte er auch schon gegen sie in der Hand? Um konkrete Anschuldigungen ging es vermutlich gerade ohnehin nicht, dafür darum, ihr gegenüber seine Macht zu demonstrieren. Aber warum? Etwa um zu verhindern, dass sie infrage stellte, was im Polizeipräsidium vor sich ging? War der Mann, der sie gestern auf dem Bahnsteig angesprochen hatte, etwa gar kein Krimineller, wie sie es eigentlich angenommen hatte, sondern ein Polizist gewesen?

»Ich denke, wir haben uns verstanden«, sagte Walter Berwalt und gab ihr zu verstehen, dass sie den Raum verlassen sollte. Der Mann widerte Gisela an, aber er flößte ihr mit einem Mal keine Angst mehr ein.

*

Theodor brachte die heutige Zustellrunde ohne besondere Vorkommnisse hinter sich. Die Kollegen und sogar Oberbriefträger Neuber ließen ihn weiterhin in Ruhe, was ihm ebenfalls sehr zupasskam. Jetzt war er auf dem Weg zu seiner Mutter. Er hatte sich entschieden, zu Fuß zu gehen. Einige Male blinzelte die Sonne durch die Wolkendecke. Die Sonnenstrahlen kitzelten ihm in der Nase, sodass er niesen musste. Auch wenn Theodor noch von früher wusste, dass sein Bruder samstags ebenfalls lange im Präsidium blieb, so durfte er nicht zu sehr trödeln. Denn Walters Gewohnheiten konnten sich geändert haben. Deshalb hielt er in der Alleestraße zunächst nach dessen Automobil Ausschau. Am Straßenrand stand es nicht. Doch sein Bruder konnte es auch auf dem Grundstück vor oder hinter dem Haus abgestellt haben. Als er sich versichert hatte, dass dies nicht der Fall war, klingelte er bei seiner Mutter. Da sie auf das erste und zweite Klingeln nicht reagierte, fürchtete er, dass sie nicht zu Hause war. Enttäuscht wollte er unverrichteter Dinge wieder den Heimweg antreten, da öffnete sich nach dem dritten Versuch die Tür. Seine Mutter wirkte abwesend und hatte sich seit ihrem letzten Besuch verändert.

»Mutter, was ist mit dir?«, fragte Theodor, als er hinter ihr in den Salon trat.

»Nichts, mein Sohn«, antwortete sie kühl. Doch Theodor merkte, dass sie nicht die Wahrheit sprach. Vielmehr beschlich ihn der Eindruck, dass ihr Verhalten auf eine wie auch immer geartete Einschüchterung zurückzuführen war. »Was möchtest du?«, fragte sie und setzte sich auf ihren angestammten Sofaplatz.

Hielt sich Walter etwa doch in der Villa auf und hörte womöglich mit? War es klüger, gar nicht erst von seinem gestrigen Erlebnis zu berichten und an einem anderen Tag wiederzukommen?

»Ist er hier?«, flüsterte er. Er sprach so leise, dass es nur seine Mutter hören konnte.

Seine Mutter schüttelte den Kopf.

»Kann es sein, dass Agnes gar nicht weit von hier lebt?«, warf er in den Raum.

Die Augen seiner Mutter begannen mit einem Mal zu leuchten. »Ja?«, fragte sie leise. »Hast du sie gesehen?«

»Ich weiß nicht ganz sicher, ob sie es war. Ich denke aber schon. Eine Frau … kein Kind mehr …«, stammelte er.

»Bringst du mich zu ihr?«, fragte seine Mutter. Plötzlich war sie wieder die Alte, jedoch nur für diesen kurzen Moment. »Ach, das geht nicht«, sagte sie bitter.

»Wieso nicht, Mutter? Wir können doch offiziell anfragen, ob sie dort lebt und um einen Besuchstermin bitten, sofern sie es wirklich ist.« Er wollte seiner Mutter nicht zu große Hoffnungen machen. Ihr Gesundheitszustand schien ein wenig instabil zu sein.

»Das geht nicht«, sagte seine Mutter wieder. Diesmal klangen ihre Worte regelrecht garstig.

»Mama, was ist los?« Er hatte sie an dem Tag, als er in die Schule gekommen war, zum letzten Mal »Mama« genannt.

Seine Mutter sah ihn an. »Du darfst nicht weiter nach Agnes suchen, und ich muss mich damit abfinden, dass sie nicht mehr lebt. Ich muss alles ruhen lassen, alles …« Tränen stiegen ihr in die Augen.

»Mama, setzt er dich unter Druck?«

Seine Mutter zuckte zusammen und tupfte ihre Augenwinkel mit einem Taschentuch ab.

»Es geht dabei nicht um mich, es geht um dich. Ich möchte nicht, dass dir Nachteile entstehen, nur weil ich alte Frau mit der Vergangenheit nicht abschließen kann.« Sie seufzte.

»Mutter. Wieso Vergangenheit? Wenn Agnes noch lebt? Warum will Walter, dass wir sie nicht finden? Was soll das alles? Mutter, rede mit mir.« Theodor wurde wütend.

»Bitte, dränge mich nicht so. Bitte verstehe, es ist zu deinem Besten und nun geh …« Sie stand auf und wies ihm mit einer Hand den Weg zum Ausgang.

»Du wirfst mich raus? Aus meinem Elternhaus?«, fragte Theodor perplex, während er zur Tür lief.

»Du wirst mir noch einmal dankbar sein«, sagte seine Mutter leise.

*

Sie musste wohl auf der richtigen Fährte sein, dachte Gisela, während sie von Walter Berwalt zurück in ihr Büro ging. Da sie sich beruflich rein gar nichts zuschulden hatte kommen lassen und sich stets an die Anweisungen ihrer direkten Vorgesetzten Martin Stoewer und Polizeirat von Litz gehalten hatte, ließ seine Rüge nur einen Schluss zu: Er ahnte oder wusste, dass sie ihm nachspionierte. Sie hatte nichts Unerlaubtes getan. Bis auf ihre Schnüffeleien in Walter Berwalts Büro. Jemand musste sie dabei beobachtet haben oder einer der Angerufenen hatte sich bei Berwalt gemeldet und ihm gesagt, dass sich jemand erkundigt hatte. Oder hatte sie einer der Konfitürenkäufer erkannt? Ihr fiel ihre Vermutung bezüglich des Mannes vom Bahnhof in Neu-Babelsberg wieder ein. Beschatteten sie die eigenen Kollegen? Unterstellte man ihr, eigene Nachforschungen anzustellen? Auch wenn das zutraf, so geschah dies nur im Auftrag. Der Berliner Kriminalpolizist? War er nicht aufrichtig ihr gegenüber gewesen? Spielte er ein doppeltes Spiel? Sie musste Martin fragen, ob etwas bei den Untersuchungen durch die Berliner Kollegen herausgekommen war. Sie wollte gerade in Martin Stoewers Büro stürmen, da hielt sie inne. Es war keine gute Idee, sich hier zu besprechen. Offenbar hatten die Wände im Präsidium Ohren. Sie steuerte lieber den Ausgang an, um ihren letzten freien Arbeitstag fern des Präsidiums zu verbringen.

Sie war froh, wieder frische Luft atmen zu können, und lief die Priesterstraße entlang, ohne eine Vorstellung zu haben, wie es weitergehen sollte. Und wohin sie eigentlich gerade marschierte. Plötzlich, kurz bevor sie den ehemaligen Paradeplatz vor dem Stadtschloss erreicht hatte, durchzuckte sie ein Gedanke: Walter Berwalt wusste darüber Bescheid, dass Theodor und sie in seiner Vergangenheit herumstocherten. Ganz in Gedanken versunken, war sie immer weitergelaufen und stand nun mitten auf dem Alten Markt. Da sie noch nicht gefrühstückt hatte, beschloss sie, ihr Lieblingscafé gegenüber vom Schloss aufzusuchen.

Nachdem sie sich gestärkt hatte, bezahlte sie. Da fiel ihr die Verabredung mit Dora Pagel wieder ein, die sie angesichts der Ereignisse der vergangenen Stunden ganz vergessen hatte. Zuvor wollte sie jedoch Theodor sehen. Sie schlug den Weg in die Mittelstraße ein. Hoffentlich war er zu Hause. Ihr war es egal, ob ihr jemand folgte. Wenn es so war, dann wusste man ohnehin Bescheid über Theodor und sie. Der lange Spaziergang tat ihr gut, und die Sonnenstrahlen, die ab und an durch die Wolken blinzelten, wertete sie als ein positives Omen: Das Leben hatte auch seine hellen Seiten. Doch als sie am Haus in der Mittelstraße ankam, öffnete ihr niemand. Auch die Vermieterin schien nicht da zu sein. Schnell verfasste sie eine Notiz an Theodor, in der sie ihn darüber informierte, dass sie bei Dora Pagel vorbeischauen und danach in der Buchhandlung auf ihn warten wolle. Die Notiz schob sie unter der Tür durch.

Bis zu ihrer Verabredung mit Dora Pagel war noch reichlich Zeit. Nach Hause lockte Gisela jedoch nichts und so verbrachte sie die nächste Stunde mit einem ausgiebigen Bummel durch die Geschäfte der Stadt. Als die Füße vom Laufen zu schmerzen begannen, zeigte die

Uhr Viertel vor vier. Bis zu Dora Pagels Wohnung war es nicht mehr weit und so kam sie einige Minuten zu früh am Kanal an. Obwohl Gisela ein zu zeitiges Erscheinen genauso unhöflich fand wie ein verspätetes, klingelte sie an der Tür, denn es begann zu dämmern und es wurde immer kälter. Als Dora Pagel öffnete, wehte Gisela der Duft frisch gebrühten Kaffees entgegen. Die beiden Frauen begrüßten einander. Dora Pagel war wieder so freundlich wie bei Giselas Besuch vor wenigen Tagen. Zuvorkommend nahm sie Giselas Mantel entgegen und bot ihr einen Platz auf dem Sofa an. Bei Kaffee und Gebäck kamen die beiden Frauen gleich auf die Filmfabrik zu sprechen. Sie unterhielten sich angeregt über Schauspieler und Schauspielerinnen, Kleider und Hüte, bis Dora Pagel plötzlich aufsprang und in eines der Nebenzimmer lief. Mit einem dunklen pelzbesetzen Umhang kam sie zurück. »Schauen Sie einmal. Dieses Stück hat mir Pola Negri vor einigen Jahren geschenkt. Ist das nicht reizend?« Sie legte sich den Mantel um und drehte sich im Kreis. Einmal und noch einmal. Schließlich hielt sie inne, nahm den Mantel von ihren Schultern und reichte ihn Gisela.

»Probieren Sie ihn einmal an, bitte.«

Gisela stand auf und streichelte vorsichtig über den weichen Pelz.

»Nun los!«, rief Dora Pagel.

Noch zögerte Gisela, denn auch wenn der Umhang sich bereits seit einigen Jahren in Dora Pagels Besitz befand, so hatte er doch einst Pola Negri gehört, der Schauspielerin, die Gisela sehr verehrte.

»Da fällt mir ein«, sagte Dora Pagel aufgeregt. »Ich wollte doch noch meine Wäsche nach oben bringen. Ich schaffe das Plätten einfach nicht mehr, und wer möchte schon in knittrigen Laken schlafen?« Sie holte einen Korb mit Wäsche aus dem Schlafzimmer. »Ich bin gleich zurück. Nehmen Sie sich noch Kaffee und probieren Sie endlich den Umhang an«, rief sie und huschte durch die Tür hinaus auf den Korridor.

Als Gisela ihre Schritte auf der Treppe nach oben hörte, warf sie sich den Mantel über. Er fühlte sich unnachahmlich weich an. Sie begann sich wie zuvor Dora Pagel um ihre eigene Achse zu drehen. Wenn sie die Augen schloss, sah sie sich vor einer Kamera, angeleuchtet vom Licht riesiger Scheinwerfer. Ihr wurde schwindelig. Obwohl die Welt des Films sie nicht so sehr reizte, hatte sie Gefallen daran gefunden, sich für einen Moment aus dem Alltag in eine andere Welt zu träumen. Gisela behielt den Umhang an, setzte sich auf einen Stuhl mit dem Rücken zur Tür. Durch den Spalt zwischen Türblatt und Zarge zog kalte Luft herein. Beim Blick aus dem Fenster stellte sie fest, dass es mittlerweile dunkel geworden war. Ab und an fuhr draußen ein Automobil oder ein Motorrad vorbei. Dora Pagel müsste doch schon längst zurück sein. Wo sie nur blieb? Gisela wurde unruhig, denn Theodor wartete bestimmt schon in der Buchhandlung auf sie. Im Korridor näherten sich Schritte. Dora Pagels waren es nicht. Die Tür öffnete sich mit einem Quietschen. Noch bevor es Gisela gelang, sich umzudrehen, packte sie jemand mit einem festen Griff von hinten an den Schultern und im selben Moment wurde es schwarz vor ihren Augen. Der dunkle Stoff, den man ihr über den Kopf geworfen hatte, roch muffig und kratzte ganz fürchterlich auf ihrer Haut. Sie versuchte sich zu wehren, aber sie kam gegen die Kraft des Unbekannten nicht an. Nun wurde sie unsanft vom

Stuhl heruntergezogen. Sie hatte Schwierigkeiten, das Gleichgewicht zu halten, doch dann berührten ihre Füße wieder den Fußboden. Alles ging ganz leise vonstatten, niemand redete ein Wort, bis Gisela ein Fluch entwischte. Sofort drückte ihr jemand eine Hand auf ihren Mund. Der Stoff, auf den sie dabei unweigerlich biss, schmeckte moderig. Sie verspürte sofort das Bedürfnis auszuspucken. Erst jetzt, als sie rechts und links jemand festhielt und man sie zur Tür hinauszerrte, merkte sie, dass es sich um zwei Personen handelte. Sie wollte schreien, doch die eine Hand wurde immer noch auf ihren Mund gedrückt. Sie bekam durch den dichten Stoff hindurch kaum Luft. Sie mussten draußen auf der Straße angekommen sein. Einer der Männer flüsterte ihr ins Ohr: »Du bleibst ganz still, sonst brechen wir dir beide Arme.« Schon wurde sie in ein Automobil bugsiert. Mehrmals stieß sie sich dabei die Knie. Wohin brachte man sie und warum entführte man ausgerechnet sie?

*

Auf seinem Weg von der Alleestraße zurück in die Stadt konnte Theodor kaum seine Tränen zurückhalten. Tränen der Wut. Er fühlte die Ungerechtigkeit der ganzen Welt auf seinen Schultern lasten. Was ging im Hause Berwalt jetzt vor? Und was war damals wirklich geschehen? Es wurde bereits viel zu lange geschwiegen, das musste doch einmal ein Ende haben. Hoffentlich hatte er heute seine Mutter nicht zum letzten Mal gesehen, schoss es ihm plötzlich durch den Kopf. Diese traurige Vorstellung schmerzte ihn körperlich. Er begann, wieder nach Luft zu ringen. Glücklicherweise lag keine Brücke auf dem

Nachhauseweg. Am schlimmsten schlug diese Atemnot, so viel hatte er begriffen, immer dann zu, wenn er sich ohnehin schon in einer aufgewühlten Verfassung befand. Es gelang ihm, sich mit dem Gedanken an Gisela wieder zu besänftigen. Als er die Tür des Hauses in der Mittelstraße aufschloss, kam ihm im Hausflur Maria Rogge entgegen. Sie hielt ihm ein gefaltetes Stück Papier entgegen.

»Das lag vorhin unter der Tür. Ihr Name ist als Empfänger darauf vermerkt.«

Theodor nahm den Zettel entgegen und verabschiedete sich in sein Zimmer. Seine Hände zitterten leicht, während er Giselas Nachricht auseinanderfaltete. Ihre Handschrift hatte er gleich erkannt. Obwohl er sich freute, sie schon bald wiederzusehen, übermannte ihn eine nie gekannte Sorge um diesen einen Menschen, der ihm mittlerweile so viel bedeutete. Was nur wollte sie bei Dora Pagel? War es nach all dem, was sie wussten, klug, sie zu besuchen? Gisela kannte doch ebenfalls die Fakten. Dora Pagel hatte einen Mann identifiziert, der nicht ihr eigener gewesen war. Sie erhielt Besuche von zwielichtigen Gestalten, stritt sich mit einem Bruder, den es offenbar nicht gab. Nein, Gisela sollte vorsichtiger sein. Er hoffte, dass sie das auch so sah.

Trotz der ganzen Aufregung legte sich Theodor nach einem Imbiss auf sein Bett, wo er tatsächlich einschlief. Als er erwachte, war es bereits kurz vor fünf Uhr nachmittags. Er wusch sich sein Gesicht und machte sich anschließend auf den Weg in die Buchhandlung. Doch Gisela erschien nicht. Ulrich Meller, der Buchhändler, versicherte auf Theodors Nachfragen hin, dass er Gisela nicht verpasst hatte. Nein, das verhieß nichts Gutes. Theodor schätzte Giselas Zuverlässigkeit, wenn etwas sie am Kommen hinderte, hätte sie in der Buchhandlung Bescheid gegeben.

»Falls sie noch kommt, soll sie bitte warten«, bat Theodor, dann stürmte er aus dem Laden und erreichte Minuten später Dora Pagels Haus. Drinnen brannte Licht. Theodor stellte sich auf die Zehenspitzen, um durch eines der Fenster hineinzuschauen, aber er konnte nichts außer der Deckenlampe erkennen. Ihm blieb nichts anderes übrig, als zu klingeln.

Dora Pagel öffnete sofort. »Sie sind doch unser Briefträger. Haben Sie etwas vergessen?«

»Nein, ist Fräulein Fink bei Ihnen?«

»Nein, Fräulein Fink? Wer ist Fräulein Fink?«, fragte sie zögerlich und nicht sehr überzeugend.

Durch die halb geöffnete Tür konnte Theodor das Sofa sehen. Auf dem Polster lag Giselas Tasche. Er riss Dora beinahe um, als er ins Zimmer stürzte.

»Das ist ihre Tasche«, rief er. »Wo ist sie?« Er öffnete nacheinander die Türen, die von der Wohnstube abgingen. Weder im Schlafzimmer noch in Alfred Pagels Arbeitszimmer war jemand.

Dora Pagel ließ sich auf den Stuhl fallen. »Als ich von der Plätterin zurückkam, lag dieser Stuhl auf dem Boden und Fräulein Fink war verschwunden.«

»Und da haben Sie sich keine Gedanken gemacht?«, rief Theodor wütend.

»Na ja, ich dachte, es habe ihr zu lange gedauert …«

»Das haben Sie nicht gedacht.« Theodor wurde böse.

Dora Pagel nickte stumm. »Was machen wir denn jetzt?«

»Ich werde sie suchen, und Sie überlegen sich, was Sie der Polizei erzählen werden, denn die werde ich zuerst aufsuchen«, rief Theodor, während er schon halb auf der Straße stand. Dora Pagel war ihm in den Hausflur gefolgt.

»Theo, was ist los?«, fragte Kurt besorgt, der in diesem Moment hinter ihm auftauchte. »Was schreist du so?«

»Meine Güte, Kurt, hast du mich erschreckt. Gisela ist verschwunden und sie war zuletzt hier, in diesem Haus. Bei dieser Frau.« Theodors Stimme überschlug sich.

*

Brutal zerrte man Gisela aus dem Automobil. Sie waren eine ganze Weile gefahren, doch weit konnten sie nicht gekommen sein. Sie hatte den Eindruck gehabt, dass man sie, die nichts sah, in die Irre führen wollte, denn die Anweisungen, die die Männer dem Fahrer gaben, hatten so beliebig geklungen. Ganz in der Nähe hörte Gisela das stampfende Geräusch einer fahrenden Eisenbahn. Weiter entfernt ertönte das Zischen einer Dampflokomotive. Irgendwo wurde gehämmert. Trotz des kratzenden Stoffes vor ihrem Gesicht konnte sie den Gestank von Kohlenrauch und Abgasen, der die Luft erfüllte, wahrnehmen. Sie hielt den Anhänger, den Theodor ihr geschenkt hatte, fest in ihrer geballten Hand. Während sie im Automobil eingepfercht zwischen den beiden Männern gesessen hatte, hatte sie bemerkt, dass ihre Kette gerissen und der Anhänger in ihren Ausschnitt gerutscht war. In einem unbemerkten Moment hatte sie ihre Hand unter Pola Negris Umhang geführt und den Anhänger gesichert. Niemand war bisher auf die Idee gekommen, ihre Hände festzubinden. Jetzt schubsten die Männer sie vor sich her. Beinahe wäre sie gefallen, konnte einen Sturz gerade noch verhindern.

»Hier!«, zischte einer. Eine Tür wurde aufgeschoben. Langsam ließ Gisela den Anhänger aus ihrer Hand gleiten. Sie wusste nicht, ob man sie dabei beobachtete und ob es gerade an der Stelle, an der sie sich befanden, hell erleuchtet oder stockdunkel war. Niemand schien jedoch etwas zu bemerken. Man führte sie in einen Raum. Es roch muffig, nach Öl und Männerschweiß. Jemand drückte ihren Körper nach unten. Gisela landete unsanft auf einer Art Matratze.

»So, Dora, nun raus mit der Sprache. Wo sind die Juwelen?«

Sie hatten die Falsche entführt! Was sollte Gisela antworten? War es klug zuzugeben, dass sie nicht die erwartete Person war? Würden sie sie töten oder freilassen, wenn sie erfuhren, wer sie wirklich war? Offensichtlich kannten die Männer Dora jedoch. Sie würden die Verwechslung früher oder später von selbst bemerken.

»Ich bin nicht Dora«, antwortete Gisela mit brüchiger Stimme.

»Ja, ne. Dit kannste deine Jroßmutta erzähl'n«, rief einer der Männer und lachte höhnisch.

Der andere flüsterte: »Red keen Blech.«

Plötzlich wurde der Stoff von ihrem Gesicht gezogen. Gisela schaute direkt in eine Petroleumlampe. Es dauerte eine Weile, bis sich ihre Augen an das Licht gewöhnt hatten und sie die Gesichter der Männer, die sie anstarrten, erkennen konnte. Sie hatte keinen der beiden jemals vorher gesehen. Oder doch? Eines der Gesichter kam ihr irgendwie bekannt vor.

»Bockmist!«, riefen die beiden Männer mehrfach. Einer trat mit der Spitze seines Schuhs gegen die Tür und schrie laut auf vor Schmerzen.

»Und jetzt?«

»Du hast wohl Rejenwürma in dein Kopp.«

»Wieso icke?«

»Du! Ick könnt dir glatt die Visage polieren.«

»Und icke dir. Verdammt!«

»Ja, Verdammt! Lass uns Horst frajen.« Fluchtartig verließen die beiden den Ort und verriegelten die Tür von draußen.

Gisela ließen sie zurück. Sie schaute sich um. Ihr Gefängnis glich einem Verschlag. Draußen hörte sie den Signalton eines Zuges. Sie war sich beinahe sicher, dass sie sich irgendwo auf dem Gelände der Eisenbahnwerkstätten aufhielt. Mit zittrigen Knien erhob sie sich und lief zur Tür, die keinen Millimeter nachgab, so feste sie sich auch dagegen stemmte. Gisela nahm die Lampe in die Hand und leuchtete den Raum ab. Es gab ein kleines Fenster, das jedoch vergittert war. Sie wunderte sich, dass sie in diesem Moment keine Angst empfand. Alles konnte geschehen, wahrscheinlich würde man sie hier erst einmal ihrem Schicksal überlassen. Es bestand keine Eile, sich um sie zu kümmern. Näherliegend war, dass ihre Entführer alles unternahmen, um der richtigen Dora Pagel habhaft zu werden. Offensichtlich hatte es in der letzten Zeit einige tragische Verwechslungen gegeben, schoss es Gisela durch den Kopf. Jetzt, da die Anspannung ein wenig von ihr abfiel, glaubte sie sich zu erinnern, den einen der bei den Ganoven schon einmal gesehen zu haben.

*

Theodor war außer sich. Was immer mit Gisela passiert war, er würde es aufklären.

»Nu beruhig dich doch erst einmal. Vielleicht kommt sie gleich wieder«, versuchte Kurt seinen Freund zu trösten.

»Was ist denn passiert?«, fragte hinter ihnen eine ältere Frau, deren Anwesenheit sie bislang gar nicht bemerkt hatten. »Herr Wachtmesta. Ick hab 'nen Wagen wegfahren seh'n. Und vorher ham se etwas ins Automobil jeschoben, was aussah wie en Mensch, mit scheene Beene.«

»Da! Hab ich es nicht gesagt?«, entfuhr es Theodor.

»Was genau haben Sie gesehen?«, wollte Kurt wissen.

»Nüscht jenauet. Ick jlob, die Frau hatte en dunkles Tuch üba'm Kopf.«

»Also, sie haben sie entführt!« Theodor war außer sich. »Wohin fuhr das Automobil?«, fragte er hektisch.

»Inne Stadt«, antwortete die alte Frau.

»Das Kennzeichen haben Sie wohl nicht zufällig erkannt?«, fragte Kurt Steinke.

»Ne, war zu dunkel …«

»Diese Frau Pagel, die muss etwas wissen«, brummte Theodor. Er war sich unschlüssig, inwieweit er Kurt über seine Erkenntnisse informieren konnte.

»Ja, ich hole Verstärkung, und dann befragen wir sie.«

Theodor hielt es hier nicht mehr aus. Er rannte einfach los.

»Theo, komm zurück! Wo willst du denn hin?«, rief Kurt ihm hinterher. Er hatte ja recht, es würde nichts bringen, in der Gegend herumzulaufen. Theodor machte auf dem Absatz kehrt und beobachtete, wie sich die alte Frau zurück in ihren Hauseingang begab.

Kurt war nicht mehr zu sehen. Theodor betrat die Wohnung, in der er vor einigen Tagen den falschen Alfred Pagel tot aufgefunden hatte. Dora Pagel saß mit versteinerter Miene auf ihrem Sofa. Er hörte Kurt nebenan im Arbeitszimmer reden. Vermutlich forderte er gerade telefonisch die versprochene Verstärkung an. Theodor beugte sich zu Dora Pagel hinunter. Am liebsten wäre er dieser Frau an den Hals gegangen oder hätte sie so lange geschüttelt, bis sie endlich offenbarte, welche Spiele hier eigentlich gespielt wurden. Doch er musste sich beherrschen.

»Frau Pagel, ganz offen. Ich weiß, dass Sie sich mit kriminellen Subjekten gemeingemacht haben. Die Polizei wird Ihnen in Kürze ebenfalls auf die Schliche kommen. Sie sollten reden, um Ihre Situation ein wenig zu verbessern.« Dora Pagel blickte auf. Ihre Augen waren geweitet.

»Ich weiß auch von Ihrem Geliebten …«, sagte Theodor weiter, während er Dora Pagel nicht mehr aus den Augen ließ. Sie hielt seinem Blick stand. Theodor hatte den Eindruck, dass es nur Sekunden dauern würde, bis sie ihm ihr Herz ausschüttete, da kehrte Kurt zurück. Theodor fürchtete, dass sie nun stumm bleiben würde, doch im Beisein von Kurt Steinke begann sie tatsächlich zu reden.

»Ich fürchte, das galt mir«, sagte sie leise.

»Bitte?«, fragte Kurt.

»Ich werde seit Tagen bedroht.«

»Von wem?«, fragte Kurt.

»Der Schwanenbande.«

Theodor hatte es geahnt. Er konnte seine Wut kaum noch zurückhalten, verstand jedoch, dass er sich nicht einmischen durfte. Dora Pagel schien kooperieren zu wollen.

»Wieso werden Sie bedroht?«, fragte Kurt.

Dora Pagel verzog das Gesicht und blieb stumm.

»Also? Sie sollten jetzt reden, oder wollen Sie schuld daran sein, wenn Fräulein Fink etwas zustößt?«

»Ja, nun reden Sie endlich«, schrie Theodor. Niemand durfte seiner Gisela etwas antun. Jede Minute zählte.

»Sie glauben, ich sei für den Tod von Koschmieder verantwortlich.«

»Wer ist Koschmieder?«, fragte Kurt. Offensichtlich hatte er keine Ahnung.

»Der, den du für Herrn Pagel gehalten hast, der Tote im Hausflur«, sagte Theodor verbittert.

»Das heißt, Sie haben einen Mann als den Ihren identifiziert, der gar nicht Ihr Mann war. Wieso weißt du das eigentlich, Theodor?« Kurt fasste sich an die Stirn.

»Das tut jetzt nichts zur Sache. Darf ich etwas fragen?«

»Nur zu«, entgegnete Kurt. Er schien ohnehin nicht weiterzuwissen.

»Wenn dieser Koschmieder hier auf dem Parkett lag und tot war, wieso haben Sie uns dann diesen Bären aufgebunden? Ich meine natürlich der Polizei?«

»Weil ich Angst hatte«, sagte Dora Pagel.

»Wovor?«, fragte Kurt.

»Davor, dass man herausfindet, dass …«

»Also?«, fragte Kurt. Doch Dora Pagel blieb stumm.

»Ich weiß schon längst, wie der Hase gelaufen ist«, sagte Theodor. »Ich kann der Polizei meine Theorie unterbreiten.«

»Ja, gut, Theodor. Später«, offensichtlich wollte Kurt nicht wahrhaben, dass sein Freund, der Postbote, mehr über die Zusammenhänge wusste als er. »Nun reden Sie schon«, sagte Kurt.

»Die Päckchen mit dem Schmuck …«, stammelte Dora Pagel, die ihre Sprache wiedergefunden hatte.

»Ja?«, fragte Kurt.

»Die habe ich mir mit der Post geschickt. Also meinem Mann.«

Theodor schnappte nach Luft. Allmählich begann er

zu verstehen. »Ihr Mann hat bei dem Spiel mitgemacht?«, fragte er.

Dora Pagel schüttelte den Kopf.

»Nein?«, fragte Theodor und wollte weiterbohren, doch Kurt stieß ihm in die Rippen.

»Was für Schmuck?«, wollte Kurt von Frau Pagel wissen.

»Ich nehme an, den haben Sie den anderen Frauen gestohlen«, mischte sich Theodor wieder ein.

»Pst, jetzt frage ich«, sagte Kurt.

»Wir haben Filmpremieren besucht und Bälle, meist in Berlin. Die Leute waren so abgelenkt, sie tranken auch Alkohol. Es war ein Leichtes, ihnen ihre Preziosen zu entwenden.«

»Gut, gut. Das klären wir alles später«, sagte Kurt. »Nun zu diesem Koschmieder. Sie haben ihn nicht umgebracht, oder?«

Dora Pagel schüttelte vehement den Kopf.

»Aber Sie wissen, wer es war, wer ihn getötet hat?«, fragte Kurt.

Sie nickte.

»Ihr echter Mann?«, fragte Theodor.

»Nein!«

»Wer?«, fragte Kurt.

»Ich sage es nicht ...«

»Aber Sie wissen es?«, fragte Theodor entrüstet. »Hat der nun auch Gisela, ich meine Fräulein Fink entführt?« Theodor war kurz davor, Dora Pagel anzuschreien, dass sie ihnen alles sagen sollte, was sie wusste.

»Das bekommen wir auch so heraus«, sagte Kurt, warf Theodor einen strengen Blick zu und lief zum Telefon. Im Arbeitszimmer stehend ließ er sich laut vernehmbar mit dem Polizeipräsidium verbinden. »Kriminalkommissar Stoewer wird gleich hier eintreffen. Er wird es schon aus Ihnen herauskitzeln …«, sagte er, als er zurückkam.

»Was ist mit Gisela?«, fragte Theodor besorgt.

»Ja, wo kann Fräulein Fink hingebracht worden sein?«, fragte Kurt eindringlich.

Dora Pagel gab sich unwissend.

Theodor schaute sich im Zimmer um, für den unwahrscheinlichen Fall, dass er hier einen Anhaltspunkt für Giselas Aufenthaltsort fand. Eine vage Hoffnung. Zu allem Überfluss entdeckte er auf einem Haken Giselas Wintermantel. »Sie wird frieren«, sagte er traurig.

»Sie hat meinen Pola-Negri-Umhang mitgenommen«, sagte Dora Pagel emotionslos.

»Was bitte?«, fragte Theodor.

Dora reagierte nicht auf seine Frage. Draußen fuhr ein Wagen heran. Türen knallten. Gleich darauf stürmten Martin Stoewer und ein weiterer junger Kollege in die Wohnung.

»Wo ist Gisela?«, rief der Kommissar.

»Das sollte uns die Dame nun allmählich verraten«, sagte Kurt Steinke.

»Ich weiß es doch nicht«, rief Dora mit schriller Stimme.

»Wo treffen sich denn diese Ganoven üblicherweise?«, fragte Martin Stoewer betont freundlich. Dabei beugte er sich zu Dora Pagel herab, die immer tiefer in das Polster ihres Sofas zu versinken schien.

»Im ›Schwarzen Schwan‹ drüben in Nowawes«, stammelte sie kaum hörbar.

»Wo?«, rief Theodor. Doch er hatte sie schon längst verstanden. Den »Schwarzen Schwan« kannte er von seinem nächtlichen Ausflug nach Nowawes, zumindest von außen.

»Aha!«, sagte Martin Stoewer und gab seinem Kollegen, der mit ihm gekommen war, ein Zeichen.

»Drüben in Nowawes? Wo da genau?«, fragte Kurt, der offensichtlich nur seinen eigenen Kiez genauer kannte.

»In der Nähe sind die Eisenbahnwerkstätten«, sagte Theodor. »Ich war neulich dort«, flüsterte er Kurt ins Ohr, als dieser ihn verblüfft anschaute.

»Und ganz viele Fabriken«, ergänzte Martin Stoewer. »Sie könnten Gisela dort überall verstecken.«

»Oder auch an einem ganz anderen Ort«, gab Theodor mutlos zu bedenken. »Es ist stockduster draußen, wie sollen wir sie nur finden?«

»Wir verständigen alle Kräfte, auch die Polizeiwachen in Nowawes. Wir werden gezielt nach ihr suchen«, sagte Martin Stoewer. Er klang zuversichtlich.

»Wir werden sie finden, ganz bestimmt«, tröstete ihn Kurt.

SONNTAG – DREIZEHNTER TAG

Sie hatten bereits die ganze Nacht gesucht. Es hatten sich einzelne Gruppen gebildet, die in allen Winkeln zwischen der Kaiser-Wilhelm-Brücke und der Ortsmitte von Nowawes nach Gisela Ausschau hielten. Natürlich hätten die Ganoven sie auch an einen anderen Ort gebracht haben können, doch alle waren sich einig, dass die naheliegende Vermutung die wahrscheinlichste war: Dort, in der Nähe ihres Hauptquartiers, als das zweifellos der »Schwarze Schwan« zu betrachten war, hatten sie Gisela versteckt. Theodor hatte sich mit Kurt zusammengetan und ihn dazu bewegen können, sich das Bahngelände in der Nähe des »Schwarzen Schwans« vorzunehmen, während ein Großteil der anderen Polizisten damit beschäftigt war, die Gäste der Spelunke zu befragen. Nicht jeder schien glücklich darüber, dass eine Horde Polizisten sich hier rumtrieb. Das Gelände bot unzählige Versteckmöglichkeiten. Außerdem war es dort nicht ganz ungefährlich. Lokomotiven rangierten, überall standen Werkzeuge herum, die man des Nachts leicht übersah und sich daran verletzte. Auf sein Gehör konnte man sich ebenfalls nicht verlassen, kein einziger Ruf einer eingesperrten Frau wäre zu ihnen vorgedrungen. Immer wieder riskierte Theodor einen Blick hinüber zum »Schwarzen Schwan«. Er hoffte so sehr, dass irgendwer zu singen begann und den Polizisten Giselas Aufenthaltsort verriet. Doch darauf konnte und wollte Theodor nicht warten. Möglicherweise war Kommissar Stoewer mit Frau Pagel weitergekommen, die er zu einem Verhör ins Präsidium mitgenommen hatte, gerade als Theodor und Kurt mit einem angeforderten Polizeiwagen in Richtung Havel losfahren wollten.

»Achtung, hier sind Schienen«, rief Kurt.

Theodor wäre beinahe gestolpert, konnte sich jedoch wieder fangen. Seine Lampe allerdings war ihm aus der Hand gerutscht, brannte aber noch. Als er sich bückte, sah er im Lichtkegel etwas Metallisches blinken. Theodor richtete sich auf und ging mit erhobener Lampe darauf zu. Neben einem alten Ölfass lag ein Kettenanhänger in Form des Berliner Brandenburger Tores. Theodors Herz begann zu hüpfen.

»Kurt, hierher!« Seine Stimme versagte fast.

»Was?«

»Hier! Das ist Giselas Anhänger. Den habe ich ihr neulich aus Berlin mitgebracht. Sie muss hier ganz in der Nähe sein.«

Kurt leuchtete die Umgebung ab.

»Da, ein Schuppen«, sagte Theodor und rannte los. Am Horizont verblasste zunehmend der schwarze Nachthimmel.

*

Je länger sie hier in diesem stinkenden Schuppen saß desto kälter wurde ihr. Ihre Zähne begannen aneinanderzuschlagen. Das Licht der Petroleumlampe würde bald verlöschen. Zu allem Überfluss war ihr vor etwa einer Stunde richtig übel geworden, ob vor Aufregung oder vor Hunger, war eigentlich egal. Sie wollte nur endlich hier raus. Allmählich schwoll der Geräuschpegel draußen vor der Tür an. Züge ganz in der Nähe, deren Rattern und Schnaufen unerträglich wurde. Züge weiter entfernt, wummernde Motoren, das Scheppern irgendwelcher Gerätschaften. Manchmal waberte ein Schwall rußgeschwängerter Luft durch die Ritzen des Schuppens und ließ sie husten. Gisela wurde immer schwächer. Sie kauerte sich auf der stinkenden Matratze und versuchte, sich Mut zuzusprechen. Doch es gelang ihr nicht. Ihre Augenlider wurden immer schwerer, sie fror und hatte Hunger, hatte Angst, einzuschlafen und dann zu erfrieren. Mit Mühe hielt sie sich wach und musste schließlich doch eingenickt sein. Als sie von leisen Stimmen geweckt wurde, dachte sie an das Schlimmste. Die Männer, die sie entführt hatten, waren zurückgekehrt. Was hatten sie mit ihr vor? Jemand hämmerte gegen die Tür. Gisela zog die Knie instinktiv noch enger an ihren Körper. Aber nein, das waren nicht die Ganoven. Man rief ihren Namen!

»Gisela, bist du da drin?«

Träumte sie? Wie sollte sie jemand hier in diesem Schuppen finden?

»Gisela?«

Die Stimme kannte sie doch. »Theo, ja, ich bin hier!«

»Wir holen dich da raus!«

Ein Hämmern erscholl, Metall schlug auf Metall. Endlich gab die Tür nach und Theodor stolperte herein. Wachtmeister Steinke folgte ihm.

Gisela sprang auf, doch ihr Kreislauf machte schlapp. Gerade noch rechtzeitig konnte Theodor sie auffangen. In seinen Armen fühlte sie sich geborgen. Sie sprachen kein Wort, sondern standen einfach nur so da. Kurt Steinke wartete vor dem Schuppen.

Gisela wusste gar nicht, wie ihr geschah, als nur wenige Minuten später zwei Sanitäter eintrafen und auf sie einredeten.

»Wir bringen Sie ins Krankenhaus.«

»Nein, wozu? Das brauchen Sie nicht. Mir geht es gut. Ich habe nur Hunger und mir ist kalt.«

»Das ist eine polizeiliche Anweisung, wertes Fräulein«, sagte einer der Sanitäter.

»Gisela, wirklich, es ist besser für dich. Du bist stark unterkühlt«, riet Theodor.

»Ja, ich halte mich daran. Aber vorher muss ich dir unbedingt noch etwas mitteilen, das ich dir schon gestern hatte sagen wollen.« Ihr Knie wurden weich und so musste sie sich an Theodors Arm festhalten. Schon wollte ein Sanitäter herbeieilen, den Gisela jedoch abwinkte.

»Siehst du«, flüsterte Theodor.

»Ich habe mit Ilse Deuser geredet. Bei deiner Schwester war damals Nachwuchs unterwegs.« Sie schaute Theodor geradewegs an, doch er konnte ihrem Blick nicht standhalten. »Und das Kind ist sicherlich nicht aus Liebe entstanden«, fuhr sie fort. Dabei umfasste sie Theodors Arm noch fester. »Dein Bruder deckt diesen Mann, das weiß ich. Heute ist der ein hoher Beamter in unserem Präsidium …«

»Fräulein, steigen Sie bitte ein«, rief der Sanitäter, der sie die ganze Zeit nicht aus den Augen gelassen hatte. Nur langsam löste sie ihren Griff und ließ Theodor mit dieser erschreckenden Neuigkeit allein zurück.

Als Gisela in den Sanitätswagen stieg, waren am Himmel keine Sterne mehr zu sehen. Noch aber war die Sonne nicht aufgegangen.

*

Eine Hand berührte Theodors Schulter, während er dem Sanitätswagen hinterherschaute.

»Das haben Sie gut gemacht«, sagte Martin Stoewer. »Gisela hat mir viel von Ihnen erzählt, und ich habe den Eindruck, dass Sie bei uns gut aufgehoben wären.«

»Sie meinen, bei der Kriminalpolizei?« Theodor dachte gerade an seine Schwester und hatte völlig vergessen, wo er sich gerade aufhielt.

»Ja«, sagte Martin Stoewer aufmunternd.

»Da fällt mir noch etwas ein, was ich bei all dem Trubel ganz vergessen habe. Aber vielleicht ist es auch gar nicht mehr wichtig.« Theodor zog das Taschentuch mit den Fingerabdrücken von Hugo Schwarz aus der Tasche.

»Was ist das?«

»Ich vermute, das sind die Fingerabdrücke eines der Täter. Er ist, oder besser war, der Geliebte von Dora Pagel. Sie müssten mit denen auf der Pistole übereinstimmen, mit der man den angeblichen Herrn Pagel ermordet hat. Der Mann ist übrigens Linkshänder.«

»Linkshänder?«, rief Martin Stoewer. »Das würde funktionieren. Natürlich. Kommen Sie mit?« Er führte Theodor zu einem der Polizeiautomobile, ohne auf seine Antwort zu warten.

»Wir fahren direkt zum Präsidium und lassen das von unseren Leuten überprüfen«, sagte er, während sie losfuhren.

Theodor schlief sofort ein und kam erst wieder zu sich, als sie das Polizeipräsidium erreicht hatten. Stoewer lenkte das Automobil um das Gebäude herum. Nachdem er es geparkt hatte, stiegen sie aus und betraten das Gebäude durch einen Nebeneingang. »Hier entlang«, sagte Stoewer und ging zu einer schweren Eisentür. Er klopfte dreimal. Es wurde ihnen geöffnet. Sie befanden sich in einem Flur, dessen gekachelte Wände nichts mit den anderen Räumen im Präsidium gemein hatten. Ein chemischer Geruch lag in der Luft. Die Männer betraten einen Büroraum, der denen in Giselas Abteilung ähnelte. Theodor hatte keine Zeit, sich Gedanken zu machen, wo er sich befand. Während Martin Stoewer und der Kreisarzt miteinander sprachen, verglich ein weiterer Kommissar, den Stoewer mit Wuttke angesprochen hatte, die verschiedenen Spuren und fand schnell zahlreiche Übereinstimmungen zwischen den einzelnen Linien der Fingerabdrücke.

»Zweifellos hat derjenige, von dem diese Spuren stammen«, er deutete auf das Taschentuch, »die Pistole in der Hand gehalten, mit der der Mann im Haus der Pagels erschossen wurde.«

»Koschmieder«, brummte Martin Stoewer.

»Dessen Mörder ist dann Hugo Schwarz, wohnhaft in der Fischergasse. Vermutlich handelt es sich bei ihm um den Geliebten von Dora Pagel«, sagte Theodor mit fester Stimme.

»Wer sind eigentlich Sie?«, fragte Dr. Schnellwind plötzlich.

»Das tut nichts zur Sache«, beschwichtigte Stoewer. »Aber vielleicht bald ein Kollege.«

*

»Setzen Sie sich bitte hierhin«, sagte Martin Stoewer und wies Theodor einen Platz in seinem Büro zu. »Wir nehmen Ihre Aussage zu Protokoll und dann können Sie gehen.« Vor ihnen stand eine große Karaffe mit frischem Wasser.

Stoewer goss zunächst Theodor davon ein, bevor er sich selbst bediente. Die kühle Flüssigkeit tat Theodor gut.

Obwohl er sich immer noch erschöpft fühlte, beantwortete er die ihm gestellten Fragen konzentriert, sodass sie rasch fertig waren. Von draußen hallten Rufe durch die Flure, auch vereinzelte Flüche und Beschimpfungen. Es klang, als würden sich die Mitglieder der Schwanenbande gegenseitig beschuldigen. Martin Stoewer sprang auf und schloss die Zimmertür.

»Nun mal ganz unter uns«, sagte er, während er neben Theodor stehen blieb. »Blicken Sie da durch?«

»Das fragen Sie mich?«

Stoewer nickte. »Erzählen Sie, wie Sie die Angelegenheit sehen.«

Theodor kratzte sich am Kopf, bevor er antwortete. »Vieles ist noch Spekulation, aber ich sehe es folgendermaßen: Der Schreiner, Hugo Schwarz, erschoss den Mann, den er für Alfred Pagel hielt, in dessen Wohnung. Und zwar mit der Waffe in seiner linken Hand. Wie wir ja wissen, ist er Linkshänder. Als Motiv nehme ich Eifersucht an. Ich bin mir sicher, dass er mit den Juwelendiebstählen nichts zu schaffen hat, sonst hätte er gewartet, bis ich dort auftauche und mir das Päckchen abgenommen.«

Stoewer nickte und lehnte sich gegen die Schreibtischplatte.

»Der Tote. Koschmieder, der sollte die Juwelen in Empfang nehmen. Verkleidet als Alfred Pagel. Wer den Auftrag dazu erteilte, das dürfen Sie herausfinden.« Er grinste.

»Gut, und der Tote im Kanal? Der wirkliche Alfred Pagel, nicht wahr?«

Nun war es Theodor, der nickte. »Ich schätze, das Motiv war Rache. Vielleicht nahmen die Ganoven an, er habe ihren Verbrecherkollegen ermordet. Oder, was ich wahrscheinlicher finde, er hat die Ganoven wegen seiner Frau zur Rede gestellt. Sie hat doch wohl bei den Diebstählen mitgewirkt, hätte sie sonst diese Scharade gedeckt?«

»So wird es wohl gewesen sein …«

Das Telefon auf dem Schreibtisch läutete. Stoewer nahm den Hörer von der Gabel, meldete sich, lauschte aufmerksam, bedankte sich und beendete das Gespräch.

»Koschmieder war der bisherige Anführer der Schwanenbande. Und wir haben Hugo Schwarz festgenommen. Das hat soeben Kommissar Wuttke nach oben telefoniert.«

Die Zimmertür flog auf und Edwin stürmte herein. »Sind Sie abkömmlich? Wir brauchen Sie. Hier ist ein Tohuwabohu.«

»Wir sind ja nun auch fertig«, sagte Stoewer an Theodor gewandt. »Ich danke Ihnen für Ihre Mitarbeit. Überlegen Sie es sich«, sagte er und geleitete Theodor auf den Flur. Die Unruhe auf den Gängen war beinahe unerträglich. Sie verabschiedeten sich. Bevor Stoewer hinter einer der Türen wieder verschwand, rief er: »Überlegen Sie es sich. Wir könnten Sie hier bei der Kriminalpolizei gut gebrauchen.« Theodor war froh, dass Stoewer ihn nicht mehr sehen konnte, denn er spürte, wie er vor Verlegenheit errötete. Ganz in Gedanken versunken lief er weiter. Erst in letzter Minute merkte er, dass jemand ihm ein Bein zu stellen versuchte.

»Theodor, Theodor«, sagte sein Bruder, der an der Wand gelehnt auf ihn lauerte. »Niemals wirst du bei der Kriminalpolizei nur einen Fuß auf den Boden bekommen. Dafür werde ich schon sorgen, Kleiner.«

Theodor hatte genug von seinen Drohgebärden. »Du warst es doch, der mich damals den Abhang hinuntergestoßen hat«, sagte er selbstbewusst.

»Ich hätte dich vom Brückengeländer werfen sollen …«, antwortete Walter kühl.

Theodor zischte. »Du Hund …«

»Na, na. Nichts wirst du mir beweisen können.«

»Ich weiß mehr über dich, als du ahnst, und falls du auf dumme Gedanken kommen solltest, es wissen mehr Menschen von deinen Schandtaten, als dir lieb sein dürfte. Du bist es, der ab sofort aufpassen sollte.« Mit diesen Worten ließ er seinen Bruder stehen.

EINIGE TAGE SPÄTER

Die Entführung und die langen Stunden in der Kälte hatte Gisela erstaunlich gut weggesteckt. Lediglich eine mittelschwere Bronchitis trug sie davon, die sie zu Hause auskurieren durfte. Sie hatte das Krankenhaus am Montagmorgen wieder verlassen können. Während ihr Vater die Ereignisse relativ gelassen zur Kenntnis nahm, hatte ihre Mutter am Telefon einen hysterischen Anfall erlitten und war auf dem schnellsten Weg aus ihrem Urlaubsdomizil zurück nach Potsdam gereist. Als sie zu Hause Gisela recht munter angetroffen hatte, schluckte sie die Sorgen hinunter und kümmerte sich bis zu ihrer vollständigen Genesung liebevoll um ihre Tochter. Hätte sie allerdings die ganze Wahrheit erfahren, so wäre Alice Finks Reaktion doch ein wenig schärfer ausgefallen.

Heute nun war Giselas erster Arbeitstag. Martin Stoewer und der Polizeirat hatten die Ermittlungen nicht nur wieder an sich gezogen, sie hatten die beiden Mordfälle auch lückenlos aufgeklärt. Dennoch hatten sich für Walter Berwalt vorerst keine weiteren Konsequenzen ergeben. Was genau im Präsidium vorgegangen war und warum man nun so tat, als sei alles in Ordnung, erschloss sich weder Gisela noch Martin Stoewer. Ihr Abteilungsleiter, Polizeirat von Litz, schwieg zu alldem. Gisela glaubte zu wissen, dass Walter Berwalt froh darüber war, dass Theodor die Leiche aufgefunden hatte. So bat sich ihm eine willkommene Gelegenheit, seinen Bruder als Verdächtigen zu führen. Als er dann auch noch vom Briefmarder tum in der Hauptpost erfahren hatte und das Päckchen mit den Preziosen aufgetaucht war, hatte Walter Berwalt alles daran gesetzt, Theodor wie den Mörder aussehen zu lassen. Doch der Kreisarzt war in den neuen Methoden der Leichenschau bewandert und hatte einige Widersprüche aufgedeckt, was Walter Berwalt nicht gelegen kam. Schließlich war alles aus dem Ruder geraten, und um sein Gesicht zu wahren, hatte Walter Berwalt alle Hebel in Bewegung gesetzt, die Ermittlungen einzustellen. So jedenfalls deutete es Gisela. Über ihre Schlussfolgerungen hatte sie sich bislang jedoch noch nicht mit Theodor ausgetauscht. Die Ermittlungen jedenfalls waren zum größten Teil abgeschlossen. Die Berliner Kollegen hatten in der Tat noch einiges herausgefunden, nicht zuletzt dank der Informationen, die sie von Gisela erhalten hatten. Die Ganoven aus Potsdam hatten mittlerweile ihre dunklen Machenschaften zugegeben. Der Mord an Alfred Pagel, den man tot im Kanal gefunden hatte, ging auf deren Konto. Noch beschuldigte man sich gegenseitig, ihn in einer dunklen Ecke in der Nähe der Spelunke, dem Treffpunkt der Schwanenbande, erwürgt und ihn anschließend mit einem Karren bis zum Kanal in der Nähe der pagelschen Wohnung gefahren zu haben. Dies sollte wohl als Warnung für Dora Pagel dienen. Als Grund für den Mord führten die Ganoven an, dass Pagel Günter Koschmieder auf dem Gewissen hatte. Dass Alfred Pagel jedoch mit dem Tod des Bandenchefs nichts zu tun hatte, das wurde den Ganoven erst während der Verhöre bewusst. Martin Stoewer schloss sich Theodors Theorie an, dass Alfred Pagel die Ganoven zur Rede gestellt hatte, weil sie seine Ehefrau mit in die schmutzigen Verbrechen hineingezogen hatten.

Dora Pagel hatte umfänglich gestanden. Sie hatte ihre Beteiligung bei einigen wenigen Diebstählen zugegeben. Doch die Tatsache, dass ihr ehemaliger Geliebter ein Mörder war, hatte sie zunächst nicht wahrhaben wollen. Wenige Stunden vor dem Mord hatte sie das Verhältnis mit ihm für beendet erklärt, weil sie ein neues Leben an der Seite ihres Ehemannes hatte beginnen wollen. Dafür musste sie auch die Zusammenarbeit mit der Diebesbande beenden. Am Abend des verhängnisvollen Tages hatte sie ihren Ehemann einweihen wollen, da sie wusste, wie schwierig es werden würde, den Fängen der Ganoven zu entkommen. Hugo Schwarz hatte gestanden, den Mann in der Wohnung der Pagels, den er für Alfred Pagel gehalten hatte, aus Eifersucht hinterrücks erschossen zu haben. Er, ein Linkshänder, hatte das Gesicht des Mannes nicht gesehen, der sich in Doras Wohnung aufgehalten hatte, um das Päckchen mit den Juwelen in Empfang zu nehmen.

Als Möglichkeit, das Erlebte zu verarbeiten, hatte Gisela es sich nicht nehmen lassen, den Abschlussbericht selbst zu tippen. Sie war gerade damit fertig, als Theodor in ihrem Schreibbüro erschien.

»Was machst du denn hier?«, fragte Gisela erstaunt. Ihr Herz hüpfte schneller, denn seit seinem Besuch im Krankenhaus hatte sie Theodor nicht mehr wiedergesehen.

»Wie geht es dir, Gisela?«

»Wieder viel besser, und husten muss ich auch kaum noch. Aber warum bist du hier?«

»Ich muss doch noch meine Aussage unterschreiben.«

»Ach, ja.« Gisela zog ein Formular aus ihrer Schublade.

»Wie lange arbeitest du heute noch?«, fragte er, nachdem die Formalitäten erledigt waren.

»Ich kann gleich gehen«, sagte Gisela lächelnd.

»Oh das wäre schön. Würdest du mich begleiten?« Er hoffte so, dass sie Ja sagen würde.

»Wohin? Ins Kino?«

»Das können wir gerne später. Aber ich möchte Agnes besuchen.«

»Deine Schwester?«

»Ja, ich habe bei der Leitung der Heilanstalt am See angerufen und man hat mir erlaubt, sie zu sehen.«

»Ich komme gerne mit«, antwortete Gisela. Erst als sie Schritte auf dem Flur hörte, wurde ihr bewusst, dass die Tür zu ihrem Zimmer nur angelehnt war. »Ich sage nur schnell Martin Bescheid.«

Theodor hielt es vor Aufregung kaum aus. Wie würde Agnes aussehen, wie auf seinen Besuch reagieren? Ihren psychischen Zustand kannte er nicht, weshalb er sich sogar ein wenig vor der Begegnung mit ihr fürchtete. Warum brauchte Gisela nur so lange? Endlich kam sie zurück.

»Du glaubst es nicht. Ich wurde ewig aufgehalten. Es kam einer der Beamten, der eng mit dem Polizeipräsidenten zusammenarbeitet, und wollte sich ganz genau erklären lassen, was am Kanal geschehen ist. Ausgerechnet jetzt, da du deine Schwester besuchen möchtest.« Gisela begann, ihren Schreibtisch aufzuräumen.

»Wie kommen wir denn zur Heilanstalt am See?«, fragte sie, während sie sich von Theodor in ihren Mantel helfen ließ.

»Ich habe mir noch einmal das Automobil meiner Vermieterin geliehen«, antwortete er.

»Du hast es eilig, ich weiß«, sagte Gisela und fasste nach Theodors Hand.

Als sie endlich am Automobil ankamen, das Theodor in der Priesterstraße abgestellt hatte, merkte Gisela, dass sie ihre Isolierkanne vergessen hatte. Doch sie sagte nichts, um nicht noch eine weitere Verzögerung herbeizuführen. Glücklicherweise sprang der Motor recht schnell an und so konnten sie ihre Fahrt ohne weitere Verzögerung antreten. Theodor hatte so große Freude beim Fahren über die winterkalten, aber trockenen Straßen, dass er die Sorgen, die ihn eben noch umgetrieben hatten, beinahe vergaß. Gisela hing ihren Gedanken nach. Sie war mindestens genauso aufgeregt wie Theodor, zu gut konnte sie sich in seine Gefühlslage hineinversetzen. Diesmal stellten sie das Automobil in der Nähe des Eingangs ab. Den Weg zur Verwahrabteilung kannten sie bereits. Offensichtlich wartete man auf ihr Eintreffen, denn kaum hatten sie das Eisentor erreicht, da erschien auch schon die Dame von neulich in der Tür. Doch ihr Gesichtsausdruck verriet nichts Gutes.

»Guten Tag, Herr Berwalt. Sie sind Theodor Berwalt, richtig?«

»Ja.« Warum betonte sie seinen Vornamen?

»Ich muss Ihnen leider mitteilen, dass Sie Ihre Schwester doch nicht besuchen können.«

»Was ist? Geht es ihr nicht gut?«, fragte Gisela besorgt.

»Nein, das ist es nicht …« Die Betreuerin begann unsicher zu werden. Man merkte ihr an, dass sie nicht wusste was sie antworten sollte. »Ich darf es Ihnen nicht sagen aber …«

In dem Moment wurde die Eingangstür zum Haupthaus aufgerissen und eine Frau stürmte heraus. Es war Agnes. Sie rannte auf das Eisengitter zu und schob die Betreuerin unsanft zur Seite. Agnes' Augen blitzten vor

Wut, als sie Theodor nur durch das Gitter getrennt gegenüberstand. Mit ihren feingliedrigen Händen umfasste sie die Eisenstäbe.

»Du bist gar nicht Walter«, sagte sie erleichtert. Ihr Gesichtsausdruck wurde sofort weicher, beinahe kindlich.

»Nein, ich bin dein jüngerer Bruder Theodor.«

»Ach, Theo.« Sie schob ihre Hand durch das Gitter und streichelte seine Wange. Die Betreuerin hatte sich bislang nicht eingemischt. Doch als eine andere Frau in der Eingangstür erschien, meldete sie sich zu Wort. »Wir müssen das jetzt leider beenden, sonst bekomme ich Ärger.«

»Theo, bitte hol mich hier raus«, flüsterte Agnes. »Ich halte es hier nicht mehr aus mit all diesen Verrückten.«

Gisela blieb beinahe das Herz stehen, während Theodor noch einmal versuchte, nach seiner Schwester zu greifen.

»Agnes, wirklich. Sei so lieb und komm mit nach drinnen«, sagte die Betreuerin flehend und fasste Agnes an der Schulter. Sie ging ohne Gegenwehr mit, drehte sich jedoch noch einmal um. »Du hast eine sehr liebe Freundin, Theo«, rief sie ihm zu, dann ließ sie sich von der Betreuerin zurück ins Gebäude führen.

Gisela standen die Tränen in den Augen. Theodor lief ein paar Schritte, ohne darauf zu achten, wohin. Er war wütend. Offensichtlich hatte Walter sich wieder eingemischt. Wieso eigentlich?

»Hat er uns im Präsidium belauscht?«, fragte er aufgebracht, als er zu Gisela zurückkehrte.

»Du meinst deinen Bruder?«

»Natürlich meine ich den, wen denn sonst«, antwortete Theodor gereizt. »Entschuldige, das ging nicht gegen dich.« Er wollte Gisela nicht traurig machen. Schweigend liefen sie zurück zum Automobil. Theodor lenkte den Wagen nicht auf die Hauptstraße, sondern nahm den Verbindungsweg direkt an der Havel. Als sie eine Weile gefahren waren, fragte Theodor: »Möchtest du denn noch ins Lichtspieltheater mit mir gehen?«

»Jetzt?«

»Ja, gerne.«

»Was sagen denn deine Eltern dazu, wenn du so lange wegbleibst?«

»Nichts. Ich habe mit ihnen über dich geredet, und sie sind dir sehr, sehr dankbar.«

Theodor hielt den Wagen an. Die zugefrorene Havel lag so idyllisch ausgebreitet vor ihnen. Nur das hellbraune Schilf setzte einige leichte Farbakzente.

»Auch deine Mutter?«

»Ja, auch meine Mutter. Und sie hat dich für das Wochenende zum Kaffee eingeladen.«

»Zu euch?«

»Ja, zu uns. Dann kann ich dir auch endlich das Buch schenken.«

»Welches Buch?«

»Das über die großen Männer, das ich in der Buchhandlung gekauft habe. Du erinnerst dich?«, sagte Gisela lächelnd.

»Oh ja, ich erinnere mich. Wenn wir da geahnt hätten, in was wir hineingeschlittert sind …«, sagte er.

»Also, kommst du zum Kaffee?«

»Ja, gerne. Danke für die Einladung.« Plötzlich wurde er ernst. »Aber deine Eltern … und ich, der einfache Postbote?«

»Sie kennen die Umstände, Theodor.«

Theodor wagte es kaum, Gisela in die Augen zu schauen.

»Und in dir steckt viel mehr, das weißt du doch selbst.«

Theodor antwortete nicht und hoffte, dass Gisela ihm seine Verlegenheit nicht anmerkte.

»Ich habe aber noch etwas für dich, das dich erfreuen dürfte«, sagte sie und machte dem peinlichen Moment ein Ende.

»Ja?«, fragte Theodor schüchtern.

»Ernst Gennat hat sich bei uns gemeldet, schließlich haben ja seine Kollegen ebenfalls zur Aufklärung der Verbrechen beigetragen. Er sagte, wir beide können jederzeit zu ihm kommen. Dann würde er uns beraten.«

»Beraten?«

»Wie man seinen Lebensweg neu ordnet. Du willst doch zur Kriminalpolizei, oder?«

Theodor wusste nicht, was er sagen sollte. Er war Gisela so unendlich dankbar dafür, dass sie zu ihm hielt. »Und was ist mit dir? Du willst doch auch nicht zeitlebens Schreibkraft bleiben?«

»Nein, Theodor, aber auch das wird sich finden. Lass uns weiterfahren, sonst verpassen wir noch den Beginn des Films.«

»Oh, ja.« Theodor stieg aus und startete den Motor, der zunächst nicht anspringen wollte. Wenn es nicht so kalt wäre, hätte Theodor mit Gisela hier am Wasser den Abend verbringen mögen. Und während ein erster und letzter Sonnenstrahl sich für heute durch die Wolken wagte und die zu Eis gewordene Havel glitzern ließ, setzten sie ihre Fahrt fort.

ENDE

NACHWORT

Liebe Leserinnen und Leser,

möglicherweise haben Sie bereits einen meiner Romane gelesen und sind verwundert, dass Sie auf dem Cover dieses Buches, das Sie in Händen halten, einen anderen Namen lesen.

Heute ist es üblich, dass Autorinnen und Autoren unter einem Pseudonym veröffentlichen, wenn sie verschiedene Reihen oder in unterschiedlichen Genres schreiben. Das von mir gewählte Pseudonym ist ein offenes, das heißt, Sie dürfen wissen, wer sich dahinter verbirgt. Die von mir gewählten Namensbestandteile stehen in enger Verbindung zu meiner Familiengeschichte. Mit meiner ganz persönlichen Familiengeschichte hängt auch die Liebe zu Potsdam zusammen, eine Stadt, die immer mehr zu meiner zweiten Heimat wird.

Je tiefer ich in die Zwanzigerjahre des vergangenen Jahrhunderts eintauche, desto mehr spüre ich diese Faszination für eine Zeit, die kaum spannender, aber auch ambivalenter sein könnte. Gerade die ersten Jahre der Weimarer Republik waren von den Nachwirkungen des Großen Krieges geprägt, der erst später der Erste Weltkrieg genannt wurde. Hyperinflation, wirtschaftliche Einschränkungen, die Anwesenheit von Besatzungsmächten sowie das Ringen um die Staatsform waren allgegenwärtig.

Ein zeitgeschichtlicher Roman greift historische Fakten auf und kreiert darum herum eine fiktive Geschichte, in der so auch Personen auftauchen, die damals wirklich gelebt haben. Dennoch spielen diese eher eine Nebenrolle, denn ihre Geschichte zu erzählen, ist nicht mein Anliegen. Trotzdem wurde versucht, ihr Handeln im Einklang mit dem, was die mitunter spärlichen Quellen über sie preisgeben, zu gestalten. Informationen über historische und fiktive Personen entnehmen Sie bitte dem Personenverzeichnis am Beginn dieses Romans. Natürlich darf in einer Kriminalgeschichte Ernst Gennat, der Beamte der Berliner Kriminalpolizei, nicht fehlen. Seine zentrale Mordkommission nahm jedoch erst 1926 ihre Arbeit auf. Bis dahin existierte im Berliner Polizeipräsidium ein Mordbereitschaftsdienst. Ernst Gennat war allerdings schon längst eine Größe, nicht nur wegen seiner Statur. Die Abläufe und die Gestaltung der Räumlichkeiten im Potsdamer Polizeipräsidium entstammen meiner Fantasie. Auch wenn die Gebäude, die in diesem Roman Haupthandlungsorte sind, nachvollziehbar verortet werden, so ist ihr Innenleben, sind ihre Bewohner – vor allem bei Privatgebäuden – fiktiv. Manche Institutionen, wie die Heilanstalt, gab es dort, wo sie im Roman zu finden sind, nicht.

Eine unentbehrliche Hilfe bei meinen Recherchen stellten Adressbücher und alte Reiseführer und Stadtpläne dar. Besonders hilfreich waren mir die folgenden Quellen:

Online-Ausgaben verschiedener Tageszeitungen (Jahrgänge 1923 und 1924), u. a. der Vossischen Zeitung, des Berliner Tageblattes.

Adreßbuch Potsdam für 1927. Reprint der Originalausgabe. Verlag Klaus-D. Becker, Potsdam 2014.

Becker, Peter, Dem Täter auf der Spur. Eine Geschichte der Kriminalistik, Darmstadt 2005.

Grieben's Reiseführer, Potsdam, Band 10, Grieben-Verlag, Berlin 1922.

Grieben's Reiseführer, Potsdam, Band 10, Grieben-Verlag, Berlin 1926.

Grieben's Reiseführer, Berlin, Band 25, Grieben-Verlag, Berlin 1927.

Handwörterbuch des Postwesens. Hrsgg. Wilhelm Küsgen, Paul Gerbeth, Heinrich Herzog, Laurenz Schneider, Dr. Gerhard Raabe. Verlag von Julius Springer, Berlin 1927.

Herrmann, Peter, Zur Geschichte der Post in Potsdam, Gesellschaft für deutsche Postgeschichte e.V. 1993.

Jacobsen, Wolfgang: Babelsberg. Das Filmstudio, Stiftung Deutsche Kinemathek und Argon Verlag GmbH Berlin, 3. Auflage 1994.

Stürickow, Regina: Kommissar Gennat ermittelt. Die Erfindung der Mordkommission. Elsengold Verlag GmbH, Berlin, 2. Auflage 2017.

Volk, Waltraud, Potsdam. Historische Straßen und Plätze heute. Verlag für Bauwesen Berlin München 2. stark bearbeitete Auflage 1993.

Besonders interessant für Sie als Leser/in ist die Tatsache, dass die heutigen und die damaligen Straßennamen mitunter voneinander abweichen. Hier einige Beispiele. Der Name, den die Straße/der Straßenabschnitt in den 1920er-Jahren trug, wird zuerst genannt:

Am Kanal 19–28 = Yorkstraße

Waisenstraße und Am Kanal (Westabschnitt) = Dortustraße

Wilhelmsplatz = Platz der Einheit

Priesterstraße = Henning-von-Tresckow-Straße
Nauener Straße = Friedrich-Ebert-Straße
Junkerstraße und Burggrafenstraße = Gutenbergstraße
Kaiser-Wilhelm-Straße = Hegelallee

Anhand der alten Adressbücher lässt sich die Nummerierung der Häuser gut nachvollziehen. Die Nummerierung beginnt dabei beim ersten Haus auf der rechten Straßenseite und endet am Ende der Straße, wo sie anschließend auf der linken Seite zurückläuft. Diese Art der Nummerierung von Häusern war bis etwa 1929 in Preußen üblich und nannte sich »Hufeisennummerierung«. Leider sind die Zustellwege der Postbeamten nicht mehr zu ergründen, zumindest erhielt ich darüber keine Auskünfte, sodass ich Theodors tägliche Runde den erzählerischen Notwendigkeiten angepasst habe.

Einige weitere Bemerkungen: Die Öffnungszeiten der Sehenswürdigkeiten sind den Reiseführern entnommen. Anders als heute war offensichtlich das Schloss Charlottenhof in den Wintermonaten geöffnet. Das Chinesische Haus wurde damals Japanisches Haus genannt.

Trotz sorgfältiger Recherchen ist es nicht auszuschließen, dass mir sachliche Fehler unterlaufen sind. Für diese bin allein ich verantwortlich. Sollte dies der Fall sein, können Sie mich gerne darauf aufmerksam machen.

Einen Roman zu schreiben, ist zum großen Teil eine einsame Angelegenheit. Dennoch wäre auch dieses Buch ohne die Hilfe und Unterstützung anderer nicht möglich gewesen.

Ein herzlicher Dank gebührt:

Sven Lang, meinem Lektor, der der Geschichte mit viel Weitblick und Engagement sehr weitergeholfen hat.

Angelika Müller, die ich während der Recherchen zu »Domschattenträume« kennengelernt habe und die mir Wissenswertes zu den Filmstudios Babelsberg sowie zur Stadt Potsdam zu berichten wusste.

Christian Hillen, der mir wieder historische Detailfragen beantwortet hat.

Renate L. Nolte, die mir Phobien und Ängste aus psychologischer Sicht erklärt hat.

Ina Raki, Mira, Nicole und Johannes für die Übertragung dialektaler Passagen.

Meinen Testleserinnen und Testlesern, moralischen Unterstützerinnen und Unterstützern Heinz Schönewald, Michaela Klinge, Ina Raki, Jessica Bälz, meinen Netzwerkerinnen, Kolleginnen und Kollegen der schreibenden Zunft sowie meinen Freundinnen und Freunden, die einfach für mich da sind.

Ich danke außerdem den folgenden Institutionen:

Potsdam Museum – Forum für Kunst und Geschichte
Filmmuseum Potsdam
Studio Babelsberg AG
Verein für die Geschichte Berlins e. V.
Polizeihistorische Sammlung Berlin-Tempelhof

Mein ganz besonderer Dank gebührt dem Gmeiner-Verlag und seinem gesamten Team für die wunderbare Zusammenarbeit – eine Zusammenarbeit, die man sich als Autorin wirklich nur wünschen kann. Danke dafür, dass er meine vielen Ideen mit Wohlwollen betrachtet und meinen Geschichten die Möglichkeit bietet, an die Öffentlichkeit zu gelangen.

Ich wünsche Ihnen, liebe Leserinnen und Leser, spannende Unterhaltung mit meinem ersten zeitgeschichtlichen Potsdam-Krimi und freue mich darauf, von Ihnen zu hören. Kontaktieren können Sie mich über meine Website: https://www.karinjoachim.de

Herzliche Grüße
Ihre

Karin Joachim

Sein oder **Schein?**

© Andreas Safreider / Fotolia.com

Karin Joachim
Krähenzeit
Kriminalroman
320 Seiten, 12 x 20 cm
Paperback
ISBN 978-3-8392-1938-6
€ 12,00 [D] / € 12,40 [A]

Im idyllischen Ahrtal erholt sich Jana Vogt von ihrem letzten Einsatz als Tatortfotografin bei der Kölner Kripo. Allerdings währt die entspannte Ruhe nicht lange. Kaum hat sie zum ersten Mal ihre Wanderschuhe geschnürt, als ihr Hund Usti in einem Weinberg zwischen Ahrweiler und Marienthal eine Leiche findet. Während der Koblenzer Kommissar Wieland die Ermittlungen aufnimmt, siegt Janas Neugier. Sie beginnt sich umzuhören und erfährt immer mehr über die Ortsgeschichte, nicht ahnend, dass sie damit den Mörder gegen sich aufbringt.

GMEINER SPANNUNG

WWW.GMEINER-VERLAG.DE
Wir machen's spannend